DIEU EST EN RETARD

Née à Budapest, Christine Arnothy a fait de solides études à Paris et est devenue l'un des écrivains français les plus traduits (notamment onze best-sellers aux États-Unis). *J'ai quinze ans et je ne veux pas mourir* (Grand Prix Vérité du *Parisien* en 1954) est paru chez Fayard. Traduit en vingt-sept langues, devenu lecture conseillée dans les lycées et les collèges de plusieurs pays, ce journal de guerre d'une adolescente est considéré aujourd'hui comme un livre-culte. Plusieurs générations ont été marquées par ce texte, des millions de volumes ont circulé dans le monde. En langue française, on compte plus de trois millions et demi d'exemplaires jusqu'à ce jour. La suite de *J'ai quinze ans…* et de *Il n'est pas si facile de vivre, Embrasser la vie*, parue en 2001, suit les traces de ce premier grand succès.

Les romans de Christine Arnothy, après leur carrière dans l'édition classique, ont aussi été publiés au Livre de Poche. Juste quelques titres : *Le Cardinal prisonnier, La Saison des Américains, Le Jardin noir* (Prix des Quatre-Jurys en 1966), *Jouer à l'été, Chiche !, Un type merveilleux, J'aime la vie, Le Cavalier mongol* (Grand Prix de la nouvelle de l'Académie française en 1976), *Le Bonheur d'une manière ou d'une autre, Toutes les chances plus une* (Prix Interallié en 1980), *L'Ami de la famille, Les Trouble-fête, Vent africain* (Prix des Maisons de la Presse en 1989), *Une affaire d'héritage, Désert brûlant, Voyage de noces, Complot de femmes, On ne fait jamais vraiment ce que l'on veut. Relations inquiétantes* (Fayard, 2005) est paru au Livre de Poche en février 2007.

Donnant, donnant, De l'autre côté de la nuit : Mrs Clark à Las Vegas, Des diamants pour Mrs Clark et *Mrs Clark et les enfants du diable* sont parus chez Fayard en 2007. Pour plus d'informations concernant Christine Arnothy (biographie, résumés, éditions étrangères), consulter son site :

www.arnothy.ch

Récemment parus dans Le Livre de Poche : *Une question de chance, La Piste africaine, Une rentrée littéraire, Relations inquiétantes.*

CHRISTINE ARNOTHY

Dieu est en retard

ROMAN

LE LIVRE DE POCHE

ISBN : 978-2-253-11798-8 – 1re publication LGF

À Claude Bellanger.

Préface

Budapest, 1943-1944. Les radios étrangères annonçaient un affrontement fatal. Pour les Allemands qui avaient envahi le pays, cette ville était un bastion, le dernier espoir de ne pas perdre leur guerre ; pour les Russes, la capitulation de la capitale hongroise était l'ultime étape avant la victoire. Les braves gens sans défense aucune – « le peuple » – attendaient.

Mes parents et moi ne craignions vraiment qu'une des mille et une propositions de la mort : d'être ensevelis sous les ruines et de mourir après une lente agonie, à défaut d'être entendus – qui nous chercherait ? qui nous viendrait en aide ? Parfois une prémonition curieuse s'emparait de moi : je resterais indemne pour décrire l'étape suivante, le siège de Budapest.

Nous étions quoi, nous ? Des privilégiés. Titres, terres, culture et vêtements raffinés, bientôt en vrac, seraient déblayés et jetés sur les décharges de l'Histoire. De notre appartement nous pouvions contempler le Danube, ni beau ni bleu – les invités nous enviaient. Nos ponts seraient bientôt comme des épaves morcelées dans les eaux coléreuses. D'après les rumeurs, les Allemands projetaient de les faire sauter pour couper la ville en deux. Maman, musicienne amateur, avait à la maison deux pianos à l'essai. Elle passait de l'un à l'autre pour en choisir un selon sa sonorité. Quelquefois, un sifflement traversait l'espace, une écorchure violente. Déjà, un peu plus loin, des bombes tombaient. La rangée d'immeubles au bord du Danube était la meilleure cible pour les attaques aériennes. J'avais peur pour nos bibliothèques. Il y en avait partout, couvrant tous les murs. Des livres en français, en anglais, en allemand. Pour la gourmandise intellectuelle de mon père, en latin et en grec aussi. Je voulais accrocher des draps pour les protéger. Ma mère a estimé qu'il était inutile de les salir – ces draps étaient brodés et certains portaient en relief les initiales de papa. La bête que j'étais, la bête à papier, la bête dévoreuse de romans tremblait pour les volumes reliés et espérait, grâce à la guerre, avoir accès aux soubassements fermés à clé, désignés comme « l'Enfer », où étaient entreposées les lectures dont j'étais exclue. L'interdit m'attirait. La littérature était ma drogue.

Mon père, professeur de latin et de grec, avait hérité de deux mille hectares, transmis d'une génération à l'autre. Lui ne distinguait pas le blé de l'orge. C'était un penseur qui avait les moyens de penser. Il partait chaque matin au bain turc en voiture, conduit par notre chauffeur. Idéologue, papa cultivait ses thèses dans les vapeurs épaisses du hammam. Les masseurs, condamnés au silence pour ne pas perturber ses réflexions, parcouraient de leurs mains savantes son long corps élégant. Ensuite il prenait son petit déjeuner dans un café célèbre et y lisait ses journaux. Il appréciait l'atmosphère viennoise recréée à Budapest. Il concevait et écrivait là ses articles, dont certains paraissaient.

Maman régnait sur des jeunes paysannes plus ou moins stylées qui travaillaient comme filles de cuisine, femmes de chambre, ou servaient parfois à table, vêtues en noir et blanc, quand il y avait des invités.

Moi, j'attendais que l'enfance passe et de me retrouver ailleurs que dans cette ville. Dans le tramway, bavardant avec ma gouvernante française, j'espérais qu'on me prenait pour une étrangère. En chaussettes blanches, chaussures vernies et jupe à carreaux, je jouais à la touriste. C'était l'ordre. L'ordre apparent, dont l'élégante monotonie m'angoissait. Aucune place pour une crise de jeunesse.

Pourtant, des déchirements souterrains nous tourmentaient. Mon père, à soixante-quinze pour cent autrichien et vingt-cinq pour cent hongrois, était un noble, désigné comme tel par les gens à son service. Maman, d'origine germano-polonaise, était détestée par sa belle-mère, ma grand-mère paternelle, qui la supposait d'origine juive. Aucune maladie, même vénérienne, n'aurait pu être davantage cachée que cette suspicion. Intolérante, l'aristocrate aurait aimé une belle-fille de sang bleu, dotée d'un pedigree impeccable. J'aurais dû naître à Vienne, mais, au sixième mois de grossesse, maman avait été littéralement convoquée à Budapest. Mes premiers vagissements, paraît-il, n'avaient même pas été admirés par ma grand-mère qui vivait dans le doute : fallait-il m'attribuer, sitôt le cordon ombilical coupé, une hérédité maudite ? Ma future vie était estampillée par tous les malheurs frappant l'Europe centrale. Je n'en méritais pas tant.

Le 22 décembre 1944, mon père nous a annoncé qu'il était temps de descendre dans les caves. Juste pour quelques jours. Il fallait préparer une valise pour chacun. J'ai rangé dans la mienne des cahiers, des crayons, des bougies et des allumettes ; ma mère y a ajouté des pull-overs et des sous-vêtements chauds. D'une écriture maladroite et irrégulière, j'avais essayé de raconter une histoire, ma première nouvelle, à huit ans – j'étais pressée. Les phrases que j'allais écrire, je les entendais résonner dans ma tête.

La cave avait des odeurs difficiles à définir ; nous, nous n'avons pas tardé à sentir le moisi. Nous n'avons eu que vingt-quatre heures d'électricité. Ensuite ne subsistaient que le demi-jour des lucarnes et la lueur des bougies. Ceux qui nous avaient rejoints répétaient en ronchonnant : « Quelle époque ! Quelle époque... » J'avais décidé de tenir un journal. Un journal de guerre. Fixer sur papier les événements que nous vivions. Les trois jours présumés allaient devenir plus de deux mois.

Dans la cour, un W.-C. à la turque avait été installé par un ancien plombier qu'on supposait communiste. Il nous avait dépannés et attendait l'armée russe. Il a été, paraît-il, parmi les premiers déportés. On ne distingue pas, dans la foule, qui vous aime et qui ne vous aime pas. Dans une cave vide à côté de la nôtre logeait une famille de rats ; personne ne voulait occuper cet espace. J'y ai trouvé des caisses vides et j'ai utilisé la plus solide, retournée, comme table. Je surveillais mes bougies et mes allumettes. Des lits de camp étaient destinés à maman et à papa ; c'était la première fois que je les voyais dormir dans la même pièce.

Lorsque nous sommes ressortis à la lumière du jour, la ville n'était plus qu'un tas de décombres, les rues étaient envahies de soldats et des cadavres allemands gisaient sur le pavé. Parfois des soldats russes arrêtaient un passant que son aspect physique – grand, blond, loqueteux – pouvait faire supposer allemand. Souvent il était abattu sur place.

Mes parents, désemparés, n'avaient presque plus de

moyens d'existence. Il nous restait une maison modeste près du lac Balaton, à l'ouest du Danube. Pour l'atteindre, il aurait fallu traverser le fleuve, mais il n'y avait plus de ponts. Nous devions descendre au sud en longeant les plaines, trouver le seul pont existant, puis remonter vers le nord dans des wagons à bestiaux. La doublure de mon manteau abritait mon journal de guerre, celle de maman des pièces d'or, notre seul trésor monnayable.

Au-delà de la frontière austro-hongroise, c'était la liberté appelée « Occident ». Nous nous trouvions dans l'Europe centrale abandonnée. Churchill, Staline et Roosevelt s'étaient mis d'accord pour nous livrer aux Russes. Nous – pays, population, palais, maisons, rues et même cailloux – avions été précipités dans une des plus profondes crevasses de l'Histoire. Nous ? Des esclaves obligés de parler le seul langage qui permettait de survivre, pratiquer la basse flatterie et répéter comme des automates : « Quelle chance ! Nous avons été libérés par l'Armée rouge ! »

J'imaginais un roman où, à travers une action de pure fiction, je décrirais notre société avant l'arrivée des Russes et après. J'étais fascinée par le titre que j'avais trouvé pour mon futur roman – le premier : *Dieu est en retard*. Une force inexplicable me poussait à en écrire les premières pages.

Les Russes arrivés, il nous fallait donc dire : « Nous voici enfin libérés. » Mais de quoi ? De quoi était-on libéré ? Nous étions passés d'une oppression à l'autre. Tout le monde avait peur. Lorsque je devais passer une nuit à Budapest, nos anciennes relations chic m'acceptaient à contrecœur. Il fallait parfois consulter un médecin qui, dans le huis clos d'un cabinet décrépit, me prescrivait du calcium. « Si vous en trouvez », disait-il.

Je grandissais, j'étudiais. Je n'utilisais que la moitié de notre nom, trop élégant sous cette dictature. J'avais appris à changer de vocabulaire. Je disais même aux amis jadis intimes que j'étais heureuse de grandir dans une vraie démocratie. Eux parlaient d'une troisième guerre mondiale que fomentait l'« Occident » et que seul le régime soviétique, désigné comme « force libératrice » œuvrait pour la paix. Ces discours stéréotypés empêchaient l'interlocuteur de vous dénoncer pour trahison. L'ancienne élite ou ce qu'il en restait devait plier ou mourir.

Ces années précédant notre passage clandestin de la frontière austro-hongroise, de 1945 à 1948, je les ai considérées comme une période d'« apprentissage ». J'observais le règne des ministres fantoches placés aux postes-clés par Moscou.

L'un de mes frères, héros authentique, paralysé des deux jambes, appuyé sur ses cannes, est revenu clandestinement pour nous aider à quitter le pays-prison. C'est lui qui nous a conduits jusqu'au passeur, afin que, par une nuit de 1948, nous puissions, malgré le clair de lune, franchir la frontière à pied.

Avant ce départ pour l'Autriche, j'avais brûlé le début de *Dieu est en retard* : je n'osais pas transporter sur moi des pages incriminant le régime. A l'inverse, le manuscrit du Journal du siège de Budapest avait été sauvegardé dans mon manteau d'hiver. Je le chérissais, mais je n'avais aucun pressentiment quant à son destin. J'ai reconstitué l'histoire du premier roman et je l'ai écrit.

*
* *

Après diverses aventures de l'exil qui pourraient aujourd'hui paraître absurdes, voire irréelles, j'ai été accueillie à Bruxelles. Un ami belge m'a conseillé d'envoyer mon premier manuscrit, *J'ai quinze ans et je ne veux pas mourir*, au concours du Grand Prix Vérité du *Parisien Libéré*. « Un journal français à grand tirage, issu de la Résistance », a-t-il dit. Le 17 décembre 1954, le prix m'a été décerné dans un fameux restaurant parisien.

Dans le vertige de ce succès, j'ai distribué des options : une à Fayard pour mon Journal de guerre, une à Gallimard pour *Dieu est en retard*. Dans ces moments-là, j'aurais même donné une option sur ma propre vie. Edité par Fayard, *J'ai quinze ans et je ne veux pas mourir* a fait ensuite le tour du monde et est conseillé depuis cette époque comme livre scolaire en différents pays. Pour la seule langue française, son tirage s'élève à ce jour à plus de trois millions et demi d'exemplaires. Gallimard m'a proposé un contrat pour mon prochain livre et pour les suivants. « Le prochain ? Un roman, n'est-ce pas ? Quel sera le titre ? – *Dieu est en retard*. » Le contrat a été signé dans les vingt-quatre heures.

L'extraterrestre d'Europe centrale, la fille transparente, était soudain devenue le centre d'intérêt de la presse et des éditeurs. Echappée d'un monde que recouvrait la chape de plomb de la dictature, j'intéressais la presse et je l'agaçais. Le fondateur et directeur général du *Parisien Libéré*, Claude Bellanger, a eu le coup de foudre pour moi. Moi, je l'ai aimé dès nos premiers regards échangés.

Avant cet événement heureux qui a changé ma vie, quoique élevée dans l'amour de la langue française et de la France, j'avais songé à m'installer dans une ville universitaire de Californie. Une association protestante m'avait assuré une bourse d'études. Une frontière réputée infranchissable m'avait retenue quatre ans en Hongrie. Claude Bellanger, lui, m'a « capturée » et gardée en France pour la vie. Ce grand journaliste, résistant, s'est lancé à quarante-cinq ans dans deux combats parallèles : divorcer – son mariage battait de l'aile depuis des années – et sauver son journal si convoité. Le comportement de Claude Bellanger était un acte de courage insolite dans une France aussi traditionaliste qu'hypocrite. Juliette Gréco chantait ses révoltes sur la Rive gauche, mais un père de famille, aussi influent qu'un ministre du fait de l'audience de son journal, qui brisait son cadre de vie rigide, quel scandale ! J'ai renoncé à mon rêve américain et nous avons entamé une nouvelle existence ensemble. J'ai écrit plus tard l'odyssée d'un divorce qui a duré dix ans dans *Embrasser la vie* (Fayard, 2001).

J'ai dû assimiler rapidement la vraie mentalité française. En dehors de la baguette et du béret, rien ne correspondait aux mythes inculqués. Je ne trouvais ni liberté, ni égalité, ni fraternité. Auprès de Claude Bellanger, j'ai parfois été brûlée, trempée dans le chaudron parisien. Dans le milieu littéraire et politique, l'atmosphère ressemblait parfois à celle de Budapest où on ne pouvait pas survivre sans pratiquer la langue de bois. Il fallait mentir en France aussi. « La Hongrie a été libérée par les Russes, ma chère, n'est-ce pas ? » Prudente, je ne remplaçais pas le mot « libération » par « occupation ». J'aurais été mal considérée.

Dieu est en retard est un roman-témoignage d'un ton parfois presque effrayant du fait de mon « innocence » politique. Certains membres du jury Goncourt, sympathisants du Parti communiste, ont refusé à Gallimard de le faire figurer sur leurs sélections. La presse, elle, l'a couvert d'éloges. Pourtant, on ne savait pas trop quelle attitude adopter face à cette fille qui osait écrire « occupation » là où il s'agissait d'une « libération ». On jouait sur les mots, le pays baignait dans l'hypocrisie politique, personne ne s'intéressait vraiment aux faits historiques intervenus ailleurs qu'en France. Des trouble-fête comme moi ? Je gênais. Je me disais « de gauche » et pourtant j'osais critiquer un système qui, sous couvert du mot « socialisme », bâillonnait des peuples.

La carrière de *Dieu est en retard* a suivi le succès mondial de *J'ai quinze ans et je ne veux pas mourir*. Il en a même existé une édition clandestine en letton. La fille d'Europe centrale, vouée à son double amour pour la France et pour un homme, ne respectait guère la règle du « politiquement correct » en dénonçant la mise en esclavage des peuples otages de Yalta.

La publication dans Le Livre de Poche de *Dieu est en retard*, mon premier roman, devenu par la force de l'Histoire un document, est pour moi une fête, celle de la littérature et de la vérité.

Ch. ARNOTHY.

L'ACCUEIL DE LA CRITIQUE LORS DE LA PARUTION CHEZ GALLIMARD EN 1955

Le Monde, **05.11.1955**
« Ce roman devrait s'appeler la peur. »

Le Journal du Dimanche, **20.11.1955**
« Roman dur, minutieux, implacable. [...] La lucidité de l'auteur ne laisse rien dans l'ombre. Livre intransigeant et amer orné d'une sombre poésie. »

Le Parisien Libéré, **26.11.1955**
« *Dieu est en retard* à peine paru est partout salué comme un roman de grande classe, aussi riche de réalisations que de promesses [...]. Elle est de ces auteurs auxquels on peut se fier : l'instinct et l'intelligence les servent, tous leurs personnages sont vivants. »

Les Nouvelles littéraires, **01.12.1955**
« Christine Arnothy domine son terrible sujet avec une surprenante élégance. Elle n'a pas voulu forcer la sympathie en nous présentant des héros exemplaires [...]. Un très grand, très beau roman. »

Selon son habitude, Baby se réveilla en bâillant. Elle bâillait bien avant d'avoir entrouvert un œil comme pour affirmer la persistance de sa fatigue et proclamer son bon droit à quelques heures supplémentaires de calme et de pénombre.

Pourtant, le soleil resplendissait au-dehors même à travers les lourds rideaux de velours tirés devant la fenêtre. Une chaleur étouffante régnait dans la pièce.

Les murs n'arrivaient même pas à étouffer les bruits. Quelque part – funeste rappel à la réalité – on remplissait une baignoire.

« On dirait une charge de cavalerie », pensa Baby en se recroquevillant sous ses couvertures. Mais, bien vite, elle s'allongea de nouveau, se rappelant qu'elle avait un cou à préserver des rides… La charge de cavalerie se poursuivit infatigable, et, de plus, la sonnette retentit à la porte d'entrée.

« C'est le laitier », se dit la jeune femme avec ennui. Elle grappilla une cigarette sur sa table de nuit, et, s'accoudant, l'alluma avec son briquet. Une armoire à glace à trois faces lui renvoyait son image. L'intimité avec ces doubles éveillait en elle un sentiment bizarre ; elle buvait du regard les moindres gestes de sa sœur jumelle. Elle avait remarqué le reflet doré de ses cheveux lorsqu'elle se penchait au-dessus du briquet. Maintenant, elle observait sa main aux longs doigts bien soignés, qui reposait sur la couverture comme un gant oublié. L'épaule, que sa chemise de nuit dégageait largement, était un peu osseuse ; mue par une subite inquiétude, la jeune femme plongea la main dans l'échancrure, comme un écolier qui repêche la médaille qu'il porte au bout d'une chaînette. « Tout va bien, il est encore ferme », se dit-elle en soulevant son sein droit. Elle s'étira et poussa la pointe d'un pied hors des draps, délicatement, comme si elle entrait dans un bain glacé. « Ah ! le vernis du petit orteil s'est écaillé, les autres sont bien. »

On frappa.

— Baby ?... Baby ?...

C'était la voix faussement joviale de sa belle-mère :

— Il y a une lettre pour toi... Baby, tu dors ?

Baby ne répondit pas. C'était l'un de ses trucs pour agacer la vieille. Elle était furieuse. Combien de fois n'avait-elle pas répété au concierge qu'il fallait garder son courrier dans la loge, afin qu'elle puisse le prendre elle-même ! Sa belle-mère était d'une curiosité maladive, elle tâtait les lettres, les soupesait, comme pour deviner leur contenu d'après le poids, elle étudiait longuement l'adresse de l'expéditeur et apprenait par cœur les textes griffonnés sur les cartes postales pour bien savoir si son fils et sa bru lui traduisaient fidèlement la part du message qui parfois lui était destinée. Ses traits exprimaient alors tour à tour le ravissement puéril ou la réprobation. Parfois elle se trompait d'expression, ce qui était assez drôle.

Baby supportait comme un outrage la nécessité de passer par la chambre de sa belle-mère pour se rendre à la salle de bains. Au réveil, son odorat hypersensible se révoltait, en traversant la pièce puante comme un trou de furet. La vieille femme avait beaucoup souffert de la faim pendant le siège de la capitale, et, depuis lors, elle avait gardé la manie de conserver les moindres bribes de nourriture. Elle chipait régulièrement quelques morceaux de sucre au petit déjeuner, pour enrichir sa provision personnelle, et elle cachait deux petits sacs de farine sous son oreiller. Dans l'embrasure de la fenêtre, on trouvait habituellement une petite casserole avec un reste de ragoût baignant dans son jus refroidi. L'armoire à linge servait de garde-manger privé, recelant des morceaux de fromage, des oignons, un demi-citron et autres victuailles. Cela donnait une gamme de parfums fort peu raffinée. On avait beau expliquer à la vieille femme que la prochaine guerre déciderait du sort des peuples en quelques jours et que la bombe atomique éliminerait radicalement tout problème d'alimentation, elle n'en croyait rien et continuait à glaner par-ci, par-là, tout ce qui était mangeable. Aussi ses formes s'arrondissaient-elles à vue d'œil.

Baby écrasa minutieusement sa cigarette et tendit l'oreille. Une porte venait de claquer ; c'était certainement son mari, Janos, qui sortait de la salle de bains et qui maintenant l'appelait.

« A son tour de m'embêter », grogna la jeune femme en s'étirant.

La voix au timbre sonore et un peu grasseyant retentit de nouveau :

— Baby, viens immédiatement déjeuner !

— J'ai encore sommeil, protesta-t-elle vainement.

— Tu te reposeras cet après-midi. Viens maintenant.

Elle reconnut que le moment décisif était arrivé ; il fallait s'extirper de sa moelleuse couchette. Elle passa sa robe de chambre, enfila ses babouches, humecta ses narines d'un soupçon de parfum : de quoi franchir sans trop de peine l'atmosphère de la chambre voisine…

Nonchalante, elle franchit le seuil ; sa belle-mère lui tendait une lettre.

— J'ai frappé à ta porte pour te la donner, mais je suppose que tu dormais.

— D'où vient la lettre ?

— Comment le saurais-je, rétorqua la vieille, les traits impassibles. Je n'ai lu que l'adresse et j'ai vu que ce n'était pas pour moi.

La jeune femme glissa la lettre dans la poche de sa robe de chambre, étant trop myope pour la lire sans lunettes.

— Qu'avez-vous toutes les deux à traîner comme cela ? s'irritait Janos dans la pièce à côté. Maman, maman, je t'attends !

Le chef d'orchestre était déjà attablé. Ses cheveux épais, légèrement grisonnants aux tempes, étaient encore humides du bain. C'était plutôt un bel homme avec son nez droit et ses lèvres un peu charnues mais bien dessinées, son menton rond rasé de près. Mais ce qui sautait aux yeux, c'était sa nuque de taureau, rouge écarlate en dépit de l'heure matinale, comme si c'était de là et non de son cœur que partait le flux de son sang. Bébé, il avait dû être très photogénique, couché à plat ventre sur un coussin. Avec les années, il s'était gonflé comme un pain qui lève. Une chair blanchâtre et molle avait débordé de partout la puissante ossature. En habit, sous le feu aveuglant des projecteurs, il faisait à son pupitre une apparition imposante. Le matin, au petit déjeuner, c'était plutôt déprimant de le regarder.

Baby se pencha au-dessus de la théière d'où montait

une vapeur parfumée. Pour elle, la tasse de thé du matin donnait lieu à une cérémonie religieuse, dont elle suivait les rites avec minutie. Les autres prenaient du café. Du vrai café, denrée au prix vertigineux, parvenue au pays souvent dans des colis dits de charité, mais qui faisait l'objet de bien des trocs avant d'être infusée dans la cafetière des gens assez riches pour s'offrir ce luxe.

Mentalement, la jeune femme dessinait chaque matin sur la table du petit déjeuner un cercle au-delà duquel elle ne levait pas le regard. Elle détestait cette réunion familiale au saut du lit et ce n'était qu'au cours de la journée que sa mauvaise humeur se calmait graduellement.

— As-tu bien dormi, mon trésor ? demanda la vieille à son fils en minaudant, comme si elle se penchait au-dessus d'un berceau.

Le bébé géant répondait toujours à cette question comme si elle avait une importance vitale pour tout le monde.

— J'ai bien dormi, mais il faisait très chaud dans ma chambre. Je m'étais débarrassé de toutes mes couvertures et j'ai quand même transpiré.

« Il ne peut pas se débarrasser de sa graisse », songea Baby en se versant une seconde tasse de thé.

— Tu as transpiré, mon pauvre chéri ? dit en s'agitant sa mère, l'œil angoissé. Tu n'es quand même pas malade ?

— Mais non… A-t-on rapporté mes chemises ?

— Pas encore. Pourtant on nous les avait promises pour avant-hier.

— C'est incroyable, tonna Janos. Vivre entre deux femmes et ne pas pouvoir obtenir qu'on s'occupe de vos chemises. Que se passe-t-il pour mes chemises, Baby, s'il te plaît ?

— Il y a trois jours, j'ai donné au magasin ta nouvelle encolure et on m'a assuré que ce serait prêt le surlendemain, – hier.

Baby sourit en se souvenant de la mine effarée du commis, qui ne pouvait croire à un pareil tour de cou.

— Si j'étais encore capable de faire des courses, mon fils, il y a grand temps que tu les aurais, tes chemises !

— Maman sait bien que là n'est pas la question, répartit Baby avec aigreur. On s'en fiche, dans les magasins ; ce n'est plus comme avant la guerre.

— Ne sois pas si impatiente avec maman, gronda Janos.

— C'est qu'on ne me laisse même plus dormir, geignait Baby, et j'ai tellement besoin de sommeil.

— Elle a reçu une lettre, expliqua la mère, espérant apprendre quelque chose de plus ; c'est pour cela que je l'ai réveillée.

— De qui est la lettre ? demanda Janos accoudé sur la table.

Baby tira la lettre de sa poche et l'approcha de ses yeux.

— C'est Anna qui m'écrit, je reconnais son écriture.

— Peut-être nous annonce-t-elle l'arrivée d'un paquet de victuailles, suggéra maman.

Baby s'abstint d'ouvrir l'enveloppe. Elle lirait la lettre plus tard. Après tout, ça ne regardait pas les deux autres.

— Viendras-tu à la répétition ? demanda Janos.

— Je dois aller chez le coiffeur.

— Eh bien, viens au théâtre ensuite. Un type de la Défense Nationale y sera aussi et je désire que tu fasses sa connaissance. Que mettras-tu ?

— Ma robe bleue et des chaussures beiges à hauts talons.

— Il vaudrait mieux que tu mettes des souliers bas. Tu sais bien qu'on s'occupe beaucoup du confort de la travailleuse et qu'on a décrété que les talons hauts étaient mauvais pour la santé. Je viens de lire un article là-dessus dans les journaux.

Baby lui jeta un coup d'œil glacial :

— Je ne suis pas une femme qui travaille et je trouve les talons bas affreux.

La vieille femme gloussa de plaisir :

— Elle t'a pris au sérieux, Janos, la bonne blague !

Janos pinça l'oreille de sa femme :

— Ma petite sosotte, va.

— Aïe, tu me fais mal, protesta Baby. Je vais prendre mon bain et je te rejoindrai vers midi et demi.

Il l'attrapa au passage et lui administra une petite tape câline :

— Ma petite chatte, va, on est de nouveau tout griffes ?

La mère, n'étant plus du jeu, les observait avec rancune.

— Embrasse-moi avant de partir, dit-elle à son fils, en tâtant subrepticement les morceaux de sucre qui s'étaient comme par hasard acheminés vers le fond de sa grande poche.

*
* *

Ce matin-là Baby va chez le coiffeur avec la même hâte qu'à un rendez-vous amoureux. Elle se réjouit du soleil éclatant car cela lui offre le prétexte de cacher sa myopie derrière des verres fumés qui corrigent sa vue. Le quartier qu'elle traverse est celui dont les magasins, avant la guerre, faisaient rêver les coquettes en les aguichant avec leurs splendides étalages. Une boutique au store baissé : ici se trouvait le meilleur bottier de Budapest. La dernière fois qu'elle était venue y commander des chaussures, elle n'avait pas franchi la porte qu'un monsieur affable, bien habillé, s'occupait d'elle avec empressement. Les pas s'enfonçaient agréablement dans un tapis de haute laine. Le fauteuil qu'on lui offrit était large et moelleux. Après s'être enquis du genre de souliers qu'elle désirait, le vendeur avait mis un genou à terre et, prenant en main son pied revêtu d'un bas aussi fin qu'une toile d'araignée, il l'avait contemplé longuement comme si c'était une pierre précieuse à sertir. Il avait dessiné les contours, étudié les lignes, mesuré la cambrure, puis il avait apporté un énorme paquet de cuirs souples et lisses au toucher, pour lui faire choisir la teinte voulue.

Baby se rappelle comme son cœur s'était gonflé de plaisir à l'idée qu'elle était femme et aussi qu'elle était jolie.

Le maître-bottier avait disparu dans la tourmente et tout le quartier avait complètement changé d'aspect. Au lieu d'articles de luxe savamment disposés dans des vitrines éblouissantes, il n'y avait plus que des stores baissés, des étalages réduits, et l'étoile rouge, l'étoile sanglante, collée partout comme pour narguer les passants.

Dans le temps, Baby se sentait gaie dès qu'elle entrait dans la boutique du coiffeur ; elle humait volontiers l'air un peu lourd, mais chargé de senteurs délicates. Le propriétaire, impeccablement vêtu de blanc, se précipitait vers elle en souriant ; il s'occupait lui-même de ses élégantes clientes qui s'assoupissaient agréablement sous le séchoir électrique, une pile de magazines étrangers à portée de leur main. Maintenant, le linge n'est plus immaculé et l'importation des parfums français est interdite. Même les teintures ne sont plus ce qu'elles étaient, au grand dam de Baby, car – secret jalousement gardé – ce n'est pas la nature qui l'a dotée de l'auréole claire qui encadre ses traits…

C'est l'un des anciens garçons qui est patron maintenant, – un noiraud malingre dont les mains ont toujours l'air sales. Il ne vient pas à la rencontre de Baby ; d'un bref signe de tête, il lui indique une place libre. Devant le miroir en face d'elle, un peigne emprisonne encore une touffe de cheveux foncés ; par terre, des paquets de cheveux coupés baignent dans de l'eau répandue. Baby se détourne avec répugnance, et, pour se changer les idées, commence à lire la lettre de sa sœur.

« Ma chère Ilona »… La jeune femme fait la moue. Pourquoi l'affubler d'un nom qu'elle déteste, quand elle possède un diminutif qui lui plaît ? C'est bien d'Anna, cette manière stricte de s'en tenir à ce que sort et parents ont décidé pour nous : prénom, teinte de cheveux, personnalité… Anna avait protesté avec véhémence lorsque les cheveux châtain foncé de sa sœur avaient subitement viré au blond. Anna était maintenant la seule à connaître ce secret : tous les autres témoins avaient disparu pendant la guerre. Avec un léger soupir, Baby reprend la lecture de sa lettre.

« Ma chère Ilona, je t'écris cette lettre à deux heures et demie du matin ; ne t'étonne donc pas si elle est plutôt décousue. J'ai eu une grave dispute avec Sandor, cela a failli tourner au drame. Tu sais que si je te demande un service, c'est que j'ai réellement besoin de ton aide, c'est qu'il s'agit d'une chose d'une importance vitale. Je t'en prie, garde Ida chez toi pendant quelques semaines. Elle pourra éventuellement donner un coup de main à ta belle-mère pour le ménage, et, en tout cas, elle t'apportera des vivres qui vous suffiront à tous pendant la durée de son séjour à Budapest. Elle te racontera ce qui s'est passé, et qu'il m'est difficile de te dire en quelques lignes. Ida arrivera par le train de vendredi après-midi. Je suis trop énervée pour continuer ma lettre. Je t'embrasse. Ton Anna. »

Baby plie la lettre en fronçant le sourcil. Il ne manquait plus que cela : voilà que lui tombe sur le dos sa nigaude de nièce. Et puis, elle déteste ces lettres au ton pathétique. Drame, besoin urgent, problème vital – voilà bien des termes de petite provinciale faiseuse d'embarras, le mode d'expression d'Anna…

Entre-temps, le coiffeur a commencé sa besogne. Baby a incliné sa tête en arrière et s'attend au contact lénifiant du jet d'eau tiède, mais la surprise lui arrache un petit cri : l'eau est glaciale.

— Ça se réchauffera bien, déclare le coiffeur sèchement et il se met à frotter le cuir chevelu sans aucun ménagement. Ses mains sont brutales et il se dépêche visiblement. Peut-être a-t-il aussi quelque norme de travail à suivre ou prend-il part à l'un de ces « concours de travail » qu'annoncent sur les murs du salon des affiches dédiées à la plus grande gloire des ouvriers stakhanovistes ? Il rince rapidement, toujours avec de l'eau froide, frotte la tête avec une serviette qui a certainement déjà servi, enroule prestement les boucles et passe sans mot dire à une autre cliente, après avoir branché le séchoir électrique. Un souffle glacial tourbillonne d'abord dans le casque. Baby claque des dents. Elle sort la tête pour allumer une cigarette, des bribes de conversation lui arrivent de la cabine voisine. «... Les deux autres sont nationalisés. Et sais-tu que Peter est... » un geste remplace probablement le mot « bouclé ». « Il a accepté du travail sans permis régulier... »

— Comment veux-tu qu'il nourrisse ses enfants, dit l'autre voix en sourdine ; ils n'ont plus rien et ils crèvent de faim !

— Chut, ne parle pas si haut...

Exaspérée, Baby rentre la tête sous le casque. Décidément, tout se ligue contre elle aujourd'hui. Tout est déprimant : l'eau froide, la lettre annonçant l'arrivée de sa nièce, cette lettre qui la fait participer aux démêlés conjugaux de sa sœur, et puis ces paroles cueillies au vol !

Il est midi lorsqu'elle quitte le salon de coiffure. La chaleur est intense. Baby a promis d'être au théâtre vers midi et demi, il lui reste donc assez de temps pour prendre une tasse de café. Il y a un sympathique petit bar « Espresso » dans la rue Kossuth Lajos : elle s'y dirige d'un pas rapide, afin qu'on ne puisse pas la prendre pour une promeneuse oisive. Assise à l'une des tables minuscules, elle commande son café, grille une cigarette et à nouveau se sent heureuse. Le soleil brille, elle est bien coiffée, le café est excellent. Que faut-il de plus ? Elle n'est pas de ceux qui encombrent leur cœur de l'infortune des autres. Les yeux mi-clos, elle se laisse aller à la rêverie, en suivant du regard les volutes de fumée de sa cigarette.

Mais tout à coup, elle sursaute : qu'arriverait-il si une brigade volante la trouvait ici ? Ces derniers temps, la police interpelle souvent les clients des cafés et des restaurants et leur demande avec quoi ils règlent leurs consommations, comment ils ont gagné l'argent qui leur permet ce luxe. Bien entendu, l'épouse du célèbre chef d'orchestre n'aurait pas de peine à fournir la justification requise. Quand même, il vaut mieux éviter de se faire remarquer. On ne peut jamais savoir… D'un bond, elle se lève, dépose de la monnaie sur la table et se hâte vers le théâtre.

Même le changement de régime politique n'avait pas réussi à ouvrir les portes de l'Opéra National à Janos Tasnady ; son talent restait un peu au-dessous de la classe que l'on exigeait. Aussi, fort de ses relations gouvernementales, avait-il fondé son propre théâtre où l'on ne donnait que des œuvres lyriques du genre mineur. L'entreprise était certainement viable, l'orchestre bien dirigé, les musiciens triés sur le volet, c'était beaucoup, mais, plus que tout cela, il importait que le délégué du ministère de la Défense nationale qui venait aujourd'hui à l'Opéra y eût du plaisir…

Au coin de la ruelle menant au théâtre, Baby passe devant un kiosque à journaux. Son regard est accroché par la couverture d'un périodique illustré : une photo occupe toute la page : un pendu se balançant au bout d'une corde. Légère concession à la pudeur : on avait passé un sac au-dessus de sa tête afin de cacher les traits convulsés. Baby s'approche et, grâce à ses lunettes, peut lire le texte explicatif au bas de l'image. Elle esquisse involontairement un mouvement de recul et sent le sol se dérober sous ses pieds. Faisant un effort de volonté, elle se ressaisit et file, le cœur battant, sans regarder ni à gauche ni à droite, comme une bête traquée. Sous la photo, c'est leur propre nom qu'elle a lu, car le supplicié est le cousin germain de son mari, photographié dix minutes après son exécution. Sous l'occupation nazie, il avait été secrétaire d'Etat, et, dès l'arrivée des Russes, on l'avait arrêté. Son procès longuement différé venait de l'amener à la potence…

Le chef d'orchestre avait souvent eu recours à lui pendant la guerre, mais toujours discrètement. Il évitait soigneusement de se montrer en public avec ce cousin trop compromettant. Janos avait toujours été persuadé que les Allemands finiraient par perdre la guerre. Le ménage avait néanmoins souvent dîné à la villa du secrétaire d'Etat. Sans l'admettre même vis-à-vis d'elle-même, Baby avait eu un faible pour cet homme svelte, élégant, grand chasseur et bon cavalier. Il s'inclinait toujours bien bas pour saluer la jeune femme, mais s'arrêtait toujours à un demi-centimètre de la main tendue : jamais ses lèvres n'avaient touché la peau blanche et veloutée de sa cousine. Il lui faisait un peu la cour, d'une manière discrète et courtoise, mais Baby savait qu'il était aussi aimable avec n'importe quelle jolie femme.

Baby tâche de reprendre son impassibilité pour saluer le concierge du théâtre. Elle ne ralentit sa course qu'en arrivant dans le couloir sombre qui mène aux coulisses. Là, les yeux fermés, elle s'appuie contre le mur qui s'effrite, haletante et secouée par l'émotion. Des sons tamisés parviennent jusqu'à elle : de la musique, la voix de Janos qui arrête les instruments et explique quelque chose, puis l'orchestre qui reprend, un soliste qui se met à chanter. La jeune femme s'avance lentement vers la scène, et, de ses deux mains, pousse les battants de fer. La voici sur le plateau. Elle sourit aux musiciens dont le regard la suit au-dessus des partitions, elle descend prudemment le petit escalier qui mène au parterre et s'assied au premier rang. Sur la scène, les visages se découpent nettement sous le feu des projecteurs. Le corps puissant de Janos, son front en sueur n'inspirent aucune répugnance à Baby en ce moment, au contraire ; à le voir, elle se sent vaguement rassurée et retrouve son équilibre.

Janos frappe son pupitre de petits coups secs :

— Nous arrêtons pour cinq minutes, dit-il en essuyant son front. Il s'adresse à un groupe de chanteurs qui se dirigent vers les coulisses en bavardant :

— Que Klein reste ici ! Tu entends, Klein ?

Une voix répond de derrière les coulisses :

— Permettez-moi de chercher un petit pain, Maître, je reviendrai aussitôt.

Janos descend vers la salle, Baby va à sa rencontre et murmure :

— As-tu vu l'*Observateur Illustré* ?

Son mari l'agrippe par le bras, lui fait faire demi-tour et prononce à voix haute :

— Baby, permets-moi de te présenter Imre Törzs, commissaire politique.

Elle aperçoit un jeune homme assis au troisième rang des fauteuils. Il avait dû s'y trouver avant qu'elle n'arrive. Sans se lever, il lui tend la main :

— Enchanté. Voulez-vous vous asseoir près de moi ?

— Je dois dire quelques mots aux musiciens avant la reprise, mais ma femme peut rester avec vous, répond Janos. Après la répétition, nous pourrions peut-être prendre un verre de bière tous ensemble ?

Törzs consulte son bracelet-montre :

— Je n'aurai pas le temps.

— Nous tâcherons de terminer rapidement, dit Janos en retournant sur la scène.

Törzs offre une cigarette à la jeune femme :

— Chantez-vous aussi ?

— Oh ! non, dit-elle en souriant doucement, je n'ai pas de voix et je chante faux. Elle regarde son interlocuteur.

— Aimez-vous l'opéra ?

— Ça dépend, répond-il évasivement.

— Ça dépend de quoi ?

— De ce que l'on chante, et de la personne assise à mon côté. Près d'une femme aussi belle que vous, je me fiche pas mal de ce qui se passe sur la scène. Vous me plaisez.

Baby sourit sans trouver de réponse. La platitude de ce compliment l'offense comme une insulte. « Ce n'est pas possible, se dit-elle, que la subvention du théâtre dépende d'un pareil rustre ; ça doit être une erreur. » Elle observe du coin de l'œil ce grand maigre aux cheveux foncés : il doit avoir une trentaine d'années. Sa veste trop large aux épaules trahit un sérieux rembourrage. Il y a une petite ombre brune sur son menton volontaire ; une cicatrice ? Inlassablement, il griffonne des notes dans un petit carnet.

La jeune femme se sent mal à l'aise. Elle préférerait rejoindre son mari, mais craint d'irriter le policier. Il lui semble que les parois de la salle assombrie montent jusqu'aux cieux, que les rangées de sièges vides se perdent dans l'infini. La scène, seule tache claire dans toute cette obscurité, lui paraît bien lointaine. Elle se sent isolée avec Törzs, livrée à des puissances occultes ; elle pressent avec une certitude absolue que cet individu jouera un rôle dans sa vie. Ecrit-il vraiment ?

Son crayon s'arrête parfois assez longtemps…

Il faudrait dire quelque chose pour dissoudre ce silence oppressant, mais tout ce que la jeune femme réussit à faire, c'est de suivre du regard le frétillement de la petite gomme fixée au bout du crayon.

Subitement, l'éclairage de la scène devient plus vif. Il y a du mouvement parmi les chanteurs, et Janos, se retournant, s'adresse au policier :

— Encore un quart d'heure, Imre, et nous pourrons partir.

Törzs acquiesce de la tête, puis il se penche vers Baby et lui souffle à l'oreille :

— Vous savez bien vous taire, vous. Vous m'avez laissé tranquille pendant tout le temps que je prenais des notes. Cela arrive rarement avec les femmes.

— Klein, ne mange pas, grogne Janos.

— J'ai pensé que, comme je ne chantais pas dans cette partie de l'œuvre…

— Continuons, continuons, je vous en prie. Janos est énervé. La mélodie envoûtante de l'air exécuté emplit la salle et berce doucement la jeune femme qui connaît chaque mesure par cœur.

— Je vous baise la main, Madame, murmure quelqu'un près d'elle.

— Bonjour, cher Arpad, dit-elle, le visage éclairé d'un sourire qu'elle a voulu tout spécialement affable. Le petit Juif malingre lui baise respectueusement la main ; ses lèvres s'attardent un instant sur les doigts parfumés.

Baby présente les deux hommes l'un à l'autre.

— Arpad Klein, baryton, un des piliers du Théâtre Lyrique. Imre Törzs, du ministère de la Défense nationale.

Les hommes se serrent la main en silence. Klein est embarrassé. Au cours des cinq dernières années, il a eu assez de fil à retordre avec certaines autorités pour nourrir une méfiance extrême envers tout individu nanti d'un pouvoir dans un bureau, et il hait avant tout les limiers de police en civil. Il doit y avoir un pépin pour le théâtre, se dit-il, et il voudrait rester pour en savoir plus long, tandis que son instinct le pousse à s'éclipser.

— Puis-je venir vous voir cet après-midi, Madame ? demande-t-il à la jeune femme.

— Mais certainement… Vous êtes toujours le bienvenu et Maman sera enchantée de vous voir…

— J'espère ne pas avoir trop irrité le Maître, j'en serais désolé.

— Mais non… Ça l'amuse de taquiner l'un ou l'autre par moment, mais il est très satisfait de vous.

— Vraiment ? La joie s'étale sur la figure de Klein ; il se lève et prend rapidement congé, comme s'il voulait rester sur cette dernière impression et emporter la phrase comme un talisman.

Baby suit du regard sa démarche maladroite ponctuée de petits réflexes nerveux de la tête, qui semble continuellement esquiver une gifle. Ce n'est qu'un léger tic mais qui, sur la scène, paraît souvent ridicule.

— Je dois partir, déclare Törzs en se levant à son tour. Dites à votre mari que je reviendrai un autre jour, mais qu'il m'est impossible de l'attendre. Au revoir… ajoute-t-il en serrant la main de la jeune femme.

— Au revoir, répond-elle dans un souffle.

Il s'éloigne. Baby se tourne à moitié et observe la silhouette longue et maigre, l'épaule droite plus haute que l'autre. Est-il né ainsi ou est-ce le résultat d'une mauvaise habitude ? La jeune femme se surprend à s'interroger sur Törzs longtemps après son départ. Lucide, elle se rend compte qu'il lui a fait une certaine impression. Elle reste immobile, figée dans son fauteuil, heureuse de l'inertie physique et mentale qui la retranche en quelque sorte du théâtre.

C'est une évasion comme une autre et elle craint la phrase, qui, tout à l'heure, mettra impitoyablement un terme à sa rêverie. Elle n'aurait qu'un désir : rester ainsi repliée sur elle-même, enveloppée de ses songes, pendant un temps indéfini. Mais déjà, les musiciens plient bagages ; des bribes de phrases, des rires fusent dans l'air. Et voilà la phrase inévitable qui résonne, elle aussi, à ses oreilles :

— Baby, viens-tu ? La voix de son mari est lointaine, impatiente, remplie d'intonations mystérieuses. Chaque matin, cette même voix lui répète les mêmes mots : « Baby, viens-tu ? » Trop souvent il lui faut s'incliner et alors elle se lève, passe, ivre de sommeil, par la chambre de sa belle-mère qui l'épie sous ses paupières baissées, traverse l'étroit vestibule, toute chancelante, se rend dans la chambre de son mari. En se glissant dans le lit qui l'appelle, elle a l'impression de s'immerger jusqu'au cou dans une eau tiède et souillée. Gémissant sous le poids de l'homme qui se renverse sur elle, les yeux rivés au plafond, les dents serrées, elle aspire au moment où, libérée, elle se plongera avec délices dans l'eau brûlante de sa baignoire.

— Baby, je t'ai déjà appelée trois fois, dit Janos qui s'était approché d'elle sans qu'elle l'eût remarqué… Comment – Törzs est parti ?

— Il a dû partir, mais il a dit qu'il nous ferait bientôt signe.

— Pourquoi ne l'as-tu pas retenu de quelque manière, s'écrie Janos furieux. Je ne peux vraiment compter sur la moindre assistance de ta part. En ce moment, Törzs est extrêmement puissant et…

— Partons, interrompt Baby, impatiente, que veux-tu que j'y fasse ? Je ne pouvais quand même pas le retenir par le pan de sa veste ! Tu n'avais qu'à terminer ta répétition plus tôt !

— Mais c'était impossible ! L'orchestre, les chœurs, rien n'est au point, c'est boiteux, c'est mauvais ! D'ailleurs, je devais bien prouver à Törzs que je maintiens la discipline et que nous observons scrupuleusement les heures fixées pour les répétitions.

Ils s'acheminent à travers les couloirs obscurs qui sentent le moisi. A la sortie du bâtiment, la chaleur suffocante de juillet les submerge, comme s'ils plongeaient dans un bain très chaud. Leurs lunettes fumées prêtent une teinte irréelle aux êtres et aux choses. Au coin de la rue, le marchand de journaux est toujours là, s'épongeant le front et répétant sans grande conviction : « Vient de paraître… Achetez *l'Observateur Illustré*… Dernière édition… »

— Si tu achetais un exemplaire, murmure la jeune femme. En première page…

Son mari la pousse du coude : « Tais-toi… J'en ai un dans ma poche, je te le montrerai à la maison. Ici, on pourrait nous voir. »

— Crois-tu qu'il ait beaucoup souffert ?

— Je préfère ne pas discuter de tout ceci dans la rue. T'es-tu occupée de mes chemises ?

— Elles seront prêtes demain, répond Baby à tout hasard, et, en pensant à l'encolure de ces chemises, elle pense tout à coup à l'encolure du pendu. Combien de centimètres le nœud coulant avait-il dû avoir ?

Ils marchent en silence. L'asphalte fond au soleil sous leurs pieds. Ils n'ont rien à se dire et ils cachent leur émoi aux yeux des passants. C'est la quatrième année du nouveau régime. Les gens se sont habitués à vivre sur deux plans moraux bien distincts : au plus profond d'eux-mêmes, il y a le souvenir indélébile de leur ancienne vie, tandis qu'à la surface les nouveaux principes, les nouvelles habitudes ont déjà formé une croûte, et l'angoisse perpétuelle a si bien dressé leurs réflexes que, même sortant du plus profond sommeil, ils ne se trompent pas d'attitude.

Janos considérait les quatre années écoulées comme une garantie de sécurité. « Si l'on nous a épargnés jusqu'ici, disait-il, pourquoi nous ferait-on des ennuis maintenant ? » Son cousin, l'ex-secrétaire d'Etat, était en prison depuis trois ans, personne ne parlait plus de lui ; la famille commençait à croire que toute l'affaire se terminerait sans bruit.

— S'il passe en jugement, il s'en tirera probablement avec la détention à vie, expliquait Janos aux autres, mais ce n'est pas impossible que le tout s'achève en queue de poisson. En tout cas, ajoutait-il chaque fois : Pas un mot de nos relations avec lui.

— Mais vous portez le même nom, mon chéri, remarquait la mère anxieuse. C'est un parent si proche…

— Cela ne nous rend quand même pas responsables de sa conduite, rétorquait Janos, énervé.

Baby suggéra un jour timidement qu'on devrait faire parvenir quelques vivres, quelques cigarettes au prisonnier. Elle avait été fort mal accueillie.

— Gare à toi si tu te mêles de faire des sottises pareilles ! Il faut même éviter de mentionner son nom, sans quoi on pourrait croire que nous nous apitoyons sur son sort. Il n'avait qu'à se tenir tranquille sous l'occupation allemande. S'il ne s'était pas tellement compromis, il en aurait peut-être réchappé aussi…

— Tu as complètement raison, mon grand, soupirait la mère en dodelinant de sa grosse tête.

— Après tout, ce n'est que votre prénom qui diffère, renchérissait Baby sèchement.

— Et alors ? Que veux-tu insinuer ? Dois-je m'ouvrir les veines pour me débarrasser de cette parenté ?

Marchant côte à côte sous le soleil, tous les deux se remémorent ces conversations. On en reparlera encore tout à l'heure autour du ragoût fumant sur la table et cette pensée écœure de plus en plus Baby. Elle sait qu'elle marche, tout éveillée, dans une ville réelle et pourtant tout lui paraît invraisemblable comme dans un rêve : l'annonce inattendue de l'arrivée d'Ida, l'apparition de ce Törzs qui la fascine et la repousse en même temps, et ce mort, surtout ce mort dont l'ombre les poursuit comme dans un cauchemar…

— Tu es pâle, constate Janos, lorsqu'ils s'engouffrent sous le porche de leur maison. Tu n'as sûrement pas assez mangé ce matin, selon ton habitude !

Baby soupire de soulagement. Pour une fois, les relents de la cuisine et la rondeur ondulante de sa belle-mère lui paraissent agréablement rassurants.

Une ombre de reproche tinte dans l'accueil de la vieille.

— Comme vous êtes en retard, mes enfants. Si le ragoût est desséché, ce sera bien de votre faute…

Ils s'attablent, Maman a brossé les miettes du petit déjeuner, mais Baby reconnaît les taches sur la nappe. Elle s'étonne d'avoir faim en dépit de ses émotions ; elle mange nerveusement, afin que ce repas s'écourte le plus possible.

— Ça te plaît, mon fils ?

Janos esquisse un geste d'impatience. Les yeux de Maman s'arrondissent, affolés :

— Est-il arrivé quelque chose ?

— On a pendu Jenö, répond-il laconiquement.

Maman sursaute comme sous l'effet d'un choc électrique. Elle se signe rapidement et murmure : « Jésus-Marie, Jésus-Marie… » Son gros corps s'affale sur la chaise comme si quelque ressort intérieur avait brusquement cédé ; son pied, saisi d'un tremblement convulsif, bat la mesure sur le parquet. « Elle joue la comédie, pense Baby ; c'est impossible de trembler si fort. »

— Comment as-tu appris cette affreuse nouvelle ? demande la vieille femme en se penchant vers son fils et, sans attendre la réponse, elle ajoute :

— Pourvu qu'il ne t'arrive rien à toi, mon grand chéri. J'ai si peur quelquefois…

Elle continue à mâchonner lentement.

— Jésus-Marie, répète-t-elle, crois-tu qu'il ait beaucoup souffert ?

Janos s'apprête à donner des explications grandiloquentes, mais il est subitement freiné par le tic nerveux qui tient à sa merci ce grand corps vigoureux. Comment énoncer des phrases lapidaires avec une paupière gauche qui clignote ?

— C'est avant sa mort qu'il a dû souffrir, dit-il simplement. La prison… L'angoisse… La pendaison en elle-même, cela ne…

Il voulait dire que l'instant où le corps basculant rompt la vertèbre de la nuque ne devait pas être spécialement pénible, mais il ressent un bizarre serrement au creux de l'estomac, et la phrase reste suspendue, incomplète…

Baby triture de la mie de pain entre ses doigts. « Au fond, se dit-elle avec une douloureuse ironie, c'est le banquet funéraire de notre cousin Jenö. Tout en nous resservant des plats, nous discutons de l'intensité de sa souffrance et tâchons de deviner quel fut pour lui le moment le plus douloureux... Elle eut pitié du mort et jeta dans le débat la phrase qu'elle tenait en réserve dès le début :

— Ma nièce Ida arrive demain après-midi par le train de quatre heures. Voilà ce qu'Anna m'écrit dans sa lettre. Il y a eu un scandale quelconque chez eux, je ne sais pas au juste quoi. Il faudra préparer un lit dans la petite chambre.

— Et tu ne nous dis cela que maintenant, s'exclame Janos furieux. C'est vraiment le comble ! Qu'allons-nous faire de ce chameau de fille ? Non, télégraphie-leur tout de suite qu'elle ne vienne pas !

Un sourire satisfait trahit la pensée de Maman, enchantée de ne pas avoir à s'immiscer directement dans la dispute. En face de ce front unique, Baby voit rouge :

— C'est le moins que nous puissions faire pour eux, réplique-t-elle d'une voix tranchante. Ida aidera Maman à faire le ménage.

— Mais c'est impossible, rugit son mari. Ne comprends-tu donc pas que notre situation est des plus précaires en ce moment ? Un mot dit de travers peut provoquer notre ruine. J'ai besoin de l'appui de Törzs pour la subvention du théâtre, aussi devons-nous tâcher de gagner son amitié et l'inviter souvent chez nous ; et alors, tu vois ton idiote de nièce commettant une gaffe qui pourrait tout compromettre ?

— Ida est une jeune fille réfléchie et plutôt silencieuse. D'ailleurs, lorsque ton fameux Törzs viendra chez nous, elle pourra très bien rester dans sa chambre ou sortir. Après tout, elle ne compte pas s'installer définitivement ici. Anna nous l'envoie pour trois semaines et m'assure qu'elle la nantira de vivres qui suffiront à nos besoins pendant tout son séjour.

Janos hausse les épaules et se lève de table aussi lourdement que s'il devait soulever le meuble pesant.

— Ça m'est égal, mais s'il arrive quelque chose, je t'aurai prévenue…

La vieille ramasse les assiettes. Baby se retire dans sa chambre.

— Viendras-tu un peu chez moi, méchante mignonne ?

— Non. Je suis fatiguée et je vais dormir.

— Attends un peu, je te le revaudrai, menace Janos sans conviction.

Maman, qui traîne ses semelles en débarrassant la table, s'arrête un instant pour ne pas troubler le dialogue conjugal. Mais déjà Baby a claqué la porte derrière elle, laisse glisser ses vêtements pêle-mêle et s'étend toute nue sur le divan. La chaleur brave les vitres fermées et les rideaux tirés. C'est l'heure de la sieste, toute la maison est silencieuse. C'est alors que dans cet appartement où tout semble calme, le pendu fait son apparition.

Frémissante d'horreur, Baby sursaute dans son état de demi-somnolence, s'enveloppe dans la couverture qu'elle arrache du lit et se recroqueville toute menue au coin du divan. Mais il n'y a rien à faire ; à travers ses paupières closes, elle voit, elle sent le mort qui est assis là, à l'autre bout, dans l'attitude qui lui était familière. Aussi grand que Janos, mais bien plus élancé ; une grave maladie avait blanchi prématurément ses cheveux, comme si les puissances d'outre-tombe l'avaient autorisé à revenir parmi les vivants à condition qu'il portât désormais une perruque blanche. Oh ! comme

Baby connaît bien ce mouvement presque imperceptible avec lequel il tire son pantalon sur ses genoux avant de croiser les jambes… Il portait toujours des souliers noirs à bouts pointus, une chemise immaculée sous un complet foncé. Sa voix qui ne s'élevait jamais très haut, avait un timbre doux mais si persuasif…

Un soir, bien avant l'occupation allemande, ils avaient dansé ensemble dans un petit bar, sur l'air sentimental d'une valse lente. De toute sa féminité exaspérée, Baby avait eu l'espoir de trouver enfin un contact affectif avec cet homme attirant, de muer cette politesse indifférente en intérêt, de sentir dans la pression du bras qui enserrait sa taille une réponse à son attente enfiévrée. Elle se rapprocha un peu de lui et, avec un petit soupir qui en disait long, toucha de sa joue les traits encore si jeunes sous la couronne d'argent. Mais la proie se déroba. Jenö recula un peu la tête et, fixant la jeune femme dans les yeux, se lança dans une longue dissertation sur le dernier match France-Hongrie. Et l'étreinte de son bras se fit plus légère sur le corsage soyeux. Profondément humiliée, Baby vit sa belle soirée gâchée. Pourtant elle n'avait pas gardé rancune à Jenö de cette blessure d'amour-propre, car elle aimait passionnément tout ce qui restait inexprimé, inexpliqué et, même en ce refus, elle voyait un semblant de contact, un petit secret en commun. Chaque fois qu'elle se trouvait aux côtés de Jenö, il lui venait une bizarre nostalgie des fautes romantiques qui se cachaient sous les dentelles de la fin du siècle précédent.

Au cours de ces dernières années, elle avait quelquefois longé les murs de la prison où on le détenait. Chaque fois elle avait accéléré le pas sans même oser lever son regard. « Si jamais je le revois, se disait-elle, je lui dirai tout de ces petits désirs pervers qui avaient jeté l'émoi dans mon cœur… » mais, au fond, elle savait bien qu'elle n'en aurait plus l'occasion…

Ces images défilent aux yeux de Baby comme la bande lumineuse devant le spectateur au cinéma. Elle ne fait rien pour les chasser, car elle dort à moitié et s'en rend compte, bien qu'en même temps ses sens enregistrent en détail le réel : chaleur, pénombre, notes de piano qui s'égrènent dans la chambre à côté.

Janos a troqué ses vêtements moites pour le pyjama plus léger, mais au lieu de s'étendre, il s'est assis au piano et déchiffre une partition tout en fredonnant légèrement. Ses gros doigts blancs parcourent avec souplesse le clavier jauni. L'accord qu'il fait résonner vibre longuement à travers l'appartement assoupi et meurt, sans que la phrase musicale s'achève : la main du pianiste s'est subitement figée sur les touches d'ivoire… Devant lui la première page de l'*Observateur Illustré* s'est superposée à la partition : l'horrible photo de l'homme pendu au gibet, les deux bras liés derrière le dos creusant le veston noir à la taille.

Janos jette un regard effaré autour de lui. Il voudrait appeler sa femme, mais il sait que l'indifférence glaciale de Baby ne ferait qu'aggraver sa tension nerveuse. La mère dort. Il est seul, abandonné dans la lutte contre les fantômes qui remontent du passé. Combien de fois ne s'est-il pas adressé à son cousin pour diverses affaires, lorsque celui-ci était au pouvoir ? C'est grâce à leurs liens familiaux qu'il se frayait un chemin à travers tous les huissiers et secrétaires encombrant l'antichambre de son cousin. Celui-ci le recevait toujours avec la même gentillesse affable ; peut-être attendait-il juste un petit instant de trop avant de désigner, de sa main fine, un fauteuil en face du bureau, en disant : « Assieds-toi, s'il te plaît… » Le téléphone interrompait sans cesse leur entretien. Généralement, Jenö exauçait toutes ses requêtes avec une résignation polie. Il était de ceux qui savent que, dans le sillage des belles carrières, il y a toujours le groupe serré des parents qui réclament leur part.

Dès que les Allemands occupèrent le pays, Jenö fut du jour au lendemain désigné comme secrétaire d'Etat chargé d'assumer les fonctions du ministre démissionnaire. Les places laissées vides par tous ceux qui optaient pour la Résistance furent occupées par des politiciens qui jouissaient de la confiance de l'occupant. Peu de fonctionnaires avaient gardé leurs affectations antérieures, les arrestations étaient à l'ordre du jour aussi bien que les avancements spectaculaires. En apprenant que le directeur de l'Opéra National avait été révoqué, Janos et les siens se gonflèrent d'ambition.

— Qui trouverait-on pour le remplacer, sinon toi ? susurrait Maman tout excitée. Jenö n'a qu'un mot à dire et le tour est joué ! Tu seras enfin désigné à ce poste que tu devrais occuper depuis longtemps…

— Ce n'est pas si simple que cela, avait protesté Janos faiblement, frémissant d'émoi en son for intérieur.

La famille tint conseil : on décida qu'il importait avant tout de prendre contact avec le très puissant cousin. Convié à dîner, celui-ci demanda que l'invitation fût remise de quelques semaines à cause de son intense activité.

— Ce sera trop tard, s'inquiéta Maman et, trois jours après, Janos, prenant les devants, se rendait au ministère.

Jenö ne le fit pas attendre, il lui offrit tout de suite un

fauteuil et une cigarette, tandis que Janos lui exposait l'objet de sa visite.

Jenö l'écouta sans sourciller, puis, s'adossant à son fauteuil, il répondit d'une voix calme et mesurée :

— Je regrette sincèrement mais ça ne va pas, mon ami, ça ne va vraiment pas. Tu m'en vois, d'ailleurs, désolé, car je ne demanderais pas mieux que de te faire plaisir. Tu sais que j'apprécie ton talent et que j'aime bien les gens qui ont de l'ambition, car j'en ai moi-même. Seulement, il y a une chose : il faut être réaliste et connaître ses propres limites. Tu es un remarquable chef d'orchestre et un excellent compositeur, mais il faut plus que cela pour gérer une entreprise comme l'Opéra National. Non, crois-moi, ce serait courir à l'échec certain.

Une vague brûlante afflua aux tempes de Janos. Imperturbable, Jenö continuait doucement :

— Tu sais que je suis toujours à ta disposition, et que, par le passé, j'ai souvent aplani pour toi telle ou telle petite difficulté. Mais je me refuse absolument à te faire obtenir un poste qui causerait ta ruine.

— Quel est le candidat qu'on me préfère ? demanda Janos avec brusquerie.

— Je t'avoue franchement que je n'en sais rien. Mes journées sont trop remplies et j'ai trop de responsabilités pour m'occuper aussi de l'Opéra. D'ailleurs je remplace le ministre de l'Intérieur et non celui de l'Instruction publique. Ne prends pas cela en mauvaise part, mon cher Janos, mais pour une fois, c'est non. Néanmoins, n'hésite pas à venir me voir si jamais…

Janos n'attendit pas la fin de la phrase pour prendre congé. Jenö l'avait reconduit jusqu'à la porte capitonnée.

— Rappelle-moi au bon souvenir de ta mère et de Baby, avait-il ajouté comme ils se quittaient.

Courbé sur son piano, les doigts crispés sur les touches, Janos revoit cette scène dans ses moindres détails. Au creux des épaules, son pyjama est moite : « S'il avait accédé à ma demande, je serais peut-être mort à cette heure, pense-t-il. Heureusement personne ne connaît ma démarche, personne ne sait que j'ai brigué ce poste sous l'occupation, sauf moi, et ce mort qui ne parlera plus… » Car, de retour chez lui après l'entrevue au ministère, Janos avait dit aux siens qu'il avait renoncé à faire intervenir Jenö pour sa nomination.

— Je ne peux pas compromettre tout mon avenir pour quelques mois. Après tout, les Russes combattent déjà aux frontières de la Hongrie. En quelques semaines la situation peut être renversée de fond en comble…

— Crois-tu qu'ils puissent venir jusqu'ici ? avait demandé la vieille, jouant l'affolement. Elle voulait surtout changer le sujet de la conversation car, au fond, elle n'était pas dupe, et Baby pas davantage. Perspicace, celle-ci se doutait bien qu'il y avait anguille sous roche car il était bien surprenant de voir Janos abandonner un projet longuement étudié, mûri, caressé… « Jenö l'aura probablement éconduit mais il n'ose pas nous l'avouer », avait-elle pensé et, en dépit du regret qu'elle éprouvait pour la loge directoriale, elle avait eu un certain plaisir en imaginant la scène qui avait dû se dérouler entre les deux hommes. Désormais, on ne parla plus de l'affaire sauf quand Janos se vantait d'avoir, par une subite intuition, évité la grande et dangereuse tentation.

Le silence de l'appartement est complet à présent. La respiration bruyante de la mère s'est apaisée avec la dernière note de piano. Pourtant la vieille se morfond sur son lit, les yeux fermés. Elle aussi est profondément troublée par la mort de Jenö, cette mort qu'elle était allée jusqu'à souhaiter pour l'homme qui avait entravé la carrière de son fils. Elle avait cruellement souffert de cette déception car elle idolâtrait l'enfant unique que ses entrailles avaient donné au monde, afin qu'il ceigne son front de lauriers impérissables. Pour lui, elle avait toujours tout accepté, tout subi, même cette bru odieuse qu'il lui avait infligée. « Oui, un homme a besoin d'une femme, se disait-elle, mais n'aurait-il vraiment pas pu trouver autre chose que cette petite saleté paresseuse qui se pavane, auréolée du nom célèbre ? » La vieille femme tressaillit : ce nom dont ils étaient si fiers, qu'allait-il entraîner pour eux ?

Dans cet appartement engourdi, ils sont trois à guetter une phrase rassurante, un signe bienveillant, quel qu'il soit. Ils ont peur : peur du lendemain, peur l'un de l'autre. La méfiance a rongé les liens qui les unissaient encore. Ils se retranchent en eux-mêmes ; un mur invisible les sépare. Même en le faisant exprès, Jenö n'aurait pu les jeter en un tel désarroi : pour cela il devait mourir, et mourir pendu.

On sonne à la porte d'entrée, Janos se lève pesamment et va prévenir sa mère :

— C'est probablement Klein, dit-il, mais sa voix n'est pas très sûre.

— Ne t'inquiète pas, je vais ouvrir.

— Salut, Maître, dit Arpad Klein en entrant. J'espère que je ne vous dérange pas.

— Mais non, mais non. Entre.

Chaque fois que Klein franchit le seuil de l'appartement des Tasnady, il est saisi d'un trouble curieux et doit essuyer ses paumes en sueur avant de saluer les dames.

L'antichambre du chef d'orchestre lui rappelle le rideau du théâtre ; mais le piano ici l'intimide plus que la scène. Déjà, dans sa tendre enfance, Arpad Klein n'avait qu'un rêve : devenir chanteur d'opéra. Le manque d'argent ou toute autre chose avait toujours mis un obstacle à son ambition. Puis il y eut la guerre, la vie souterraine. Lorsque le théâtre lyrique naquit, en 1945, Janos passait des journées entières, assis, en manches de chemise, au premier rang du parterre, à auditionner des chanteurs inconnus. Il devait embaucher beaucoup de personnel, et disposait de peu d'argent ; aussi engagea-t-il quelques débutants aux prétentions modérées. Klein était de ceux-là. Il avait une voix de ténor au timbre argenté, bien à l'aise dans les tons moyens, mais il craignait les mélodies brusquement ascendantes de certains airs, comme l'épileptique craint la crise qui l'abat sournoisement, car sa voix avait la fâcheuse habitude de dérailler dans les parages du do majeur.

Touché par l'enthousiasme de ce Klein qui lui vouait une fidélité de chien, Janos s'occupait souvent de lui en particulier. Aujourd'hui, Klein vient pour l'air du *Chevalier à la Rose*. Le petit homme se sent en forme : grisé par sa propre voix, il se voit déjà en perruque Louis XV, habillé de satin blanc brodé de fils d'or et tenant dans ses bras une femme merveilleuse, masquée d'un loup noir en dentelles.

— Arrête, arrête, hurle Janos. Tu n'entends donc pas que c'est faux ?

La grande valse du *Chevalier à la Rose* gâtée par de fausses intonations se brise contre le mur comme un oiseau blessé qui retombe à terre chaque fois qu'il veut reprendre son essor. Baby, toujours couchée sur son divan, s'énerve. La couverture a glissé à terre ; elle ne se sent pas la force de la ramasser, et pourtant, elle grelotte, malgré la chaleur. L'arrivée de Klein l'avait un instant délivrée du fantôme de Jenö, mais elle est retombée dans une sorte de léthargie. Baby a peur, des pressentiments étranges la font frémir. Quelque chose se prépare qu'elle ne sait définir, mais qu'elle sent sur sa peau avec un mélange d'appréhension et de curiosité. Pourquoi a-t-elle fait la connaissance de Törzs, au moment où elle apprenait la mort de Jenö ? Pourquoi l'homme puissant du régime déchu et l'émissaire du gouvernement rouge semblent-ils s'être donné rendez-vous à l'ombre du gibet ? « Quel âge peut-il avoir », se demande-t-elle en pensant à Törzs. Elle se lève, jette la couverture sur son épaule et va se regarder dans le miroir. Il n'y a pas à dire : elle n'est pas bien coiffée. C'était autre chose du temps où le patron aux tempes blanches gagnait des prix de coiffure aux concours internationaux... Qu'est-il devenu ? A-t-il été tué pendant le siège de Budapest, ou bien est-il prisonnier en Allemagne, ou en Russie ?....

Baby s'habille rapidement et va à la cuisine pour se faire une tasse de thé.

Dressé sur son séant, le notaire consulta le cadran lumineux de son réveil. Avait-on frappé ?

Par la fenêtre, ouverte sur le jardin baignant dans une brume matinale, pénétrait à flots le parfum douceâtre des pétunias ; il se répandait le long des murs et tissait à travers la pièce un réseau serré de fils odorants. L'homme en ressentait la saveur jusque sur ses muqueuses saturées de nicotine. D'un geste brusque, il rejeta la couverture et se mit à arpenter la chambre. Il n'osa pas regarder par la fenêtre. Avec sa chemise de nuit retombant sur ses jambes, il avait l'air d'un bambin de taille monstrueuse redoutant la nuit.

Se pouvait-il qu'on eût quand même frappé ?

Il hésite, puis va s'accouder à la fenêtre. Une brise fraîche annonçant l'aube remonte du lac. Le notaire frissonne. Sa chemise trempée de sueur refroidie se plaque contre son échine. Il semble qu'il a eu des hallucinations cette fois, car bien qu'on fût venu ces derniers temps frapper chez lui à plusieurs reprises pour s'assurer de sa présence, le chien avait toujours aboyé. Il ne se sent pas la force de quitter la fenêtre. A présent il est sûr qu'on l'observe, qu'on cherche un prétexte pour l'écarter. Quelqu'un avait dû le dénoncer.

Il s'apprêtait à regagner l'intérieur de la pièce lorsqu'il vit quelqu'un traverser le jardin. Il guetta le cœur battant. C'était Ida, sa fille. Elle s'approchait d'un pas furtif. Le chien ébaucha un grognement et se tut. Quelques instants plus tard, la porte d'entrée grinça imperceptiblement, puis tout retomba dans le silence. Encore inquiet, le notaire regagna son lit.

A côté de lui sa femme dormait profondément. « Elle ne se soucie de rien de ce qui se passe autour d'elle », pensa-t-il avec haine. Il écoutait la respiration de sa femme. Dans cet étrange état de torpeur, il pensa que Baby devait déjà avoir reçu leur lettre. Ida pouvait donc partir dès le lendemain. Cela viendrait enfin mettre un terme à cette honteuse liaison. Puis l'inconscience s'empara de lui ; il s'endormit.

Le matin, il fut réveillé par la lumière dorée du soleil. Il prit un bain tiède et, de quelques gestes rapides et précis, il se rasa tout en scrutant son visage dans le miroir. Evoquant les souvenirs de la nuit précédente, il lui semblait épier les secrets d'un inconnu par le trou de la serrure. Soupirant légèrement, il termina sa toilette et quitta la chambre. Devant la porte il s'immobilisa encore un instant, comme s'il venait d'oublier quelque chose. Ses traits se crispèrent mais aucune idée ne lui vint. A pas rapides, il franchit le couloir, traversa la salle à manger et pénétra dans la véranda.

— Te voilà enfin, s'exclama Anna, sa femme. Je croyais déjà qu'il faudrait réchauffer le café.

Elle poussa la cafetière vers la tasse vide de Sandor.

— Où est Ida ? demanda-t-il.

— Je crois qu'elle dort encore, mais Thérèse est déjà partie à l'église pour orner l'autel.

— Cette nuit…, entama le notaire, mais à cet instant Ida fit son apparition dans la véranda. Elle salua ses parents et se mit à table. Le notaire dépliait le journal. Il tenta de lire, mais en vain. Le texte s'embrouillait devant ses yeux. Ses nerfs surexcités enregistraient tout ce qui se passait derrière le journal. Anna quitte la véranda et Ida mange avec de petits gestes calmes. La voilà qui casse sa brioche, elle la beurre, en trempe un morceau dans son café. Elle boit – la tasse heurte légèrement la soucoupe. Un froissement de papier… une cigarette qu'elle tente d'allumer… Par trois fois le briquet refuse de marcher puis enfin la flamme jaillit. Le notaire voudrait rouler le journal en boule et le jeter sur la table, mais quelque chose d'indéfinissable – un mélange de pudeur et de crainte – le paralyse : « Où étais-tu cette nuit ? » Son esprit forme et reforme ces mots, cherche l'accent le plus juste. Il se voit, déposant lentement le journal, se diriger vers la porte et laisser tomber la question juste avant de franchir le seuil. Mais il n'en est pas capable.

Au-dessus de la table, la fumée des cigarettes reste suspendue comme une interrogation informulée. Les mains tremblantes, le notaire plie son journal, se lève et sort sans mot dire. Perdue dans ses rêves, Ida sourit doucement. Ses bras sont recouverts d'un léger duvet tout clair, décoloré par le soleil. Elle porte la cigarette à ses lèvres d'un geste si tendre et si sensuel qu'elle semble caresser les lèvres d'un amant endormi. Elle aspire profondément la fumée : un frémissement de plaisir parcourt ses membres. La véranda s'estompe autour d'elle, elle a un léger vertige et appuie son front sur ses bras bronzés. Ida voudrait se lever, regagner sa chambre et sombrer à nouveau dans ses rêves. Mais ses membres sont lourds ; elle ne peut ébaucher un geste. Le soleil déjà chaud se glisse à travers la vigne vierge et répand sur ses épaules rondes des pièces de lumière et d'ombre.

Les rayons brûlent sa peau. Des étincelles vertes et rouges dansent devant ses paupières baissées, et, au milieu de cet étrange feu d'artifice, elle voit le corps brun et musclé de Marton qui se penche sur elle...

La petite bonne qui vient desservir la table interrompt le cours de ses rêveries. Ida s'adosse paresseusement au fauteuil d'osier. Preste, la servante enlève les tasses vides pour les poser sur un grand plateau. Une abeille se débat dans le pot de miel. Ida la repêche avec une cuillère et la dépose sur une dalle de la véranda. Les ailes engluées, l'insecte, qui colle à la pierre, s'en arrache, trébuche bien des fois, mais ses mouvements deviennent plus libres et il avance, laissant derrière soi une traînée brillante. Ida ne peut détacher son regard de l'abeille. La servante travaille toujours : elle va secouer la nappe au-dessus de la balustrade. Nouvelle manne tombée du ciel, les miettes se répandent sur le peuple toujours affairé des fourmis. La jeune paysanne se retourne pour prendre son plateau : son talon se pose sur la petite abeille. Un léger craquement, c'est fini. Ida gémit :

— Idiote, tu ne pouvais pas faire attention, non ? La gorge serrée, elle se lève, évite soigneusement l'insecte aplati et monte à sa chambre. Elle compte passer son costume de bain, car Marton lui a donné rendez-vous à onze heures sur la plage.

La chambre est calme et fraîche. C'est le seul endroit du monde où elle se sente tout à fait en sécurité. Là, les meubles mêmes sont ses amis. Si elle touche à son armoire, qu'elle fait grincer en l'ouvrant c'est presque une parole. Ida pense soudain qu'elle a laissé son maillot de bain sécher dans le jardin. Elle enfile ses sandales blanches. L'une des semelles a deux fois l'épaisseur de l'autre.

La jeune fille donne un tour de clé à la porte de sa chambre, puis elle cache la clé derrière des pots de fleurs alignés sur une étagère du palier. Elle descend vite au jardin. Elle fourre le maillot dans son sac et se dirige vers le lac.

Là où le bois longe le village, la colline descend brusquement vers le lac et les pieds y glissent sur des brindilles de bois. Un peu haletante, Ida s'appuie au tronc élancé d'un jeune arbre et contemple à ses pieds le miroir d'eau. C'est une journée splendide comme en connaît la Hongrie en été. La chaleur tremblote en légères nuées blanches au-dessus du lac d'un bleu aussi intense que le ciel qu'il reflète. Sur l'autre rive, le Badacsony dresse sa masse imposante. Les vignobles dont il est couvert donnent le vin délicieusement fruité qui illustre son nom. Un voilier se balance, comme une mouette gracieuse attardée sur les flots.

Ida suit la pente, et à chaque glissade elle allonge le pas. Au bas de la colline, les rails traversent le sentier. Pas de barrière : le train ne passe qu'une fois par jour. Les traverses échauffées suintent l'huile et le goudron. Encore la grand-route à franchir – les sandales s'enfoncent dans l'asphalte –, un petit bois, et c'est enfin la plage au sable brillant. Elle est déserte. Ida gagne pour s'y déshabiller une cabane branlante. Une chaleur humide se dégage des planches vermoulues. Le corps svelte et musclé tressaille au contact du maillot encore un peu humide. La jeune fille bondit dans le soleil, éblouie ; elle s'abat sur le sable brûlant, les bras en croix, comme pour étreindre le sol. Pourtant, des pensées confuses germent dans son esprit. Où est Marton ? Pourquoi tarde-t-il ? Par hasard, n'aurait-il pas rencontré en chemin la belle Melinda ? Ne sont-ils pas en train de bavarder sur quelque banc à l'ombre ? La jalousie la pince au cœur. Thérèse est en train d'orner l'autel de la petite église, mais elle ne tardera pas à arriver à son tour. Ida se relève et, d'un bond, entre dans l'eau. Des petits poissons se cognent à ses chevilles ; elle avance résolument dans cet élément souple qui ne s'ouvre devant elle que pour la prendre plus vite tout entière. Elle ne sent plus que sur ses épaules la morsure du soleil. Son corps prend une légèreté immatérielle ; des courants frais remontent du fond du lac et viennent caresser sa hanche, effleurent ses seins. Elle se met à nager par longues brassées lentes. Autour d'elle, l'eau plus profonde a des tons d'émeraude. Heureuse, détendue, elle se met sur le dos et tourne la tête vers la plage. Deux silhouettes s'y découpent sur le sable clair, deux êtres assis côte à côte, bien près l'un de l'autre… Le sang d'Ida ne fait qu'un tour : ce sont EUX et ils sont descendus ensemble à la plage ! Elle veut revenir, mais le courant n'est plus son allié, elle n'avance plus, de petites vagues l'éclaboussent et l'aveuglent. Rageusement, elle pense à Melinda, la belle fille qui dore ses jambes fines près de Marton.

Depuis le retour de captivité de Marton, Ida était sa maîtresse. Ils se retrouvaient la nuit dans la cabane construite au milieu des vignes.

Bien qu'elle soit déjà tout près de la plage, Ida ne voit plus les deux silhouettes. « Ils se sont étendus côte à côte », pense-t-elle. Tout à coup, un rire perlé s'élève et court sur l'eau, comme un caillou ricoche.

« Qu'est-ce qui fait rire ainsi Melinda ? » se demande-t-elle anxieusement. Ce rire qui n'en finit pas, si proche, si intime, qu'Ida s'arrête de nager et écoute. Elle voudrait surprendre un lambeau de phrase, une parole, une réplique, mais elle n'entend que sa respiration haletante et les battements de son cœur. Elle se rejette en arrière et nage sur le dos. Sa jambe infirme – flotte sur l'onde et lui semble aussi légère que la barque en papier d'un enfant. L'eau enveloppe de sa douce étreinte la malheureuse hanche déformée.

Voici le bord. Ida se retourne et progresse à quatre pattes. Ses membres s'alourdissent, ils lui semblent de plomb. Elle s'approche de ses amis en trébuchant, leur regard la brûle. Fatiguée, énervée, elle boite encore plus que d'habitude avant de s'affaler près d'eux sur le sable.

Pensif, le notaire contemple ses doigts. En écrasant sa cigarette, il vient de voir comme ils sont jaunes. De grosses veines sillonnent le revers de sa main sous les poils roussâtres, ses ongles ressemblent à de petites pelles ridées. Son médius droit arbore une tache d'encre, son annulaire gauche est cerclé d'une grosse bague en or. Celle-ci réveille en lui une sorte de dégoût : il revit chaque détail de la nuit passée. Le retour d'Ida de chez son amant, la peur qui l'avait envahi lorsqu'il lui avait semblé entendre frapper à la fenêtre. Il sait très bien que le Parti le guette. Il a l'impression d'être épié à travers ses murs. Il se penche sur ses dossiers et se met à écrire.

On frappe à la porte. Marionnette rouquine, la tête de l'adjoint apparaît dans l'entrebâillement :

— Mme Szabo désire vous parler pour une question d'impôts. Puis-je la faire entrer ?

— Les impôts ? Mais c'est de ton ressort, mon vieux... Occupe-toi d'elle, et voilà tout.

— Il y a bien une demi-heure qu'elle insiste pour vous voir personnellement. Elle désire aussi vous parler d'autre chose.

— Bon, fais-la entrer.

Une grosse et grande paysanne se fraie un passage,

bousculant le petit rougeaud du pan de son ample jupe noire.

— Bien le bonjour, monsieur le notaire. Je passais justement par ici, alors je me suis dit que je pourrais peut-être vous parler de quelque chose… D'ailleurs je ne vous retiendrai pas longtemps.

L'homme lui désigne un siège.

— Je vous en prie, asseyez-vous, madame Szabo.

La femme s'assied et, du revers de sa manche, essuie la sueur qui perle à son front.

— J'ai des ennuis à cause de la livraison de la nouvelle récolte. L'Etat réclame beaucoup trop, monsieur le notaire. Si je livre tout mon maïs, il ne me reste plus qu'à tuer mes bêtes ! Comment pourrai-je les nourrir ?

— Je n'y peux rien, chère Madame. Les décrets nous parviennent de Budapest, on ne peut rien y changer, moi bien moins encore que les autres…

La femme se tait un instant, puis elle se penche en avant, comme quelqu'un qui arrive au point crucial d'une entrevue.

— Avec la permission de monsieur le notaire, je voudrais attirer son attention sur quelque chose.

Il dépose sa plume et l'observe.

— On parle de Mlle Ida au village. Il paraît qu'on la voit souvent la nuit parmi les vignes, non loin de la petite hutte. Le clair de lune est si fort ces jours-ci, il éclaire tout…

Elle s'arrête, hésitante, comme quelqu'un qui n'est pas sûr du terrain et qui le tâte de la pointe du pied avant de s'aventurer plus loin.

— Le village n'est jamais tout à fait endormi…

D'un violent coup de reins, le notaire fait basculer sa chaise en arrière et bondit sur ses pieds. Il s'approche de la femme et la soulève par le bras. Elle gémit sous la pression des doigts de fer.

— Sortez d'ici immédiatement, prononce-t-il tout bas, les dents serrées. Il la traîne tout éberluée jusqu'à la porte et la pousse dans le corridor.

Dehors, midi sonne.

Le front appuyé à la porte, le notaire attend quelques minutes que le bouillonnement de son sang s'apaise. Puis, aspirant profondément, il franchit le seuil à son tour et s'efforce de traverser le bureau de son adjoint d'un air désinvolte. Ce n'est que lorsqu'il se trouve engagé dans le corridor aux dalles luisantes que ses pas s'accélèrent. Il entre en coup de vent dans la chambre de sa femme. Anna, assise devant son miroir, est en train de peigner la masse lourde de ses cheveux.

— Es-tu devenu fou, Sandor ? demande-t-elle, se tournant à moitié vers lui.

— Pas encore, répond-il, la voix étranglée. Il s'affaisse dans un fauteuil, allume une cigarette et enchaîne sur un ton qu'il s'efforce de rendre détaché :

« La vieille Szabo s'est amenée chez moi pour me dire que le village épie Ida la nuit, lorsqu'elle va retrouver son amant.

Anna ne marque pas le coup. A gestes lents, harmonieux, elle prend ses cheveux, en fait un chignon qu'elle fixe bas sur la nuque avec des peignes et des épingles.

— Cette Szabo est une chipie malveillante, dit-elle finalement. Depuis trois semaines, ce n'est plus chez elle que j'achète le lait. Je suppose que c'est pour cela qu'elle nous en veut.

L'homme se carra dans son fauteuil et ferma les yeux. Des paroles injurieuses se bousculaient sur ses lèvres, mais un étrange sentiment de pudeur le paralysait, comme ce matin, lorsqu'il feignait de lire le journal pour n'avoir pas à regarder Ida en face. Il avait honte, comme s'il en était responsable, des faits qui venaient salir sa maison. Rêvant tout éveillé, il avait souvent établi le bilan de son mariage raté et de ces nuits lourdes, suffocantes, dont il sortait toujours vaincu, avec cet arrière-goût de cendre qui suivait l'humiliante volupté. Ida n'était pas son enfant. Souvent il imaginait des scènes où il tenait le beau rôle, celui du vainqueur qui peut se montrer magnanime, et pardonner avec superbe. En réalité, cela se passait toujours tout autrement : ses genoux s'entrechoquaient, la sueur perlait à son front, il avait peur. Cette fois-ci encore, lorsqu'il se risqua à parler, ce fut à la façon d'une personne qui se penche au-dessus d'un balcon démuni de garde-fou.

— Aujourd'hui, à l'aube, j'étais à la fenêtre quand elle est rentrée…

— Tu l'as vue ?

— Non, mais il n'y a pas de doute possible. Le chien commençait à grogner mais il s'est tu aussitôt. J'ai voulu sortir…

— Pourquoi ne l'as-tu pas fait ?

— Parce que je n'ai pas voulu la prendre sur le fait, comme un voleur.

La femme se leva, excédée.

— Je vais à la cuisine, voir où on en est pour le déjeuner. Le curé arrive à une heure. Tu viens ?

Le notaire alluma une seconde cigarette et fit un signe de la main :

— Le temps de fumer celle-ci et je te rejoins.

Sa femme le considéra un instant d'un air renfrogné : allait-elle permettre à cet intrus de rester ainsi, seul dans sa chambre ? Puis, elle haussa les épaules et referma doucement la porte derrière elle.

Inerte, le notaire resta affalé dans le fauteuil profond. Il lui semblait que les meubles environnants étaient des bêtes stupides accroupies autour de lui, et le fixant de leurs yeux exorbités…

« Je suis malade, se dit-il, c'est de l'hystérie… »

Pour lui, les murs, le tapis, tout dans cette maison reflétait le regard d'Anna. Ce regard qui vivait entre eux comme un troisième personnage mystérieux, inaccessible, ce regard qui avait brillé pour la première fois, lorsqu'il s'était douté qu'Ida n'était pas sa propre fille.

Ce soupçon avait mûri en lui lentement, nourri par les remarques légères de sa femme sur ses flirts de jeune fille.

— C'est par hasard que je t'ai épousé, avait-elle déclaré aigrement au terme d'une vaine discussion. Par hasard et parce que je ne voyais pas d'autre solution.

— Qu'est-ce que tu veux dire par là ? De quelle solution parles-tu, avait-il demandé, saisi d'une angoisse immédiate.

— Oh, de rien. Je devais me décider à quelque chose. J'avais des ennuis.

— Quels ennuis ?

— Il m'arrivait toutes sortes de choses et la vie me semblait sans issue…

— Ce que tu dis n'a aucun sens…

— Alors pourquoi me poses-tu des questions pareilles ?

Un autre jour, ils étaient assis sous la charmille, ils

observaient la petite fille qui jouait tout près d'eux ; elle avait alors quatre ans.

— Comme elle est mignonne, avait dit Sandor avec une joie mêlée de douleur. Elle a juste les mêmes cheveux que toi. Si seulement on pouvait quelque chose pour sa jambe !

La jeune femme s'était penchée sur son ouvrage :

— C'est impossible de briser l'os de la hanche encore une fois. La première opération n'a rien donné. Pourquoi lui imposer de vaines tortures ?

— Il faut arriver à la guérir, avait-il répété. Si seulement je pouvais lui prendre son infirmité ! Un adulte peut supporter cela, mais pense donc à ce que ce sera pour elle à dix-huit, à vingt ans, de ne pouvoir se joindre aux autres, de ne pouvoir ni courir, ni danser. Cette idée m'épouvante.

— Quel bon père tu fais, avait répliqué Anna, une pointe d'ironie dans la voix.

— Je suis un père, voilà tout…

— Tu est un *bon* père, avait-elle souligné. Tous les pères n'aiment pas tellement leurs enfants.

— Mais si… Tu te chargerais bien aussi de son infirmité, si tu le pouvais ?

— Ça, c'est autre chose…

L'enfant avait alors posé son jouet pour regagner la maison en boitillant. Elle esquissa quelques pas en courant, mais sa cheville se tordit et elle tomba.

Ils se levèrent d'un même bond et coururent pour la secourir. Secouée de sanglots, la petite s'accrocha au cou du père. Il la prit dans ses bras et la porta à la maison. Avant d'y pénétrer, il se retourna vers la femme restée immobile, debout dans le soleil, et il fut frappé de son regard froid et détaché, celui d'un être démuni de pitié, insensible au malheur d'autrui. Il serra la fillette contre lui et l'étendit avec mille précautions sur son petit lit. Il s'assit à son chevet et se mit à lui raconter des histoires. Mais il ne suivait pas le fil de ses propres paroles. Un autre lui-même était là, l'attention aiguisée, scrutant secrètement les traits de l'enfant. « Les boucles soyeuses sont bien celles d'Anna, se dit-il. Le petit nez droit et fin peut se transformer. Mais ces grands yeux bruns, encore voilés de larmes, ces yeux veloutés et expressifs, de qui les tient-elle ? Les yeux d'Anna sont verts, les miens gris… et aucun membre de la famille n'apporte de solution à cette énigme. » Il abaissa son regard vers les petits doigts aux bouts effilés, aux ongles ovales, vers les fines attaches des poignets, vers ces mains qui, dans leur raccourci touchant, laissaient déjà deviner la main de l'adolescente future… « C'est ma fille », se répétait-il pour s'encourager, comme on se met à chanter parce qu'on a peur en marchant la nuit.

A partir de ce jour-là, il s'attacha à l'enfant d'une tendresse profonde et angoissée. Il l'emmenait à la promenade, lui racontait des histoires, lui donnait souvent son bain, l'emportait ensuite toute menue, blottie contre son épaule, la bordait dans son lit-cage. Il tâchait d'heure en heure de consolider les liens qui les unissaient et de compenser le doute qui étreignait son cœur par l'impression vivante des minutes vécues avec elle.

L'immuable succession des saisons ramenait les mêmes signes. Le parfum des pétunias, c'était l'été ; les vendanges, c'était l'automne. Ils avaient acheté un vignoble à Badacsony, de l'autre côté du lac ; quand ils s'y rendirent pour leurs premières vendanges, le notaire ne se sentit plus de joie. Voilà qu'il avait une maison, la plus belle du village, des champs où, tout l'été, les épis s'étaient balancés lourds de promesse, une femme éclatante de santé et de beauté, et cette petite fille qui guérirait bien un jour… et alors son bonheur serait complet…

Ce matin de vendanges – si lointain qu'il en devenait presque irréel – ils s'embarquèrent très tôt sur le bateau tout blanc qui reliait Boglar à l'autre rive du lac. Le soleil chauffait déjà fort à travers la brume nacrée qui flottait sur l'eau. La colline bleue du Badacsony semblait leur offrir ses beaux arpents chargés de vignobles. Sandor et la petite fille prirent place à l'avant du bateau. Elle poussait des cris joyeux à la vue des vagues vertes, coiffées d'écume bouillonnante, que soulevait l'étrave. Sandor observait furtivement sa femme. Elle n'avait pas voulu s'asseoir : cramponnée au bastingage, elle se penchait au-dessus de l'eau, le regard vague, à peine consciente de ce qui se passait autour d'elle. Quelles étaient les pensées qui hantaient son cerveau, lorsque, toute frissonnante, elle ramenait sur sa poitrine les revers de sa courte veste blanche ?

Le bateau accosta à l'autre rive. Ils franchirent la légère passerelle en bois et gravirent le coteau. La montagne se dressait devant eux, haute et abrupte, ne tolérant qu'une étroite bande côtière entre ses roches de basalte bleu et le miroir chatoyant du lac. Le couple aurait avancé rapidement si l'enfant n'avait pas constamment trébuché, traînant péniblement sa jambe infirme. Le père eut pitié d'elle et la mit sur ses épaules. Au lieu de l'alourdir, le contact de ce petit corps aimé le remplissait d'allégresse ; il avançait d'un pas léger, ses pieds touchaient à peine le sol. L'enfant aussi se sentait à l'aise et s'agrippait au cou musclé de son père comme un marin à son gouvernail.

Entre eux et la jeune femme, l'espace augmentait. Elle leur cria, essoufflée :

— Pas si vite, vous deux, je ne peux pas vous suivre !

Sandor ralentit. Mais Anna ne pouvait tout de même pas les rattraper. Haletante, le front en sueur, elle avait l'impression que l'ascension ne finirait jamais et que la cime touchait au firmament. La marche l'épuisait, une vague nausée lui montait à la gorge. Elle aurait tout donné pour être couchée seule dans une chambre obscure, isolée du monde et de la chaleur. De part et d'autre de la route, la vendange battait son plein. Des rires clairs fusaient, des foulards aux teintes vives flottaient comme des oiseaux multicolores parmi les grands ceps, les jeunes paysannes chassaient avec de petits cris aigus les guêpes ivres de jus sucré qui voletaient autour de leurs bras frais et ronds.

Ils atteignirent leur vigne. Le vigneron qui avait soigné les ceps durant tout l'été, les attendait devant la porte ouverte du pressoir.

— Nous aurons une belle journée, monsieur le notaire, cria-t-il jovialement. Soulevant son chapeau à large bord, il s'inclina devant Anna :

— Dieu vous garde, Madame ; il y en aura du vin pour l'hiver ! Faudra bien s'y mettre, pour le boire !

Ils lui rendirent son salut, et Ida ajouta, joyeuse :

— Istvan, Istvan, regarde comme je suis grande !

Ils se mirent rapidement au travail, Sandor, Anna et le vieux vigneron ayant fixé chacun une hotte sur leur dos pour la remplir des lourdes grappes parfumées. L'enfant boitillait autour d'eux comme un moineau et se gorgeait de raisin doux et blond comme le miel.

La journée s'écoula rapidement. A midi, ils s'allongèrent à l'ombre d'un grand arbre qui semblait égaré parmi les cultures. De cet observatoire élevé, ils contemplaient le lac tout bleu et le petit bateau voguant inlassablement d'une rive à l'autre.

— Comme tout ceci est beau, Anna, dit Sandor. Quelle abondance dans ce pays !.... Et nous non plus, nous ne pouvons pas nous plaindre d'être pauvres... Dis, Annuska, aurais-tu envie de quelque chose ? Le mois prochain, nous pourrions nous rendre à Budapest afin que tu y choisisses un cadeau. N'importe quoi. Ce qui te ferait le plus plaisir.

— Moi, je voudrais une poupée aux yeux noirs, interrompit Ida à moitié endormie sur la couverture étendue par terre.

— Et toi, Annuska, que désires-tu ?

— La paix, répondit sèchement la jeune femme en allumant une cigarette. Son visage, au-dessus de la flamme du briquet, semblait étrangement alerte et tendu. Maintenant qu'elle s'était trahie en lançant ce mot amer, elle guettait le déroulement des événements. En tout cas, elle se sentait mieux, depuis qu'elle avait réussi à troubler cette atmosphère trop paisible pour ne pas l'irriter. Elle étendit le bras pour prendre son verre et vida tout le vin qui y restait.

Son mari s'était redressé, stupéfait :

« Tu n'es donc pas heureuse ? » aurait-il voulu demander, mais il redoutait une réponse trop précise.

— Qu'y a-t-il, chérie ? dit-il doucement, penché vers sa femme.

Celle-ci jeta un coup d'œil sur l'enfant et, la voyant endormie, s'apprêta à répondre. Mais, avant que ses lèvres, déjà prêtes à l'aveu, eussent pu proférer une parole, le vigneron surgit derrière eux et s'exclama :

— Nous devrions continuer le travail, Monsieur et Madame, sans quoi nous n'aurons jamais terminé pour ce soir.

Ils continuèrent à cueillir les grappes claires, dans une atmosphère toute chargée des mots suspendus entre eux et qui attendaient encore d'être prononcés. Cette tension était plutôt excitante qu'inamicale. Décontenancé par l'attitude de sa femme, le notaire tâchait de sauver ce qui restait du charme de cette journée, si harmonieuse à ses yeux. Sa femme lui avait fait peur, elle avait mis un obstacle entre eux, elle avait repoussé ses avances. Il y avait là quelque chose qui l'irritait tout en fouettant ses sens. Plusieurs fois déjà, ses yeux s'étaient arrêtés sur la poitrine pleine d'Anna, sur ses bras tout luisants de jus de raisin et de soleil. Le vin capiteux de l'année précédente dont il avait copieusement arrosé son repas, lui montait à la tête. Les grappes lui paraissaient plus lourdes, le ciel plus bas sur la terre. Sa vue se brouilla lorsque le chignon d'Anna s'accrochant à un pieu libéra les boucles noires. D'un mouvement passionné il embrassa sa femme à la naissance du cou. La réaction de celle-ci le dégrisa instantanément : elle fut prise d'un fou rire si intempestif qu'elle dut s'appuyer contre l'homme pour ne pas tomber. Son haleine sentait le tabac et le vin, ses traits convulsés s'empourprèrent à force de rire, puis se figèrent en un masque grimaçant de mi-carême.

— Qu'est-ce qui te fait rire ainsi ? lui demanda-t-il, en s'écartant légèrement pour la regarder mieux.

— Tout, hoqueta sa femme, tout. Et redevenant brusquement sérieuse, elle ajouta d'un ton boudeur :

— Pour une fois que je suis gaie, ça ne te plaît pas non plus, il me semble.

A partir de ce moment-là, ils cueillirent le raisin en silence.

Vers le soir, ils rassemblèrent des fagots pour faire un feu et griller du lard, Ida, heureuse et lasse, regardait danser les flammes, accroupie sur la couverture de laine comme un jeune hibou tombé du nid. La fumée, légère et grise comme un duvet de pigeon, montait en lentes spirales au-dessus de leurs têtes. Anna piquait des morceaux de lard sur un long bâton, les présentait à la flamme pour laisser couler la graisse chaude sur des tranches de pain frais. Comme c'était bon, ce repas simple et champêtre ! Cela donnait soif et le vieux vigneron remplissait les verres aussi vite qu'ils se vidaient. A la fin, il se retira à l'écart pour fumer sa pipe. Allongés sur la couverture, ils écoutaient le sifflement continu des moustiques qui tournoyaient hors du cercle protecteur de la fumée.

— Il faut se mettre en route, dit soudain le notaire. Nous n'avons plus qu'une demi-heure avant le départ du dernier bateau.

Il prit l'enfant sur son bras, donna à Istvan les dernières instructions concernant le raisin, puis ils redescendirent vers le lac. La nuit était complètement tombée lorsqu'ils y arrivèrent.

— Cinq minutes plus tard et vous manquiez le départ, monsieur le notaire, cria le capitaine en faisant de ses mains un porte-voix.

— Nous voilà, nous voilà, répondit Anna.

Ils s'engagèrent prudemment sur l'étroite passerelle. Ils avaient trop bu pour que leur sens de l'équilibre ne fût pas un peu compromis : ils avançaient comme le danseur de corde débutant, que soutient seul dans les airs le regard de l'instructeur. Si la passerelle leur avait paru étroite comme une tresse, le bateau leur semblait gonflé comme une outre et plein d'embûches. Ils se frayèrent gauchement un chemin à travers un groupe de passagers encore plus éméchés qu'eux-mêmes et gagnèrent l'avant où restait un peu de place. Ils posèrent la veste blanche d'Anna sur un banc et y déposèrent l'enfant profondément assoupie. Eux-mêmes restèrent debout, appuyés au bastingage. Le bateau se mit en marche avec un sourd halètement et avança lentement sur l'eau noire, sans laisser de sillage visible derrière lui.

L'air était lourd. Des nuages bas cachaient les étoiles. Les vendangeurs cessèrent de chanter pour mieux cuver leur vin et leur fatigue. Puis, brisant le silence, une voix d'homme s'éleva, solitaire. Un peu rauque au début, le timbre devint bientôt plus puissant et plus doux. La chanson, une vieille complainte populaire, se déployait dans la nuit, planant vers le large comme un grand oiseau étrange.

Sandor sentit son cœur battre plus fort : il saisit sa femme par la taille. Anna se détacha brusquement de lui, se pencha au-dessus de l'eau et fut prise de violentes nausées. Son mari voulut lui venir en aide, mais elle le repoussa avec véhémence. Heureusement, les autres passagers se mirent à chanter en chœur de sorte qu'on ne s'aperçut pas de l'incident.

— Tu as trop bu, constata Sandor, légèrement narquois, en lui passant un mouchoir.

— Imbécile que tu es… Je ne suis pas ivre, au contraire, je n'ai jamais été plus lucide. Je suis enceinte de toi, voilà ce qu'il y a. Maintenant, je ne peux même plus espérer que je me trompe.

Il aurait voulu lui demander pardon à genoux d'avoir pris pour de l'ébriété la manifestation du plus sublime des miracles. Il aurait voulu trouver les paroles les plus douces et des mots de joie. Il aurait voulu prendre sa femme dans ses bras pour la calmer, la rassurer. Mais il se sentait pétrifié par l'intonation avec laquelle elle avait prononcé : je suis enceinte de toi. Pourquoi employait-elle des termes si crus et ce ton de hargne en parlant du fruit de leur amour ? Et pourquoi annonçait-elle l'attente d'un second enfant de manière à enlever toute illusion au sujet de la fillette endormie? Non, ce n'était plus un soupçon, cette fois-ci, mais une certitude, brû-lante, douloureuse.

— Je m'étais fait une autre idée de cet instant, dit-il, la voix sourde.

— Tu t'imagines toujours les choses autrement qu'elles ne sont, lui répondit-elle, et elle s'assit sur le banc avec précaution, pour ne pas effleurer les pieds de l'enfant. Il est temps que tu t'éveilles à la réalité. Je t'ai laissé rêver sept années durant à mes côtés, cela suffit... D'ailleurs, de quoi te plains-tu ? Je te réveille avec la bonne nouvelle que tu auras un fils ou une fille !....

Sandor fut pris d'une terrible envie de lui fermer la bouche pour ne rien entendre de plus. Il imaginait déjà le contact humide des lèvres d'Anna contre sa paume enfiévrée... mais il ne fit que serrer le poing, immobile et silencieux.

— Donne-moi une cigarette, dit Anna.

— Cela te fera du mal.

— Mais non, cela me fera du bien... Pourquoi me poursuis-tu de ta sollicitude ? Ne te donne plus le ridi-cule d'être amoureux. Alors seulement la vie sera sup-portable, nous jouirons de belles années calmes, avec les enfants qui grandiront, avec l'argent, l'estime géné-rale et tout le tremblement, tout ce qu'on peut désirer.

Elle termina avec une ironie toujours plus grinçante :
D'ailleurs le bout est loin, nous avons le temps ; nous
avons tous les deux une santé de fer, nous pourrons
vivre au moins quatre-vingts ans…

Sandor la brusqua :

— Pourquoi m'as-tu épousé ?

L'obscurité cachait les traits d'Anna, mais il devina
son sourire désabusé quand elle lui dit à mi-voix :

— J'ai décidé de devenir ta femme quand j'ai vu ta
maison, le jardin et les terres que tu m'avais emmenée
voir… Mais la maison – c'est surtout la maison qui
m'a plu. Nous parlions complaisamment de choses et
d'autres, mais pendant ce temps-là, en pensée, je dépla-
çais tous les meubles, j'arrachais les horribles rideaux
poussiéreux et déteints du salon, je semais des graines
de pétunias dans les plates-bandes. Oui, je n'étais pas
très heureuse à ce moment-là. Celui que j'aimais m'avait
abandonnée et je me sentais seule, terriblement seule,
avec un grand vide au cœur et rien pour faire diver-
sion que cette maison, ta maison, plantée là-haut d'où
l'œil embrasse tout l'horizon. Te rappelles-tu comme
j'ai couru à travers le jardin en pente, lors de ma première visite à ta famille ? Nous étions jeunes tous les
deux… J'ai cru qu'avec le temps j'arriverais à t'aimer.
J'ai vraiment fait de mon mieux, les yeux fermés, tous
mes sentiments refoulés, j'ai essayé, essayé de toutes mes
forces… Tu es si bon avec l'enfant, tu ne pourrais être
meilleur, alors – puis-je en demander plus ?

Un choc amorti : le bateau accostait. C'était l'autre
rive. Une rafale fraîche venue on ne sait d'où balaya
l'atmosphère : il se mit à tonner. Sandor prit l'enfant
dans ses bras. Elle s'y pelotonna comme si elle était
dans son lit.

— Bonsoir, monsieur le notaire, dit le capitaine, peut-être arriverez-vous au faîte de la colline avant l'orage !

Sans même répondre, il s'élança le long de la jetée les yeux en feu, les cheveux rabattus sur son front par le vent. Il courait en avant comme s'il fuyait un péril, ignorant si sa femme le suivait. Subitement, la tempête se déchaîna. Des trombes d'eau s'abattirent, le sentier argileux qui grimpait à travers bois se transforma en un torrent miniature dans lequel les pieds s'engluaient et dérapaient. Le couple avançait en peinant ; la petite, réveillée, se cramponnait au cou de Sandor en chaquant des dents. Ils poussèrent un soupir de soulagement en ouvrant la grille de leur jardin ; elle grinça comme d'habitude. Traversant le jardin à tâtons, ils atteignirent la maison ; le seuil franchi, ils allumèrent l'électricité. Face aux murs si bien connus, Sandor eut un mouvement de recul : le souvenir de certaines paroles se réveillait en lui, lancinant ; il lui sembla qu'il s'était endormi dans un jardin fleuri pour se réveiller dans une crypte.

— Déshabille la petite pendant que je vais préparer une tasse de thé, dit Anna.

Il acquiesça d'un signe de tête et emmena l'enfant dans la salle de bains. Il la frictionna, essuya ses cheveux, lui mit un foulard et une chemise de nuit et la coucha. Elle était toute gaie, toute heureuse ; pour elle, tout ceci était une merveilleuse aventure.

La mère apporta le thé sans même s'être changée. L'eau dégoulinait de ses cheveux, sa robe moulait ses formes, ses sandales laissaient de grandes taches humides sur le parquet. Sandor embrassa la petite et sortit. Il gagna sa chambre d'un pas mal assuré. Il tremblait de froid en ôtant ses vêtements mouillés. Ses gestes étaient inconscients ; il déposa sa veste comme d'habitude sur le dossier d'une chaise et plia de son mieux un pantalon qui n'avait plus de forme. Mais tout à coup, ses doigts transis ne parvenant pas à déboutonner sa chemise, il la saisit à pleines mains, déchira la soie légère et, pour se l'arracher du corps, la mit en lambeaux. Pendant qu'il enfilait sa robe de chambre et ses pantoufles, ses pensées tourbillonnaient furieusement, l'angoisse et la haine curieusement mêlées allumaient dans son esprit des phrases brutales, des mots vengeurs qu'il comptait tout à l'heure jeter à la face de sa femme. Qu'allait-il faire d'elle à présent ? La chasser de cette maison pour laquelle elle s'était vendue ? Son imagination torturée appelait un tremblement de terre, juste châtiment du ciel. Tandis qu'il s'enfuirait dans le jardin avec Ida dans ses bras, les murs s'écrouleraient, écrasant Anna sous les décombres. Non, ce n'était pas si simple que cela… Il frémit, effrayé de sa propre pensée, et se dirigea vers la chambre de sa femme.

Il s'arrêta devant la porte et frappa.

— Entre, lui cria-t-elle.

Elle était debout à côté de son lit, promenant une épaisse serviette rose sur ses cheveux, son cou, sa poitrine. Absolument nue, elle se baissa pour essuyer ses longues jambes fines avec la même désinvolture que si elle eût été seule.

— Je veux te parler, articula Sandor.

— Eh bien, parle.

— Couvre-toi.

— Je n'ai plus froid, répondit-elle en lissant ses cheveux.

Sandor s'approcha et jeta sur les épaules de sa femme le couvre-lit de soie. Malgré lui, ses doigts effleurèrent la peau fraîche et veloutée qu'il connaissait si bien. Elle ne recula point. Sûre de sa beauté victorieuse, elle fixa l'homme bien en face et esquissa un sourire. Il sentit la chaleur émanant d'elle remonter le long de son bras, jusqu'à sa tempe qui se mit à battre comme si elle allait éclater, et il s'écroula, subjugué, terrassé, s'abîmant dans la volupté comme dans une tombe creusée à la mesure de son désespoir.

Il se réveilla le lendemain, mortellement fatigué, après une nuit peuplée de cauchemars. Son regard rencontra celui de sa femme, qui, accoudée sur le lit, l'observait d'un œil froid. Il aurait voulu tirer la couverture sur sa tête et, dans le sommeil, s'évader à nouveau du monde réel.

Les fantômes qui avaient hanté ses songes lui paraissaient à présent des amis paisibles, comparés à l'ennemie terriblement vivante couchée à son côté. Il ferma les paupières, espérant se rendormir et avoir un autre réveil, moins pénible.

Imperturbable, la jeune femme étudiait les traits de son compagnon de nuit. Non, cet homme brisé, aux yeux cernés, au menton mal rasé n'est pas un adversaire de taille. C'est un prisonnier. Elle n'avait rien à craindre… Son imagination se mit à divaguer et dessina une autre tête sur l'oreiller. Des traits fins et pourtant empreints d'une mâle vigueur, des yeux qui hantaient son esprit nuit et jour. Comme il était supérieur, l'autre, qui avait su la quitter à temps, lorsque le jeu avait pris une tournure sérieuse. Au lieu de lui en vouloir, parce qu'il l'avait dominée, vaincue et rejetée, elle ne l'en aimait que davantage. Lui, c'était le Vrai, l'Unique.

— Quelle heure est-il ? demanda Sandor d'une voix enrouée.

Elle haussa les épaules :

— Qu'est-ce que cela peut te faire ? Nous avons tellement de temps à vivre ensemble, il est inutile de compter les minutes.

Sandor se tourna de l'autre côté et enfouit la tête dans l'oreiller. Sa femme continua à le regarder, immobile, silencieuse, comme le chat surveillant l'agonie de sa proie.

Le notaire sursauta. La cigarette qu'il tenait distraitement pendant que ses pensées vagabondaient dans le lointain passé, lui brûlait les ongles. La petite douleur aiguë lui était presque agréable, car c'était une douleur physique momentanément plus forte que ce malaise indéfinissable qui persistait en lui depuis la scène des vendanges. Il lui semblait être resté assis depuis lors dans la chambre d'Anna, tellement se confondaient en lui souvenirs et réalité.

....

Il regarda sa montre. Une heure moins le quart. Dans une dizaine de minutes arrive le curé, et il faudra faire la conversation tout le long d'un interminable déjeuner.

Anna ouvrit la porte :

— Tu es donc encore là, lui dit-elle.

— Entre et ferme la porte, je t'attendais pour te parler.

— Tu sais bien que je n'ai pas le temps ; il sera là dans dix minutes…

— Eh bien, il nous reste toujours ces dix minutes. Il faut trouver une solution immédiate en ce qui concerne Ida.

Anna alluma une cigarette et se jeta de tout son long sur la chaise longue.

— Je crois qu'elle est heureuse, dit-elle tranquillement.

Sandor se leva d'un bond et se mit à arpenter furieusement la chambre.

— Tu dépasses vraiment les bornes ! Oser qualifier de bonheur cette honteuse aventure ! Tu es impudique et complètement amorale.

La femme sourit :

— Ça y est… nous en sommes aux grands mots. Vertu, morale, drame, secret. Crois-moi, la pudeur n'a rien à voir avec le bonheur. Les gens trop pudibonds sont tout simplement des lâches. N'es-tu pas de mon avis ?

— C'est pour moi que tu dis cela, hein ? Pour moi, le poltron, le lâche… Eh bien, si tu considères l'immoralité comme un acte de courage, je veux bien être qualifié de poltron.

La femme haussa les épaules.

— Je ne vois pas grande utilité à cet entretien. Nous ne voyons pas les choses de la même façon. Tu ne t'aperçois même pas que ton vocabulaire n'est plus à la page. Les temps nouveaux amènent de nouvelles mœurs. En ce qui concerne la pauvre Ida, c'est bien assez qu'elle soit née avec une hanche de travers, épargnons-lui du moins les souffrances morales.

Sandor essaya d'allumer son briquet. Sa main tremblait d'agitation.

— Ce n'est pas un amant qui nous sauve la santé de l'âme, c'est la foi, il faut croire.

— Croire en quoi ?

— En une puissance surnaturelle qui donne un sens à tout, même à la souffrance. En l'éternité vraie, mesure du temps.

— Croire en Dieu, quoi… Pourquoi n'oses-tu pas Le nommer par son nom ?

— Je n'ai pas envie de profaner ce nom en ta présence.

La voix d'Anna se fit glaciale :

— Assez de ces attitudes. Cela te va d'ailleurs très mal. Tu as tout l'air d'un prédicateur chauve qui monte sur le tonneau pour haranguer la foule, sans s'apercevoir, tant le fanatisme l'aveugle, qu'il va parler sur une place déserte. Veux-tu le savoir : pour moi, l'éternité, c'est toi, les interminables matinées, les journées irrespirables, et nos nuits… et toutes ces années qui ne bougent pas passées à tes côtés… tes tics… ta faiblesse… ce geste énervant que tu as quand tu passes la main sur tes cheveux…

— Tu parles d'années immobiles… Je crois bien, ma chère, que tu es la seule, en ce pays, à ne pas te rendre compte qu'un monde s'est écroulé autour de nous. As-tu si parfaitement oublié ces heures que nous avons passées, terrés dans notre cave, parce qu'on se battait à l'autre bout du village, alors que les champs étaient pleins de morts qu'il a fallu enterrer sur place comme des chiens ?

— Ils ont fertilisé le sol en ces endroits. Et je le répète : ce qui compte à mes yeux, c'est cette terre, c'est cette maison. Ce toit a abrité tour à tour des soldats allemands, puis des Russes. Ils sont partis, les murs sont restés. Voilà mon éternité.

— As-tu oublié le temps où il te fallait laver dans le grand chaudron, dehors, au jardin, le linge sale des soldats russes, leurs chemises remplies de poux ?

— Toutes les femmes du village l'ont fait comme moi… Mais les jardins ont refleuri. C'était la guerre. Il fallait l'accepter telle qu'elle était, accessoires compris, comme on subit tous les désagréments de la vie quotidienne.

— Tu ne t'es donc jamais dit que, sans un concours de circonstances heureuses, tu ne serais pas restée en vie, alors que tant d'autres succombaient ?

— Rester en vie, cela me semble tellement naturel, tellement simple.

Sandor leva la main pour lisser ses cheveux, mais le souvenir des paroles prononcées par sa femme paralysa brusquement son geste.

— Si tu ne remarques pas le changement qui s'est produit autour de nous, dit-il, c'est parce que le régime actuel te ressemble et que tu es enfin dans ton élément, au milieu d'un monde qui s'est transformé à ton gré. Le terrorisme des rouges doit te sembler tout naturel. Que tout doive céder à la force, c'est conforme à tes idées, à ton caractère. Ton athéisme prudent, et que tu caches non par honte ou pudeur, mais par inertie – est maintenant enseigné ouvertement dans les écoles. Comme il n'y a plus de Dieu, plus de commandements divins, il n'y a plus de péché ni de châtiment après cette vie. Les enfants écoutent tout cela d'une oreille distraite et leurs parents horrifiés ne peuvent que se taire.

— Tu exagères comme toujours. Dans les écoles, on ne nie pas absolument l'existence d'un Dieu. On s'efforce de mettre un peu d'ordre dans le galimatias enseigné jusqu'ici sur le Créateur, la Création, les créatures. S'il faut se contenter de croire tout ce qui est obscur et incompréhensible…

— Quelle élève docile ! interrompit le mari. Si encore tu n'étais que crédule, mais tu parviens à être en même temps malfaisante et venimeuse, tu répands partout tes poisons.

— Qui est-ce que j'empoisonne, imbécile ? Ta fille Thérèse, peut-être, qui s'amuse à orner les autels et court à l'église dès l'aube ?

— Non, pas Thérèse ; celle-là, tu lui fiches la paix. D'ailleurs, on ne peut pas prétendre que tu t'en occupes beaucoup. Je te parle de Ida. Tu as de longs tête-à-tête avec elle ; tu es sa confidente. C'est très beau la jeune maman et sa grande fille ; seulement, tu t'efforces de la former à ta ressemblance. Tu fermes les yeux sur cet avilissant, sur ce honteux amour.

— L'amour n'est jamais ni honteux, ni avilissant. C'est l'absence de l'amour qui est humiliante et vile. Dois-je te le dire ? Parfois je me sens plus misérable qu'une fille à tes côtés. Si au moins tu avais assez de force de caractère pour mettre fin à tout cela.

— Si je te renvoyais, partirais-tu ?

— Tu sais bien qu'il n'en est pas question. Je n'ai pas envie de quitter cette maison, et toi non plus tu n'en as pas envie, car tu ne saurais où aller. Mais ce que je ne veux plus, c'est dormir à tes côtés. Faut-il te le répéter : je veux bien vivre près de toi, mais à condition que tu me laisses tranquille…

La rougeur monta au front de l'homme. Il se sentit profondément humilié par l'évocation de leurs nuits.

— Il n'est pas question de nous en ce moment, dit-il d'une voix sourde. Il s'agit de résoudre le problème Ida.

Anna se leva et s'approcha du miroir pour arranger ses cheveux.

— Après-demain elle partira pour Budapest. Autres

gens, autre milieu, qui sait ? Cela déterminera peut-être un changement.

— Enfin des paroles humaines, remarqua-t-il. On ne croirait pas que c'est toi qui les as prononcées.

— Merci pour le compliment.

— Cessons de nous quereller. L'idée de ce déplacement n'est pas mauvaise, bien que là-bas aussi tout soit changé. Le communisme a pénétré dans la vie des gens, il les a déjà pourris.

— De qui parles-tu ?

— De Baby et des siens... Ton beau-frère Janos est en liberté, ils vivent dans une aisance relative, ils ont un appartement... Ce n'est pas normal.

— Je commence à croire que tu es un peu piqué, repartit vivement Anna. Ta terreur du communisme se transforme vraiment en manie de la persécution. Tu en veux à ma sœur et à mon beau-frère d'être encore en vie ? Et toi, ne pourrait-on te reprocher d'être encore vivant, et te sommer de dire pourquoi ?

— C'est toi seule qui n'as pas saisi combien ma vie est difficile : bien que jamais je n'aie fait de politique et que je vive comme un campagnard, j'ai des difficultés avec le Parti. Mais Janos est quelqu'un dont on parle dans les journaux. Il paraît qu'on forme pour lui une nouvelle troupe d'opéra et qu'il obtiendra un bâtiment pour abriter son théâtre et donner des représentations. Bref, on le laisse travailler en paix, au grand jour, et avec toute la publicité officielle qu'il peut désirer. Tu ne comprends donc pas qu'il faut bien qu'il donne quelque chose en échange ?

On frappa à la porte : la jeune servante annonçait l'arrivée du curé :

— Fais entrer au salon, nous arrivons.

Après un ultime coup de peigne, Anna assumait déjà son rôle d'hôtesse.

Sandor attendit encore quelques instants. Chaque scène de ménage le laissait bouleversé jusqu'au plus profond de lui-même. Il se leva en soupirant, remit sa cravate d'aplomb et se dirigea vers le salon avec l'assurance trompeuse d'un somnambule.

Donnant au nord, la pièce restait fraîche même au cœur de l'été. Il salua le curé qui s'était levé :

— Loué soit Jésus-Christ !

— Ainsi soit-il, monsieur le notaire, lui répondit le curé d'une voix tonitruante, mieux adaptée à l'acoustique de la chaire qu'à celle d'une maison.

Anna s'affairait autour de l'apéritif : un vieux vin habilement soustrait à la convoitise des troupes pendant la guerre. Sandor s'efforça d'entretenir la conversation. Ce n'était pas facile : il perdait le fil de ses idées, de ses propres phrases. Il lui semblait qu'il était assis depuis des heures dans ce fauteuil, un verre à la main. La figure rouge et replète du vieux curé devenait toujours plus ronde à ses yeux. Il enviait la faconde d'Anna qui bavardait allégrement et découvrait à chaque sourire ses dents de jeune louve. C'est elle qui ranimait la conversation chaque fois que celle-ci menaçait de s'éteindre. Elle lançait sans aucune gêne de nouveaux thèmes.

On en était à parler vins, à comparer la valeur des caves.

— Aucune ne peut rivaliser avec celle de monsieur le Curé, venait de dire le notaire et, ces mots à peine prononcés, il était surpris de les avoir dits. « Comme c'est bête, pensait-il. Il s'agit bien d'avoir la meilleure cave. Nous sommes tous condamnés. » Et le débat se prolongeait dans son for intérieur. Il affirmait, niait, discutait, mais en sentant bien que, si cette comédie se prolongeait cinq minutes de plus, il s'endormirait ou éclaterait en sanglots.

La servante vint prévenir que le déjeuner était servi. On gagna aussitôt la salle à manger. Les deux jeunes filles entrèrent à leur tour. Thérèse tendit la main au curé. Le vieil homme faillit l'embrasser dans sa joviale bonhomie.

Parée de la grâce fragile de ses seize ans, elle rougissait légèrement ; ses longs cheveux, encore mouillés de l'eau du lac, fouettaient des épaules graciles et un peu anguleuses.

— Quelle brave fille que notre petite Thérèse, s'écriat-il. Elle pare l'autel. On dirait que c'est son occupation préférée. Je me demande ce que nous ferions sans elle !

Le regard ironique d'Anna chercha celui de son mari. Supérieure et sereine, elle voulait lui rappeler leur entretien de tout à l'heure.

— Mets quelque chose sur toi. Ida, dit le notaire, il fait frais.

— Frais, ici ? J'étouffe de chaleur !

Sandor s'énerva. « C'est tout sa mère, pensa-t-il. Elle ne comprend pas que je n'aime pas la voir déjeuner ainsi, les bras nus, devant le curé. »

Au fond, ce qui irritait le notaire, c'était que Ida, avec ses épaules et ses bras nus, sa poitrine saillante sous l'étoffe légère, fût la vivante réplique de sa mère.

Mère et fille semblaient se complaire à manifester leur parfait accord et même à étaler leur complicité en toutes choses.

On s'assit autour de la table couverte d'une nappe blanche. Le consommé brillait dans les assiettes d'un éclat métallique. Sandor le goûta. « Il est tiède, pensa-t-il. Et même mauvais. C'est dommage qu'il soit mauvais. »

L'invité mangeait néanmoins de grand appétit sans cesser de parler. Habitué par cinquante ans de sermons à s'entendre monologuer, il ne remarquait même pas qu'autour de lui l'atmosphère devenait de plus en plus lourde. En reprenant du canard rôti, il continua le récit entamé :

— Si à ce moment-là, pendant l'été 1945, je n'étais pas intervenu énergiquement, je n'aurais jamais revu mes effets volés. Mais j'ai déclaré, solennellement, du haut de la chaire, à la grand-messe du dimanche, que je ne donnerais l'absolution à personne du village, tant que je ne serais pas rentré en possession de tous mes biens, car, si c'est un grand péché de voler son prochain, c'en est un bien plus grand de dépouiller son curé. Le croiriez-vous ? Dès le lendemain matin tout l'attirail se trouvait soigneusement rangé dans ma cour, on n'avait rien oublié, même pas les cuivres de ma balance !

Le notaire se demanda combien de fois déjà il avait subi la relation de cet épisode de l'après-guerre et combien de fois il avait lui-même répondu :

— Ce n'est pas que les gens soient foncièrement malhonnêtes, monsieur le Curé ; c'est la guerre qui a faussé leur mentalité. Ils ont vu que les Russes pillaient les maisons, brûlaient les meubles, alors, la cure étant déserte, ils ont emporté ce qu'ils pouvaient. Au fond, ils ne volaient pas, ils sauvaient les choses.

Mue par un excellent réflexe, Anna faillit interrompre son mari pour empêcher l'allusion imprudente aux soldats russes.

Mais, cette fois, elle le laissa parler. Sandor, assis à l'autre bout de la table, devenait à ses yeux un être de plus en plus détaché d'elle et de la maison, un individu médiocre et encombrant. Tant pis pour lui s'il se perdait par ses propres paroles, tant pis pour lui s'il se passait la corde au cou…

— Pour nous, dit-elle en souriant doucereusement, nous avons eu de la chance avec les Russes. Ils nous ont amené des choses : un tapis et un poêle. Nous n'avons pas la moindre idée d'où cela vient, nous ne pouvons donc rien restituer.

Le notaire emplit les verres.

— Nous aurions dû brûler ce tapis depuis longtemps, dit-il, embarrassé. Chaque fois que je pense à ce tapis, il me semble qu'il y a un mort dans la maison, un mort qu'il faudrait enterrer.

Une miette s'accrocha à la joue du vieux curé.

Tout le monde fixait la miette.

Le curé poursuivit, imperturbable :

— Si j'avais été là au moment des combats, les choses ne se seraient pas passées comme cela, je vous assure. Mais voilà, je suis resté bloqué sur l'autre rive du lac, et, croyez-moi, c'était bien pire là-bas. Imaginez ce qu'est un champ de bataille baignant dans le vin. Et il y en avait du vin, dégoulinant de partout le long des côtes du Badacsony, charriant des poussins noyés. Le kéknyelü, le szürkebarat, tous les meilleurs crus coulaient à flots des grands fûts que les paysans angoissés vidangeaient avant l'arrivée des troupes russes. Des canards complètement saouls se dandinaient dans l'alcool ; l'atmosphère était saturée de tout ce vin que la terre n'arrivait plus à boire…

— Aussi les Russes se sont-ils arrêtés quinze jours sur les lieux, acheva Sandor, car il n'en pouvait plus de ces histoires cent fois rabâchées. Sa léthargie se transformait en une irritabilité croissante, et il en arrivait au point où le corps tout entier paraît être à vif. En regardant Ida il se demanda ce qui arriverait s'il lui réclamait subitement des comptes ici, devant tout le monde. Cette idée absurde lui semblait plus réalisable qu'un entretien seul à seule avec sa fille.

Il luttait aussi contre une vision grotesque qui s'imposait constamment à son esprit ; il ne pouvait s'empêcher de comparer ce repas interminable à une grand-messe qui n'en finirait plus et dont les rites étirés mettraient le recueillement des fidèles à une trop lourde épreuve. La voix sonore qui s'élève à intervalles irréguliers est bien celle du curé, qui tout aussi bien pourrait, assisté de son vicaire, lire les textes de l'office divin. Lui, le notaire, s'agenouille au premier banc. Le village le regarde. Il cache sa figure dans ses mains et on peut le croire absorbé en une ardente prière, mais son cœur est devenu un foyer de haine d'où monte une aspiration, une seule : que sa femme soit anéantie. Anna, avec son chapeau du dimanche, penche son visage au-dessus d'un missel dont elle ne tourne pas les pages, ses pensées batifolent quelque part dans un passé où le mari n'a pas accès, elle est là avec cette ombre inconnue qu'elle a aimée, qu'elle aime encore… Partout le péché – il germe même dans la fraîcheur enfantine de Thérèse. Oui, elle est pieuse, mais sa ferveur serait-elle aussi vive sans le jeune vicaire au profil raphaélique ? N'est-ce pas un peu pour lui qu'elle orne les autels ? Et Ida égrène son chapelet des mêmes doigts qui viennent de caresser son amant…

— Nous sommes tous mûrs pour la fin, dit-il, et il tressaillit car, sans le vouloir, il avait parlé tout haut.

Ses paroles pourtant devaient être dans le sens de la conversation générale, car elles n'avaient surpris personne. Peut-être même cette phrase cruelle répondait-elle à une question que chacun se posait secrètement.

— La fin – pour autant que vous parliez de la mort – n'est qu'une transition, dit le curé en allumant un cigare. Ce n'est que le passage d'un état à un autre…

Anna se leva de table. Ils retournèrent au salon et s'abandonnèrent dans des fauteuils confortables comme s'ils ne devaient jamais plus les quitter.

Ida se sentait observée par son père, cela la mettait mal à l'aise. Elle se leva, arrangea un rideau qui pendait de travers, hésita à prendre une autre place, et, voyant finalement qu'on ne s'occupait pas d'elle, se glissa sans bruit hors de la pièce.

Il était quatre heures bien sonnées quand le curé se décida à prendre congé de ses hôtes. Il plaça encore quelques anecdotes et fit promettre au notaire de venir un de ces soirs faire une partie de cartes à la cure. Ayant parcouru le jardin, ils se trouvèrent subitement à court de sujets de conversation en arrivant à la grille.

— Fais préparer une valise pour Ida avec des affaires et des vivres pour trois semaines, dit le notaire, en rentrant à la maison.

Il parlait rapidement et d'un ton décidé. Anna en était stupéfaite et quelque peu inquiète.

— C'est bien. J'essayerai. Le seul risque, c'est qu'elle ne revienne dans trois jours si on ne peut pas l'héberger.

— Elle ne reviendra pas tant que je n'aurai pas tiré les choses au clair avec Marton.

— Tu comptes lui parler ?

— Certainement, je lui parlerai. Seulement j'aime mieux que Ida soit alors loin d'ici. Et maintenant, je retourne à mon bureau. Le reste te regarde.

Restée seule, Anna écouta les pas qui s'éloignaient le long du couloir. Puis elle se pencha à la fenêtre et appela :

— Ida, Ida !

— Me voilà, répondit la jeune fille, cachée par un bouquet d'arbres. Qu'y a-t-il ? Dois-je rentrer ?

— Oui, ma petite. Viens, j'ai à te parler.

Ida arriva le lendemain par le train prévu. Ses espadrilles à grosses semelles tâtonnèrent avec circonspection le long du marche-pied en fer du wagon ; on eût dit qu'elle descendait une échelle de corde accrochée aux flancs d'un navire. Quelqu'un lui tendit sa valise. La jeune fille fit quelques pas sur le quai en scrutant les alentours du regard. C'est seulement alors que Baby s'approcha d'elle. Cachée par un pilier, elle avait observé sa nièce, examinant la robe imprimée de coupe gentillette mais bien provinciale, la petite tête aux boucles brunes, le buste élancé, la taille fine. « Dommage qu'elle boite », se dit-elle, et, par une réaction toute féminine, son propre pas se fit encore plus élastique que d'habitude.

— Bonjour tante Ilona, lui dit la jeune fille en découvrant ses dents en un large sourire.

Elle se pencha en avant pour embrasser Baby qui feignit de ne pas s'en apercevoir : les yeux à terre, elle écrasait un bout de cigarette de son talon pointu, minutieusement, comme s'il s'agissait d'un insecte répugnant.

— Appelle-moi Baby tout court, répondit-elle sèchement.

Déséquilibrée par son geste interrompu, Ida avait légèrement vacillé. Baby la saisit par le bras :

— Fais attention, ne tombe pas !

— Non, murmura Ida, ne craignez rien, je ne tomberai pas !

L'accueil glacial la remplissait d'amertume, un goût de fiel lui monta à la bouche.

— Eh bien, allons-y, s'exclama Baby avec impatience.

— Il faudrait trouver un porteur… La valise est très lourde à cause de toutes les victuailles que Maman vous envoie.

— Ne sais-tu pas qu'il n'y a plus de porteurs pour les trains du service intérieur ? Ils ne viennent que pour les express internationaux. On porte ses bagages soi-même, maintenant. Mais si tu n'y arrives pas, je te donnerai bien un coup de main.

Elle tendit la main vers la valise avec une lenteur et une maladresse exagérées. Ida prévint son geste, souleva la grosse valise d'un coup de reins et s'achemina vers la sortie d'un pas saccadé. La foule se referma sur elle. Baby ne la retrouva que dans la rue.

— Il vaut mieux prendre le tram, déclara-t-elle. Inutile de se faire remarquer en prenant un taxi.

Ida la suivit sans mot dire. Elles arrivèrent à l'arrêt du tram, juste au moment où le convoi aux voitures jaunes s'immobilisait dans un grincement de freins. Rassemblant toutes ses forces, la jeune fille balança sa charge sur la plate-forme comme s'il ne s'agissait que d'un léger paquet. Baby prit les tickets pour elles deux, et, à ce moment-là, se fit à l'idée qu'elle aurait à s'occuper de sa nièce pendant deux ou trois semaines.

— Il paraît qu'il y a eu un scandale à la maison !…. Que s'est-il donc passé ?

— Rien, dit la jeune fille d'une voix incolore, et elle sortit quelques pièces de monnaie de son sac : Voici le prix de mon billet.

— Allons, ne fais pas la bête ; tu oublies que tu es notre invitée.

— Je ne veux rien devoir à personne...

— Je te répète de ne pas faire l'idiote. Raconte-moi plutôt ce qui s'est passé.

— Maman ne t'a pas écrit ?

— Elle ne m'a rien dit, sauf que ton père était hors de lui.

— Il s'est calmé.

— Nous descendons ici, remarqua Baby, coupant court à cette conversation sans issue.

Après cinq minutes de marche, elles atteignirent la maison. Ida marchait si vite que Baby ne put même pas faire semblant de l'aider. La porte de l'appartement s'ouvrit au moment même où elles arrivaient au palier.

— C'est Dieu qui t'envoie, ma petite Ida, s'écria Maman avec un large sourire, en l'attirant sur son opulente poitrine. Jésus Marie, quelle énorme valise ! Et tu l'as portée toute seule ? Pourquoi ne pas l'avoir laissée à la gare ? Arpad serait allé la chercher.

— Mais Maman, s'exclama Baby, vous ne vous imaginez quand même pas qu'Arpad va devenir notre commissionnaire ! C'est tout au plus Janos qui aurait pu s'en charger.

— Tu sais bien que Janos doit éviter de soulever des poids lourds, sinon il est incapable de jouer du piano pendant plusieurs jours. J'espère que vous avez au moins pris un taxi ?

— Vous savez bien, Maman, que vous m'avez fait une scène à ce sujet l'autre jour, et encore, devant Janos. Alors vous ne voudriez pas que...

— Ce n'est pas la même chose de prendre un taxi

pour aller chez le coiffeur et pour ramener une pareille valise de la gare. Dans ce dernier cas, ce n'est pas un luxe superflu, gronda la vieille. Ma pauvre enfant… ajouta-t-elle en se tournant vers Ida.

— Mais ça ne fait rien, ma tante, ce n'était pas trop lourd pour moi, je vous assure. Seulement, si vous le permettez, je voudrais déballer les vivres, car j'ai peur que le lard n'imprègne mes vêtements.

Ida transporta la mallette à la cuisine, se mit à genoux et ouvrit la serrure. Un splendide jambon fit son apparition. La vieille joignit les mains en extase :

— Bon Dieu, souffla-t-elle, quel jambon !

Elle l'arracha des mains de la jeune fille, le pressa contre elle sans s'occuper des papiers gras qui s'éparpillaient au hasard et courut dans la chambre voisine :

— Baby, Baby, regarde !

— Je me repose, grogna la jeune femme, énervée.

— Tu ne veux même pas voir le jambon ?

— Non. Je m'en fiche.

La vieille retourna à la cuisine. Les yeux tout ronds, elle proféra haineusement :

— C'est toujours ainsi, quand elle rentre de ville : elle se couche et fume des cigarettes, la veinarde. Moi je ne mène pas une si bonne vie : je trime toute la journée, sans avoir le temps de me reposer. Mais quand j'avais son âge, personne ne m'a jamais vue fatiguée !

Ida sourit pour ne pas avoir à répondre. Elle continua à déballer. Les petits sacs de farine, les vivres campagnards s'alignaient à côté de sa valise, qui semblait n'avoir pas de fond.

La voix de Maman se fit câline :

— Dis, ma petite, qu'est-ce qui s'est passé chez vous ?

— Oh, une petite dispute de famille, rien de grave…
Pour moi, c'était une occasion de venir enfin à Budapest. J'espère seulement que je ne vous dérange pas trop ?

— Mais pas du tout, pas du tout, mon enfant, déclara Maman, en contemplant le jambon d'un œil admiratif. Mais tu dois être bien lasse de ton voyage. Je vais te montrer ta chambre, puis je te préparerai une bonne tasse de thé.

La vieille mit de l'eau à bouillir et invita la jeune fille à la suivre.

Ce qu'on appelait la petite chambre était un réduit qui donnait sur l'entrée.

Ida ne put réprimer un mouvement de surprise en en franchissant le seuil : des rouleaux de tissus de toutes couleurs s'entassaient le long des murs presque jusqu'au plafond. Il y avait à peine assez de place pour le lit pliant.

La vieille expliqua avec vivacité :

— C'est le stock d'un marchand de textiles qui est parti pour l'Occident. Il a confié tout cela à Janos avant de partir, c'est tout comme si c'était à nous. Je demanderai à Janos de te donner de quoi te confectionner une robe. Mais oublie que je t'ai dit d'où proviennent toutes ces choses. On ne doit pas en parler.

Embarrassée, Ida s'assit au bord du lit. Les rouleaux de tissu saturaient l'atmosphère de la chambrette de leur odeur acide. Un bout de shantung rose pendait hors d'un emballage déchiré. Ida leva vers la vieille un regard où se mêlaient la surprise et une muette interrogation.

— Oui, lui fut-il répondu, c'est de ce tissu que Baby s'est fait faire le deux-pièces qu'elle porte aujourd'hui. Elle a dû payer six cents florins de façon…

— Mais le propriétaire de tout ceci ne reviendra-t-il vraiment plus ?

— Oh ! non, tu peux être tranquille sur ce point-là. Mais repose-toi maintenant… Je t'appellerai dès que le thé sera prêt.

Elle referma la porte derrière elle. Déroutée, Ida restait assise sur l'étroite et dure couchette. La chambre, bourrée de marchandises, semblait faire partie d'un cauchemar, comme, d'ailleurs, tout ce qu'elle avait vu et entendu depuis son arrivée.

Subitement elle fut prise d'une nostalgie intense.

Terrassée du désir de Marton, de sa voix, de son étreinte, elle se jeta de tout son long sur le lit et enfouit sa tête dans l'oreiller. Sa jambe infirme la faisait cruellement souffrir à cause de l'effort excessif qu'elle avait fait. « Si j'avais un enfant de lui, peut-être m'épouserait-il », pensa-t-elle, secouée d'émotion. Elle se voyait déjà, alourdie par sa maternité, parcourant la grand-rue du village au bras de Marton. Puis elle entrevoyait le cas où son amant refuserait de l'épouser, et alors elle imaginait son père brandissant le gros fouet à chiens pour rosser le traître : un frisson voluptueux la parcourait à cette image… Ce n'était pas la première fois que ces rêves éveillés la hantaient, et, tout au long du trajet en chemin de fer, elle avait souri à l'idée du retour triomphal qu'elle ferait, si elle avait l'espoir de devenir mère…

Pendant ce temps, la vieille tante s'affairait à la cuisine. Elle se hissa sur la pointe des pieds et tendit des doigts tremblants vers la boîte à thé, trésor personnel de sa bru. Ce thé de Chine, bien inestimable que Baby avait reçu quelques mois auparavant d'un ami, était la source où celle-ci puisait quotidiennement sa ration de plaisir et de détente. Elle ne prenait jamais plus d'une petite cuillerée à thé et préférait attendre dix bonnes minutes avant de consommer le breuvage pour lui permettre de devenir suffisamment fort. Sa belle-mère n'avait jamais osé toucher à cette boîte sacrée, mais, aujourd'hui, c'était différent ; elle avait un excellent prétexte : qui aurait pu la blâmer de vouloir gâter la petite nièce, qui venait avec tant de bonnes victuailles ? Elle versa une bonne poignée de thé dans la théière avant de ranger la boîte à nouveau sur l'étagère. Puis elle mit la table et frappa à la porte d'Ida.

— Viens goûter, ma petite !

Elles étaient déjà attablées, lorsque Baby pénétra dans la cuisine. Elle reconnut immédiatement le parfum qui s'échappait de la théière ; mais pour l'instant elle se tut.

— Dois-je te verser une tasse ? demanda la mère, un sourire aux lèvres.

— Je m'en chargerai, répondit Baby.

Le thé était noir comme de l'encre.

— Il est peut-être un peu fort, remarqua Maman. Mais, comme tu te reposais, je n'ai pas voulu te demander ce qu'il fallait mettre.

Les traits de Baby restaient impassibles ; seule une petite veine bleue palpitait plus fort à sa tempe.

— Je ne conseillerais pas à Maman d'en boire, dit-elle, car cela lui donnerait aussitôt un arrêt du cœur.

En prononçant les mots « arrêt du cœur », son intonation était si nostalgique que la vieille en frémit.

Elle se força néanmoins à un sourire angélique :

— Tu sais que je prends bien soin de ma santé et que je ne bois jamais de thé, répliqua-t-elle.

Ce n'était pas la première fois qu'Ida se rendait chez

son oncle et sa tante, mais c'est la première fois qu'elle était mêlée à leur vie intime.

C'était tellement différent de ses habitudes qu'elle se sentait absolument dépaysée et n'arrivait pas à mettre ses paroles et ses gestes au diapason de l'entourage. La gentillesse presque exagérée n'effaçait pas la pénible impression de l'accueil à la gare, et Ida se dérobait avec un sourire forcé aux remarques joviales ou faussement paternelles de Janos : « Tu as fait des tiennes, hein ? Cela ne m'étonne pas de ta part : tu donnais du fil à retordre dès le berceau ! » Ida se rendait compte qu'ils ne savaient rien de ce qui s'était passé et qu'ils tâton-naient à l'aveuglette pour découvrir les détails du drame familial.

Après le thé, la jeune fille chercha un coin tranquille pour lire, car elle avait la nausée en pensant à la cham-brette qui lui était destinée. L'odeur des tissus empilés pesait sur son estomac comme le souvenir d'un repas trop copieux. « Peut-être suis-je enceinte, se disait-elle, pour avoir l'odorat si sensible. » C'est en vain qu'elle relisait plusieurs fois le même passage du livre ouvert devant elle : les mots n'étaient qu'une suite de signes typographiques qui ne livraient pas leur sens à son esprit inquiet. La sonnette retentit plusieurs fois ; ou entrait, ou sortait, des noms résonnaient à son oreille, des mains pressaient la sienne. Invariablement, on lui demandait quand elle était arrivée et combien de temps elle resterait en ville : Baby ou Janos répondait pour elle, sans lui laisser le temps de placer un mot. Son livre à la main, elle se tenait immobile dans la lumière crue et froide qui chassait l'ombre même des derniers recoins de la pièce. Le jour baissait à peine quand elle alluma l'électricité. Jadis pourtant, c'était le crépuscule qu'Ida préférait, cette heure enchantée où les objets prennent un sens mystérieux et où même le tic-tac de l'horloge s'amortit pour ne pas troubler les songes. Chez elle, à Boglar, le ciel prenait alors une teinte violacée au-dessus de l'eau, un souffle tiède brisait en menues vagues le miroir lisse du grand lac. La ligne bleue du Badacsony tournait au gris foncé, puis au noir : c'était de ces collines rocheuses aux vignobles brûlés de soleil que la nuit s'élançait pour voiler l'horizon.

« C'est à cette heure-ci, pensa Ida, que la servante arrose les plates-bandes… » Elle voyait l'eau couler le long des gros mollets bruns de la jeune paysanne et les pétunias baisser humblement la tête sous les gouttelettes. Après l'arrosage, les fleurs répandaient un parfum si fort que les papillons attardés tombaient sur le sol, enivrés, les ailes closes…

Lorsque, en 1943, Ida avait été invitée avec ses parents à prendre le thé chez les Tasnady, leur appartement lui avait semblé un havre de paix. Les deux sœurs avaient fait revivre leurs souvenirs d'enfance, commentant chaque détail avec une ferveur passionnée. Vers la tombée du jour, Janos s'était mis au piano. Tandis qu'il jouait en sourdine, les autres l'écoutaient, immobiles dans l'ombre grandissante, jusqu'à ce qu'il fût impossible de distinguer des traits ou le contour des choses. Discrètement, la mère de Janos leur avait versé un apéritif, tandis qu'Ida, ravie, écoutait la musique, assise par terre sur un coussin du divan, l'âme engourdie de bien-être.

Pendant le siège sanglant, Anna et son mari étaient restés sans aucune nouvelle de leurs parents de Budapest.

Des soldats allemands et des réfugiés leur avaient

décrit le sort épouvantable de la ville. On avait parlé de famine et d'épidémies de fièvre typhoïde à Buda, dans la ville-fantôme où le front se déplaçait rue par rue, maison par maison, au-dessus d'une population enterrée dans les caves. Après l'occupation définitive par les troupes russes, les trains avaient recommencé à circuler. Des wagons à bestiaux déversèrent par fournées entières les citadins aux joues creuses, aux yeux exorbités de privations, qui s'agrippaient de leurs membres gelés aux marchepieds et aux butoirs des trains pour tâcher de gagner la campagne, éternelle nourrice des peuples. Ce qu'ils racontaient de leurs expériences dépassait en horreur tout ce qu'on s'était imaginé.

Anna avait craint le pire pour sa sœur et son beau-frère. Elle avait écrit plusieurs fois à leur ancienne adresse, sans se rendre compte que cette adresse ne correspondait plus qu'à un amas de ruines. Elle n'avait jamais obtenu de réponse... Les journaux leur avaient appris l'arrestation du cousin Jenö, c'était tout. A ce moment-là, chacun se terrait chez soi, apeuré. Aussi les deux cent cinquante kilomètres séparant Budapest de Boglar semblaient-ils s'étendre de jour en jour. Les combats terminés, les troupes russes en uniforme gris sale s'étaient abattues sur tout le pays, comme une pluie de cendres après l'éruption d'un volcan. Le notaire travaillait dans son bureau, blême, renfrogné. Il exécutait, sans réfléchir, les mesures, souvent contradictoires, dictées par les autorités centrales et se taisait. Des mois s'écoulèrent. Tout à coup, ils reçurent une lettre de Baby, leur annonçant que tout le monde était en vie. « Maman est en meilleure santé qu'elle ne le fut jamais, Janos est très occupé et nous avons un bel appartement neuf. J'espère que tout le monde va bien chez vous et je vous embrasse. » La première impression de soulagement dissipée, ils relurent cette lettre laconique, au ton presque joyeux, et en restèrent tout perplexes. Même la correspondance ultérieure ne put dissiper le vague laissé par le message. Les questions posées par Anna ne recevaient jamais de réponse précise.

— Ils ont peur, ils redoutent quelque chose, remarquait le notaire.

— Qu'auraient-ils à craindre ? objectait Anna. Mais non… Baby n'a jamais été capable d'écrire une lettre convenable, elle a toujours été trop paresseuse pour cela.

Secourables, ils leur envoyaient régulièrement des colis de ravitaillement.

Lorsque Ida revit sa tante à la gare, elle fut frappée de voir combien celle-ci avait changé : ses traits, pourtant jeunes encore, s'étaient durcis, son regard était inquiet. La véhémence avec laquelle la vieille dame s'était jetée sur les vivres avait offusqué la jeune fille. L'appartement était spacieux mais presque vide, le bombardement ayant volatilisé les meubles familiaux en même temps que la maison. Depuis, ils n'avaient pu acheter que le mobilier le plus indispensable.

A la question : « Comment avez-vous réussi à obtenir un si bon logement », la vieille avait répondu comme si elle récitait une leçon apprise par cœur : « Cet appartement est propriété d'Etat et Janos est un fonctionnaire important de ce même Etat. N'est-ce pas naturel qu'on lui ait fourni un appartement convenable ? » Ida n'osa jamais demander qui avait été l'ancien propriétaire – elle se contentait d'espérer qu'il était à l'abri de l'autre côté du Rideau de Fer, au lieu de pourrir en quelque lieu de détention. Etait-ce la crainte de son fantôme qui précipitait chaque membre du trio familial vers le commutateur électrique, dès que le jour baissait ?

Ida ferma le livre qu'elle tenait en main : on l'appelait pour partager le repas du soir. Il lui parut étrange de retrouver à table le jambon et le lard de ses parents. Même les galettes qui les accompagnaient étaient pétries de la farine qu'elle avait apportée…

Ses paupières s'alourdirent, elle se sentit tout à coup extrêmement lasse, lasse de corps et encore plus d'esprit.

Après le dîner, Ida aurait voulu griller une cigarette mais, lorsqu'elle étendit la main pour s'emparer de la boîte d'allumettes, trois paires d'yeux la fixèrent d'un regard étonné et quelque peu réprobateur. Elle comprit et se leva.

« Je vais les débarrasser de ma présence », se dit-elle, le cœur serré.

La vieille ouvrit ses bras dans un élan de tendresse, tendresse qui sentait par trop la reconnaissance d'un estomac repu. Au moment où elle allait appliquer ses lèvres toutes luisantes de gras sur la joue d'Ida, elle se ressaisit, comme un acteur qui s'aperçoit qu'il oublie son rôle, et, recomposant son attitude de digne matrone, elle traça une petite croix sur le front lisse qui s'inclinait vers elle. La jeune fille rougit d'embarras. Hostile, le regard de Baby se durcit comme de la cire fondue au contact du marbre. Janos, par contre, se sentit envahir d'une affectueuse fierté : pour lui, la piété de sa mère, c'était le filet tendu sous l'acrobate, une assurance contractée avec ce Dieu dont il n'osait pas définitivement nier l'existence. Il était si reconnaissant pour ce sentiment de sécurité qu'il faillit tendre, lui aussi, son front, afin que la mère y traçât le signe rédempteur.

Ida quitta la pièce. On attendit qu'elle eût traversé l'antichambre et refermé la porte de la petite chambre avant d'entamer la conversation.

— Je me demande si elle peut entendre ce qu'on dit d'ici, remarqua Janos, en s'efforçant de garder un air détaché.

— Je ne crois pas, répondit la mère en hésitant un peu, car s'il arrivait quelque chose, elle ne voulait pas en être tenue pour responsable.

— On n'entend rien de sa chambre, trancha Baby d'un ton péremptoire, et d'ailleurs, je suis sûre qu'elle s'endormira tout de suite. Ces campagnards s'assoupissent dès le crépuscule, comme les bêtes. Je l'ai observée pendant le dîner : elle tombait de sommeil.

— Elle m'a tout l'air d'une brave fille, risqua la mère.

— Bien sûr que c'est une brave fille, répliqua Janos, mais là n'est pas la question. Ce n'est que sa présence, ici, en ce moment, qui n'est pas désirable. Vous devez, toutes les deux, vous pénétrer du fait que notre situation est précaire, que nous devons surveiller la moindre de nos paroles.

— A cause de ce Jenö ? interrogea la mère, l'œil mauvais. Sa voix accablait le mort de tout le poids de son ressentiment.

— Naturellement, à cause le lui, répondit Janos avec impatience. Notre nom prête à confusion, et je dois souvent expliquer aux gens que j'ai toujours désavoué l'attitude de ce cher cousin.

Excédée, Baby n'écoutait plus ces paroles qu'elle connaissait par cœur. Son palais était amer d'avoir trop fumé ; elle avait mal au dos. Elle aurait voulu se lever et regagner sa chambre, mais elle craignait les longues heures d'insomnie. Non, il vaut encore mieux rester ici que de guetter en vain le sommeil dans l'obscurité. Elle croit être un poisson prisonnier dans un bocal avec deux monstres aquatiques : son mari et sa belle-mère. Elle sait qu'à chaque tentative d'évasion, elle se heurtera à la cloison de verre. Même chose pour les deux autres : eux aussi tournent en rond parmi les paroles hypocrites, ces algues mouvantes. Eux aussi sont terrifiés par tout l'inexpliqué qu'ils portent en eux.

La mère bâilla longuement et, par ce réflexe sincère, rompit l'envoûtement.

« Elle a sommeil, se dit Baby avec envie. Cette vieille bête se couchera et dormira comme si de rien n'était… »

Rageusement, elle chercha un sujet qui pût faire rebondir la conversation et chasser le sommeil bienfaisant des yeux de sa belle-mère.

— Törzs viendra-t-il nous voir demain ? demanda-t-elle à brûle-pourpoint.

Janos haussa les épaules :

— Je n'en sais rien. Je l'espère. Il faudrait l'apprivoiser et en faire un habitué de la maison. Tout dépend de lui : subvention au théâtre, sécurité, bien-être, la vie, quoi… S'il se rend compte par lui-même que nous nous sommes bien adaptés au nouveau régime, l'avenir s'ouvrira tout grand devant moi. Qui sait, peut-être m'enverra-t-on même à Moscou, en voyage d'études…

— Nous aurions dû partir vers l'Occident avant le siège de la ville, dit Baby d'une voix flûtée.

— On aurait été bien bêtes de le faire. Tôt ou tard ils nous auraient rattrapés. Car, vous le verrez bien : il n'y aura pas de guerre, et le communisme triomphera partout, sans effusion de sang. Pour survivre, il faut simplement s'adapter aux temps nouveaux et prouver qu'on méritait bien d'être laissé en vie.

— Crois-tu que cela soit possible, mon chéri ? s'enquit la mère avec la ferveur de l'écolier ambitieux qui s'est assis aux premiers rangs.

— Bien sûr que c'est possible. J'ai eu du flair en me faisant inscrire au Parti dès 1945. Pensez un peu, si j'avais aujourd'hui encore toute la filière à remonter, nous serions frais !

— Cela dure déjà depuis des années, soupira Maman.

— Qu'est-ce qui dure depuis des années ?

— Mais… le communisme !

— En Russie, il existe déjà depuis trente ans.

— Ce n'est tout de même pas la même chose, objecta la mère, tout émoustillée par cet effort d'indépendance.

— Mais si, c'est la même chose, affirma Janos en élevant la voix. Il est idiot de s'imaginer que nous sommes toujours en Hongrie. Ce pays fait partie de la grande Russie comme en feront bientôt partie à leur tour l'Autriche, l'Allemagne, puis le reste de l'Europe.

— On a pourtant beaucoup parlé de guerre, murmura Baby.

Les traits de Janos s'altérèrent comme ceux d'un enfant qui entrevoit un arbre de Noël par le trou de la serrure.

— Une guerre, dit-il, une profonde nostalgie dans la voix, évidemment, si une guerre nous sauvait…

La vieille se pencha vers lui :

— Oui, mais il y a ces histoires d'atomes… qu'arriverait-il si l'on jetait cette horreur sur nous ?

— Ce serait préférable… préférable à tout ceci, balbutia-t-il très bas, et ses traits accusèrent une fatigue intense.

La clarté de la lampe déversait sur le petit groupe une lumière aussi froide qu'une pluie d'hiver. Baby se leva et regagna sa chambre sans mot dire. Fouillant fiévreusement parmi ses produits de beauté, elle découvrit la petite fiole qui contenait un soporifique. Elle alla prendre de l'eau potable au robinet de la cuisine. Dans l'antichambre, elle buta contre sa belle-mère : les deux femmes se regardèrent dans le blanc de l'œil comme deux chauves-souris myopes, débusquées d'une corniche par un brusque jet de lumière !

Baby poussa un soupir de soulagement, lorsqu'elle s'étendit enfin entre les draps et les tira jusqu'à son menton. Sans éteindre la lampe de chevet, elle se mit à guetter la torpeur bienfaisante que lui procurerait la pilule qu'elle venait de prendre.

Janos et sa mère s'étaient aussi couchés sans même se souhaiter une bonne nuit, ils n'avaient pas non plus éteint, car la crainte de l'obscurité ne les quittait plus.

Le bruit des portes s'ouvrant et se refermant intriguait Ida autant que le rai de lumière filtrant sous sa porte, maintenant que tout semblait reposer. Par trois fois, elle avait hésité à aller voir si quelqu'un n'était pas subitement tombé malade, mais elle s'était toujours remise sous ses couvertures sans oser quitter la chambre. Elle se sentait affreusement seule et loin de toute personne amie. Désormais c'est avec Melinda que Marton se rendrait à la plage et cette image torturante la faisait souffrir, tout en lui semblant un fait aussi établi que son infirmité. Elle se raccrocha à la pensée que Melinda n'était pas de ces femmes qui se donnent dans un brusque élan, et elle rêva, frémissante d'émotion et de plaisir, à la merveilleuse nuit qui la réunirait à son amant, lorsqu'ils s'écrouleraient, submergés par leur douloureux amour, les sens aiguisés par la séparation, sur la paille crissante de la petite hutte.

« Et cette fois, j'aurai un enfant de lui », se dit-elle en étreignant son oreiller. Elle oubliait le filet de lumière sous sa porte, la haine qui l'entourait, la laideur du monde. Juste avant de sombrer dans le sommeil, un sourire heureux détendit ses traits, car elle se rendait compte qu'elle, l'infirme, la déshéritée du sort, avait découvert le vrai sens de la vie.

Le lendemain matin, à onze heures moins le quart, Törzs sonna à la porte des Tasnady. Il garda la main sur la sonnette, étant de ceux qui appuient sur le bouton jusqu'à ce qu'on leur ouvre. En dépit de sa chemise d'une blancheur éclatante, ses vêtements flottants et son attitude nonchalante lui prêtaient un air négligé. Il attendit.

La mère se trouvait de l'autre côté de la porte : elle tremblait comme un voleur pris en flagrant délit. Le matin, tandis que les autres dormaient, elle se glissait dans l'antichambre, ouvrait le battant d'une grande armoire et caressait un objet caché sous une pile de linge. Il suffisait à son bonheur de toucher cet objet sacré, ultime vestige, pour elle, d'une grandeur disparue. C'était un écusson aux armes de la famille qu'elle avait soigneusement gardé avec ses bijoux pendant leur long séjour à la cave. Janos ignorait tout du secret de sa mère ; il croyait que ce souvenir de famille avait péri avec tout le reste, lors du siège de la ville. S'il avait été au courant, peut-être aurait-il détruit l'écusson ; toute marque distinctive constituait un danger pour les citadins de la nouvelle République Populaire.

Plus péremptoire, l'appel de la sonnerie galvanisa la vieille femme. Elle referma l'armoire, et ouvrit la porte d'entrée. Elle était la seule de la famille à être entièrement habillée ; Baby n'avait pas encore donné signe de vie, tandis que Janos consommait son petit déjeuner en robe de chambre.

La mère faillit s'évanouir en reconnaissant Törzs sur le seuil.

Un sourire légèrement narquois ponctua le salut du policier :

— Bonjour… Le camarade chef d'orchestre est-il à la maison ?

— Bien sûr… Je vous en prie, entrez. Mon fils prend justement son petit déjeuner ; le pauvre a très mal dormi cette nuit.

Törzs s'immobilisa dans l'antichambre :

— Pourquoi a-t-il mal dormi ?

Une vague chaude monta aux joues de la vieille. Avait-elle commis une bévue ? Tremblant d'émoi, elle balbutia :

— Il a pris froid, ces derniers jours…

Törzs entra dans la salle à manger sans frapper. Janos s'apprêtait à boire son café. La tasse devint subitement si lourde dans sa main qu'il faillit la laisser tomber.

— C'est Dieu qui t'envoie, mon cher Imre, s'écria-t-il avec un sourire épanoui, comme pour accueillir un ami très cher. A peine ces paroles prononcées, il eut envie de se mordre les lèvres : pourquoi cette gaffe lui avait-elle échappé ? Saluer un membre important du régime communiste d'une formule désuète et sentant l'ère bourgeoise ! Il aurait voulu expliquer qu'il n'avait pas l'habitude d'employer ces termes qui s'étaient glissés sournoisement sur sa langue, mais Törzs ne releva pas l'expression. Sans aucune remarque, il s'assit et mit ses coudes sur la table.

— Je suis venu pour t'enlever ta femme, dit-il en allumant sa cigarette. Je dois visiter un home d'enfants et je me suis dit que cela pourrait l'intéresser. Les femmes aiment généralement se promener dans les orphelinats.

Janos pressentit confusément qu'il ferait mieux d'empêcher cette excursion, Baby n'étant pas suffisamment instruite sur ce qu'elle avait à dire et ce qu'il fallait taire.

— Je ne crois pas que cela l'intéresse beaucoup. Elle n'est pas une femme du type maternel et elle ne s'occupe pas de politique.

Törzs sourit :

— Qu'est-ce que la politique vient faire là-dedans ?

Maman entra dans la chambre, apportant une tasse propre.

— Puis-je vous verser une tasse de café ? demanda-t-elle.

— Volontiers. Ça fait toujours du bien. Merci.

Janos racla sa gorge et prit son courage à deux mains :

— Mon cher Imre, dis-moi, où en sommes-nous avec la subvention de mon théâtre ?

Törzs lui jeta un coup d'œil de travers :

— On en reparlera plus tard, peut-être cet après-midi. Commence par prévenir ta femme que je désire sortir avec elle.

— Baby est encore… commença la vieille, mais elle n'eut pas le temps d'ajouter : au lit, car Janos se leva et l'interrompit :

— Je vais tout de suite lui dire un mot. Elle est dans sa chambre ; je suppose qu'elle termine sa toilette.

Il passa par la chambre de sa mère et pénétra en coup

de vent chez sa femme. A grandes enjambées, il traversa la pièce obscure et ouvrit brusquement les rideaux de velours.

La jeune femme réagit au choc brutal de la lumière, mais l'effet du soporifique, pris trop tard, l'enlisa à nouveau dans l'inconscience. Baby ouvrit les yeux à moitié, mais elle ne reconnut pas le visage penché sur elle et, poussant un léger gémissement, tenta de se réfugier à nouveau dans le sommeil. Janos se mit à la secouer brutalement, affolé à l'idée de laisser sa mère seule avec Törzs. Qui sait ce que la vieille lui raconte en ce moment par inadvertance ? Et pourtant, il doit avant tout mettre Baby sur ses gardes. Tout cela en l'espace de quelques instants. Et surtout, Törzs doit ignorer que Baby dort encore à onze heures du matin !

Il arracha les couvertures et secoua avec frénésie le beau corps mollement étendu.

— Tu auras affaire à moi, si tu prends encore un soporifique, souffla-t-il, en sanglotant presque d'énervement. Il trempa ses gros doigts dans le verre d'eau posé sur la table de chevet et aspergea la figure de Baby. La jeune femme se redressa enfin et reprit conscience.

— Qu'y a-t-il ? demanda-t-elle en s'agrippant au pyjama de son mari, car la tête lui tournait.

Janos s'assit à côté d'elle et lui chuchota à l'oreille :

— Törzs est ici. Il vient te chercher, car il veut t'emmener visiter une espèce de home d'enfants. J'aurais préféré éviter cela, mais c'est impossible car il y tient. Fais bien attention à ce que tu diras. N'épargne surtout pas Jenö si jamais il est question de lui. Insiste sur le fait que nous n'avons jamais été en contact avec lui, que nous le détestions parce qu'il était nazi. As-tu bien compris ?

112

— Oui, répondit la jeune femme, l'esprit déjà moins endormi.

— Au cours de la conversation, mais naturellement, d'une manière très discrète, fais-lui remarquer que je suis un membre zélé du Parti et que mon Théâtre Lyrique est certainement une entreprise d'avenir.

On frappa à la porte :

— Mes enfants, venez vite, M. Törzs s'impatiente...

— Dépêche-toi de t'habiller, ordonna Janos, et surtout cache-lui que tu étais encore en train de dormir à son arrivée.

— Mon bain... grogna Baby faiblement.

— Il n'en est pas question. Rafraîchis-toi la figure avec de l'eau de Cologne. Allons, fais vite. Des choses très importantes dépendent de ton attitude. Et surtout, sois prudente...

Törzs mangeait. Offrande suprême, la mère lui avait présenté le splendide jambon.

— Il est bien bon, avait constaté le policier, et il ajouta, levant les yeux vers Janos qui entrait dans la pièce : Elle vient, ta femme ?

— Elle arrive... Je suis content que ce jambon soit à ton goût ; c'est ma nièce qui me l'a apporté de la campagne.

— M. Törzs devrait venir manger chez nous plus souvent, dit la mère d'un ton suave. Il est si maigre, le pauvre.

— Appelle notre ami Imre tout court, ou alors camarade, s'écria Janos irrité. Tu sais bien que « monsieur » est une appellation complètement démodée.

Baby franchit le seuil, ravissante dans le deux-pièces rose qui moulait avantageusement ses formes. Ses paupières étaient encore bouffies de sommeil, mais son sourire était enchanteur, lorsqu'elle tendit la main à Törzs :

— Bonjour, cher Imre, j'apprends que vous m'emmenez voir des enfants. Quelle excellente idée ! J'adore les enfants : c'est notre plus grand regret de ne pas en avoir nous-mêmes !

« Elle est habile, la petite roulure, songeait la belle-mère. Dire qu'elle déteste les enfants et n'a jamais voulu en avoir ! » Elle ne put s'empêcher de renchérir :

— Mais oui, ce serait bien gentil d'avoir un petit enfant dans la maison…

Törzs donna le signal du départ.

— Où veux-tu que je dépose ta femme vers une heure ? demanda-t-il, déjà sur le seuil.

— Je serai au théâtre.

— Bien. Je l'amènerai là-bas.

Baby dégringola l'escalier en vitesse. La pointe de ses hauts talons martelait les marches en cadence.

— Vous pouvez marcher avec ces trucs aux pieds ? s'enquit Törzs, incrédule.

— J'y suis habituée…

Une deux places grand sport attendait devant la porte.

Le chrome étincelait au soleil et la carrosserie vert foncé avait été si bien astiquée qu'elle miroitait comme si elle sortait de l'usine.

Le cœur de Baby bondit de joie.

— Nous allons en auto ?

— Bien entendu.

Les sièges de la voiture étaient brûlants d'avoir été exposés au soleil. Baby poussa un petit cri :

— Je ne m'attendais pas à ce que le cuir fût si chaud, s'excusa-t-elle en souriant.

— J'aurais dû recouvrir la banquette… Törzs mit le contact ; la puissante voiture démarra sans bruit. Baby contemplait la ville comme le fait un touriste à peine débarqué. Ces rues familières lui semblaient aussi irréelles que si elle les traversait en rêve. Elle n'avait plus roulé en voiture depuis 1944. Elle se laissa aller contre le siège moelleux qui lui communiquait une douce torpeur. Son regard glissa jusqu'à la main de Törzs : les longs doigts bruns effilés maniaient le volant avec sûreté. « Cette main aurait-elle frappé des hommes pendant les interrogatoires de la police ? » se demanda-t-elle… Son regard remonta le long du poignet jusqu'au cou de l'homme.

— Que regardez-vous ? demanda-t-il.

— Je me demande où vous avez pu devenir aussi bronzé.

— A la campagne.

— Ne pourrions-nous pas nous arrêter quelque part ? Je voudrais tant boire un café bien fort…

Törzs freina brusquement :

— Vous n'avez pas encore déjeuné ce matin ?

— Mais si, repartit Baby vivement. Dès neuf heures. Seulement cette chaleur me fatigue.

— Nous prendrons un café au retour. Maintenant nous n'avons pas le temps.

Ils se dirigèrent vers le Hüvösvölgy. La chaleur était si pesante, l'air si épais dans les rues que même le courant d'air dû à la vitesse restait sans aucune fraîcheur. Baby fouilla son sac à la recherche de ses lunettes et s'aperçut que, dans sa hâte, elle les avait oubliées. Il lui était impossible de tenir les yeux ouverts dans l'éclat incandescent du soleil. Elle se sentait mal lavée, son bain lui manquait et elle se rendait compte que sa jupe serait terriblement fripée, car elle s'était laissée tomber n'importe comment sur le siège brûlant et n'osait plus bouger.

Ils s'arrêtèrent devant un grand bâtiment en briques rouges. Törzs sauta de la voiture, mais ne vint pas ouvrir la portière pour aider Baby à descendre à son tour.

« Quel mufle », pensa-t-elle, le rejoignant devant l'entrée.

Au coup de sonnette, une personne tout de blanc vêtue ouvrit la porte.

— Nous vous attendions déjà, camarade lieutenant, déclara-t-elle en guise de salutation.

Ils longèrent un corridor : le dallage y gardait une fraîcheur contrastant délicieusement avec la température de fournaise du dehors. Un bruit tamisé de voix enfantines jaillissait de toutes parts. Ils franchirent le seuil du bureau central. Une personne âgée, d'allure sévère, s'approcha d'eux.

— Bonjour, camarade. Je suis bien contente que vous soyez venu jusqu'ici. Je désire avoir votre avis sur notre maison, afin d'être sûre de faire du bon travail. C'est tellement plus facile de pratiquer l'autocritique, quand un jugement autorisé vous indique vos faiblesses… Voulez-vous prendre place ?

Törzs alluma une cigarette :

— Nous n'avons pas le temps de nous asseoir. Néanmoins, avant d'arriver à la section qui m'intéresse spécialement, je voudrais que vous nous fassiez faire le tour de la maison.

Baby s'attendait à être présentée à la directrice aux sévères lunettes. Il n'en fut rien. On ne s'occupait pas plus d'elle que si elle avait été un enfant amené comme pensionnaire.

116

La directrice passa devant pour montrer le <u>chemin</u>.

Törzs saisit le coude de Baby et la poussa en avant :

— Venez…

Le geste hardi du policier l'avait à la fois irritée et rassurée : « Il n'a pas tout à fait oublié ma présence, se disait-elle, mais comment peut-il se permettre cette familiarité ? »

Ils gagnèrent le premier étage. Sans frapper, la directrice pénétra dans une salle de classe où des écoliers, garçons et filles, se levèrent tous d'un seul mouvement.

— Voici les enfants de l'élite ouvrière, déclara la directrice. Leurs parents sont des stakhanovistes. Comme leur père et leur mère travaillent douze heures par jour, l'Etat assume à leur place le rôle de père nourricier. Vous comprenez bien que les héros du travail n'ont pas le temps de s'occuper de leurs enfants !

Törzs sortit son bloc-notes et un crayon :

— Quel âge ont-ils ?

— Le plus jeune a six ans et l'aîné huit. En raison des mérites de leurs parents, j'ai créé pour eux de petits ateliers modèles. Ils y trouvent les outils nécessaires à six métiers différents. Chacun peut choisir ce qu'il préfère : l'instinct inné peut ainsi se manifester librement. C'est dès leur plus jeune âge qu'ils s'orientent vers le métier de métallurgiste, de dessinateur ou d'ingénieur. Des jeunes sortis de mon institut à quatorze ans ont souvent pu s'embaucher directement comme apprentis dans des ateliers de la ville. Je suppose que cela vaut la peine d'être mentionné.

Törzs continuait à prendre des notes.

— Ils sont un peu pâles, fit-il.

— Ils profiteront des colonies de vacances en septembre, rétorqua la directrice. En ce moment, ce sont leurs parents qui prennent leur congé d'été.

— Pourquoi ne peuvent-ils pas aller en vacances en même temps ? hasarda Baby timidement. Elle s'effraya tellement d'avoir élevé la voix que son cœur se mit à battre avec violence.

Un regard sévère à travers les lunettes la transperça.

— Il ne faut pas enchaîner les différentes générations les unes aux autres. Chacun a droit et a besoin d'un délassement approprié à son âge. D'ailleurs, comment voulez-vous que les parents se reposent de leurs fatigues, s'ils se trouvent encombrés de leurs enfants, et comment voulez-vous qu'ils reprennent leur travail avec des forces nouvelles, s'ils ne se sont pas vraiment reposés ?

— C'est évident, admit Baby, c'est évident.

Debout à côté de son pupitre, l'instituteur intervint dans la discussion :

— Le camarade lieutenant désire-t-il poser une question aux enfants ?

Törzs fit un geste de dénégation :

— Non. Nous pouvons continuer.

Les enfants se tenaient debout, fixant le groupe de leur regard calme, trop avisé, trop lucide pour leur âge. Ils s'étaient habitués à ce qu'on les montrât comme des objets de valeur et semblaient parfaitement imbus de leur supériorité.

Ce n'est qu'en le parcourant que Baby se rendit compte de toute l'étendue du bâtiment. Les visiteurs s'acheminèrent le long de corridors interminables, franchirent le seuil des pièces les plus diverses. Rien ne manquait : salles de classe, dortoirs, réfectoire, ateliers en miniature parfaitement équipés, jusqu'aux pouponnières où des infirmières en tablier blanc et masque se penchaient au-dessus de bébés gigotant à qui mieux mieux.

— Ceux-ci sont les bébés des filles-mères, expliqua la directrice. Les fruits de l'amour libre sont légalisés par l'Etat et pris sous son aile protectrice. Les mères ont renoncé à ces enfants. Le Parti est leur père et je crois qu'ils deviendront les membres les plus actifs du régime. J'aime cette section.

Au jardin d'enfants, ils contemplèrent les tout-petits qui jouaient à des jeux éducatifs : « Qui bâtit la plus grande usine en cubes de couleurs ? » tel était le thème du concours ce jour-là. Après une ronde dansée sur une chanson enfantine vieille de plusieurs siècles, ils entonnèrent l'*Internationale*. Ces mioches de trois ou quatre ans chantaient effroyablement faux, mais ils connaissaient le texte à fond :

> *Du passé faisons table rase.*
> *Foule esclave, debout ! debout !*
> *Le monde va changer de base.*
> *Nous ne sommes rien, soyons tout.*

— Eux ne sont plus des esclaves, dit en souriant la directrice. Mais il y a encore bien des territoires à libérer en ce monde. Eux formeront la légion des libérateurs… Seulement voilà : nous n'avons pas suffisamment de mains pour nous aider. Je réclame constamment de l'aide au Parti, mais le Parti aussi manque de personnel.

— Ne voudriez-vous pas venir ici vous occuper des enfants ? émit Törzs en se tournant vers Baby.

— Je ne crois pas que je saurais le faire… C'est une grande responsabilité à prendre, balbutia-t-elle.

Törzs la regarda sans sourire, mais son ton n'était pas inamical lorsqu'il lui répondit :

— On ne peut pas vivre sans responsabilités… Mais je n'y pensais pas sérieusement, ajouta-t-il.

— Il ne reste plus qu'une section à visiter, déclara la directrice. C'est le groupe « Z ».

Les enfants de cette salle avaient tous un numéro consu sur le côté gauche de leurs tabliers.

Törzs feuilleta son carnet :

— Le numéro 27, lequel est-ce ?

La directrice éleva la voix :

— Que le 27 vienne ici.

Un garçonnet pâle, aux cheveux foncés, quitta le troisième banc. Il les interrogea de ses grands yeux sombres, soulignés d'un cercle bleuâtre. La directrice caressa la petite tête d'un geste mécanique, procédant plus du manuel de pédagogie que d'une tendresse spontanée.

— C'est celui-là, dit-elle.

Törzs fixa le garçonnet qui soutint son regard sans sourciller. Ses yeux étaient profonds comme des lacs blottis au creux des rochers et dans lesquels le soleil ne se mire jamais. Ils se posèrent longuement sur Baby et, tandis que celle-ci sentait le sang lui monter aux joues, l'enfant restait impassible, comme résigné à ne plus se réchauffer à aucune source de tendresse, à ne plus s'attendre aux gâteries, aux caresses… Il contemplait la jeune femme comme si elle n'était pas un être vivant, mais un simple objet.

— Partons, dit Törzs.

D'un signe bref, la directrice renvoya le numéro 27 à sa place. Puis, tandis qu'ils s'engageaient à nouveau dans le couloir, elle se tourna vers Baby :

— Ceux-là, expliqua-t-elle, sont les enfants des personnes qui ont été exécutées, ou qui sont emprisonnées pour délit politique ou action subversive. Ils n'ont plus de famille. Nous leur avons affecté un numéro pour n'avoir pas à user de noms que le Parti et la Justice sont parvenus à rayer de la communauté. C'est tout à l'avantage des enfants, car cela les préserve des complexes de culpabilité. Ce numéro d'ailleurs est provisoire. On leur donnera plus tard un autre nom. Ainsi, nous offrons même aux rejetons des traîtres à la patrie une chance d'entrer dans la vie avec une feuille toute blanche. Bien entendu, nous portons un soin minutieux à leur réadaptation morale et intellectuelle. Souvent nous avons à combattre des forces ataviques extrêmement farouches ou un endoctrinement familial difficile à faire oublier. C'est dur, mais cela vaut la peine…

La gorge de Baby était tellement serrée qu'elle se demanda si elle réussirait à émettre un son.

Elle essaya :

— Comment s'appelle ce petit garçon, demanda-t-elle tout bas à Törzs, ou du moins comment s'appelait-il ?

Le policier la regarda de travers :

— Il vaut mieux pour l'enfant qu'on ne prononce plus jamais ce nom – et pour vous aussi… répondit le policier sèchement. Puis, il entama une longue discussion avec la directrice. Baby, un peu à l'écart, tâchait de surprendre quelques phrases, mais, à force de concentration, elle ne comprenait plus rien de ce qui se disait à voix basse.

Ils quittèrent finalement le bâtiment. Cette fois l'auto, parquée à l'ombre, était toute fraîche.

— C'est splendide, déclara Baby, ce bâtiment est merveilleux et le système qu'on y applique aussi. Je suis vraiment bien contente que vous m'ayez menée voir tout cela. Il n'y a pas à dire : c'est une bonne chose que nous ayons enfin le communisme chez nous. Janos a été enthousiaste dès le début et je commence à le devenir presque autant que lui.

Törzs ne répondit pas, son attention semblait concentrée sur la route. Baby eut le sentiment qu'elle aurait dû dire autre chose, quelque chose de profond, de bien senti, une remarque qui aurait porté davantage. Il lui semblait avoir fait plus de mal que de bien par ses mots puérils. Devrait-elle dire quelque chose au sujet du nom qu'elle partageait si malencontreusement avec cet homme qu'on venait de pendre ? Oui, il faudrait parler de lui. Elle se mit à construire de belles phrases au sujet du mort, mais, au moment de les prononcer, ses lèvres furent paralysées par la crainte d'une bévue.

Le quartier de villas qu'ils traversaient en ce moment s'assoupissait dans la chaleur de midi ; tout le monde se réfugiait à l'ombre. Sans raison apparente, Törzs ralentit tout à coup et s'arrêta.

Baby se tourna vers lui, étonnée :

— Qu'y a-t-il ? demanda-t-elle.

En guise de réponse, l'homme se pencha sur elle et l'embrassa. Ses dents éclatantes de grand carnassier mordirent dans les lèvres mollement closes. Prise à l'improviste, elle ne se défendit même pas, bien qu'elle vécût pleinement, consciemment, cet instant. Ce n'est que lorsque les doigts minces de Törzs glissèrent le long de son épaule jusqu'à ses seins qu'elle tenta de se dégager en poussant un petit cri inarticulé. Le geste qu'elle avait fait pour se libérer de l'étreinte la projeta plus avant encore dans les bras vigoureux de l'homme et elle sentit, avec un mélange d'horreur et d'attente, l'appel d'un

122

plaisir honteux se réveiller dans ses veines. Elle ouvrit ses lèvres. Après un moment, l'homme la lâcha, alluma une cigarette et remit le moteur en marche.

Quelques instants plus tard, ils étaient au centre de la ville, près du grand théâtre dans lequel l'Opéra Lyrique avait obtenu une salle et un bureau. Cette fois-ci, Törzs ouvrit la portière de l'auto pour Baby, sans toutefois descendre de la voiture. Il consulta sa montre-bracelet :

— Je n'ai plus le temps d'entrer. Dites à Janos que je vous invite tous les deux à «la Troïka». J'y serai à neuf heures du soir.

— Bien, dit Baby, je le lui dirai.

Maintenant que le charme était rompu, elle aurait voulu protester, récriminer contre le baiser qu'elle avait reçu en complice et refuser avec dédain le rendez-vous du soir. Mais elle avait faim, elle était mortellement lasse, et la crainte d'irriter le policier prenait le pas sur tout le reste. Elle lui tendit la main et trouva la force d'esquisser un vague sourire :

— A ce soir donc...

L'auto disparut si rapidement que Baby, restée clouée au bord du trottoir, se demanda, un instant, si elle n'avait pas tout bonnement rêvé.

L'« Espresso » de luxe dénommé Troïka était situé dans une ruelle du quartier résidentiel aristocratique de Buda. Il se dissimulait parmi les façades vénérables – celles que le bombardement avait plus ou moins épargnées.

Cet espresso avait ouvert ses portes au lendemain du siège de la ville. Le soleil disséquait encore les cadavres éparpillés un peu partout, lorsque des femmes élégantes, aux ongles vernis, commencèrent à y servir le café ; bien vite la clientèle devint nombreuse. L'odeur doucereuse des corps en décomposition se mélangeait au parfum du café acheté au marché noir, et la radio, entre deux airs de valses, annonçait les condamnations à mort prononcées au cours de la journée.

La propriétaire de l'espresso appartenait à la haute noblesse de Hongrie. Son père ayant été déporté par les Allemands, sa mère morte pendant le siège de la ville, elle était restée seule dans son petit hôtel particulier de pur style baroque, endommagé par plusieurs bombes.

C'était une jeune femme divorcée de trente-six ans, intelligente et très belle ; elle savait que le régime qui se targuait de puritanisme allait la balayer sans merci à cause de son nom historique, si elle ne s'attelait pas immédiatement à quelque activité.

Après le pillage par l'armée russe, autorisé pour vingt-quatre heures, mais qui en fait s'était prolongé pendant des semaines, il ne lui restait plus grand-chose : quelques couverts en argent et des services de porcelaine fine soigneusement cachés. La jeune comtesse transforma donc le grand salon aux portes-fenêtres donnant sur le jardin en salle de consommation, et elle alla trouver trois amies qu'elle engagea comme serveuses. Chacune d'elles amena quelques objets sauvés de la débâcle ; c'est ainsi que les clients burent leur thé dans des tasses en porcelaine de Sèvres et firent fondre le sucre avec de petites cuillères ornées d'écussons, ou sirotèrent le café dans des coupes de Rosenthal. Les petites tables étaient recouvertes de dentelles véritables, tirées du fond de vitrines en marqueterie dépouillées de leurs trésors et brisées.

Plus tard, l'espresso marchant bien, en y servit une assiette de viande froide, en guise de dîner à plat unique. A cette occasion, les tables se recouvrirent de nappes blanches damassées, autres épaves d'anciennes splendeurs ; les grands monogrammes à couronne faisaient un singulier voisinage avec les souliers usés et crasseux des consommateurs. Au début, le bistrot portait le nom enchanteur de « Venise la Bleue » et ce nom à lui seul suffisait à attirer la foule. On s'y rendait rien que pour prononcer ce doux nom de Venise et rêver aux horizons méditerranéens, à l'évasion…

Budapest ressemblait alors à un condamné bénéficiant d'un sursis qui se jette à corps perdu dans le plaisir, sans savoir s'il lui reste encore un jour à vivre.

Personne n'était sûr du lendemain : des passants, requis dans la rue pour quelque prestation de travail, disparaissaient à tout jamais. On pouvait être enseveli sous les décombres d'une maison bombardée dont le vent faisait écrouler les ruines, on pouvait marcher sur une mine à retardement dissimulée sous les ordures. Une dénonciation malveillante pouvait également vous précipiter dans les abîmes sans fond de la police politique. De mémoire d'homme, il n'y avait eu d'époque où tant de traquenards guettaient le simple passant qui se croyait invulnérable du fait de son peu d'importance.

En 1945-46, il fallait de l'héroïsme rien que pour survivre.

Pour ne pas mourir de faim, le mieux était d'aller en province où l'on pouvait échanger contre des vivres les objets que l'on avait sauvés.

Les trains étaient bourrés de militaires : le citadin était obligé de grimper sur les toits des wagons ou de se cramponner aux marchepieds et aux butoirs. Les paysans, eux aussi durement rançonnés d'office, se muaient en petits dictateurs. Pour un kilo de farine, l'homme des villes devait donner jusqu'à sa dernière chemise ; un piano comptait comme monnaie d'échange pour un jambon.

C'était aussi la première fois que le particulier se trouvait en face d'un régime qui tenait un compte détaillé de toute carrière, même de la plus insignifiante.

Si le prévenu s'exclamait, protestant de son innocence : « Je vous assure, je n'ai rien fait sous l'occupation allemande... » on lui renvoyait la question : « Pourquoi n'avez-vous rien fait ? »

La monnaie se dévaluait de jour en jour ou plutôt d'heure en heure. Les prix grimpaient, vertigineux : une tasse de café noir coûta bien vite cent mille pengös chez Mme la comtesse – avant la guerre elle coûtait moins d'un pengö... Les plus humbles, entraînés par le mauvais exemple, s'adonnèrent eux aussi au pillage. La manie de collectionneur s'éveilla dans l'âme de petites gens fort honnêtes auparavant ; ils pénétraient allègrement dans les maisons abandonnées pour y ramasser tout ce qui pouvait leur convenir. Les objets commencèrent à circuler de main en main. D'un bras encore revêtu d'un lambeau d'uniforme allemand – la déflagration l'avait projeté très loin du cadavre auquel il avait appartenu – le soldat russe avait enlevé le bracelet-montre, le bourgeois s'adjugea l'anneau de mariage. Les chambrettes exiguës des prostituées se transformèrent en véritables dépôts de marchandises ; les clients y amenaient les choses les plus hétéroclites : victuailles, casseroles, meubles et objets précieux s'y acheminèrent au même rythme que les clients de nuit, l'argent n'étant plus accepté comme valeur d'échange.

Au milieu de la déchéance morale et économique de Budapest d'après-guerre, dans l'immense découragement de ceux qui se permettaient de réfléchir, l'appellation « Venise la Bleue » faisait l'effet d'une parole magique, du Sésame qu'on croyait à jamais perdu. Mais, vers la fin de 1946, un décret-loi interdit que tout établissement public : café, cinéma ou bar, portât un nom étranger de consonance occidentale, c'est-à-dire décadente. La comtesse n'était pas sotte : elle comprit que le choix d'un nouveau nom s'imposait d'urgence et son espresso fut rebaptisé « la Troïka ». Ce nom, évoquant un traîneau romantique fuyant à travers l'immense steppe enneigée de la Russie des tsars, était certainement bien plus étranger au peuple hongrois que Venise la Bleue, mais c'était un hommage au grand voisin de l'Est : le nom fut agréé avec satisfaction en haut lieu.

La propriétaire imagina des perfectionnements : on servit des boissons alcoolisées le soir et elle engagea une diseuse.

Peu après neuf heures du soir, on reculait les tables pour laisser un espace libre au milieu de la pièce, et un ancien professeur de l'Académie de musique, congédié par le nouveau régime, se mettait au piano. Sa tête grise s'inclinait lourdement au-dessus des touches ; il déchiffrait les partitions des chansons en vogue avec assez d'embarras, car ses doigts habitués à jouer du Bach et du Mozart se pliaient mal au rythme du jazz. Il était aussi peu à sa place dans l'ère nouvelle que les porcelaines fines et les nappes damassées, mais il était infiniment heureux de ne pas être interné en tant que chômeur intellectuel, et il tapotait consciencieusement le clavier.

La comtesse méprisait au fond la belle diseuse, mais elle se montrait toujours fort aimable envers elle, sachant que cette juive rousse aux charmes proéminents attirait la clientèle comme l'aimant les épingles.

La diseuse s'appelait Agi ; sa beauté plantureuse était celle d'un lotus épanoui sur un lac sombre. Deux rangées de dents impeccables jetaient leur éclair lorsqu'elle riait à gorge déployée ; son nez légèrement arqué se penchait avec superbe au-dessus de ses lèvres pleines. L'éclat sombre de ses yeux reflétait une si intense joie de vivre qu'elle semblait appartenir au siècle de Marie-Antoinette et, travestie en bergère, jouer à cache-cache avec ses brebis enrubannées.

Les ruines environnantes n'entamaient nullement sa bonne humeur ; de ses petits souliers à hauts talons, elle enjambait allègrement les cadavres. Elle se partageait si ingénument entre tous les hommes qui se pressaient autour d'elle qu'il semblait qu'elle s'excusât auprès d'eux de ne pouvoir se donner entièrement à chacun en même temps. Sous l'occupation allemande, elle ne tremblait pas comme ses coreligionnaires à cause de la menace constante de déportation ; elle restait inébranlablement confiante en sa bonne chance.

A cette époque, elle portait des jupes noires étroites et des lainages foncés moulant ses formes. Elle avait cousu la fameuse étoile jaune, dont le port était obligatoire pour les Juifs, sur la pointe provocante de son sein gauche.

Agi n'était pourtant pas une fille au plein sens du mot : elle ne se vendait pas, elle se donnait par amour ; seulement ses sentiments étaient aussi inflammables que versatiles. Agi n'appréciait pas beaucoup la beauté et la vertu marmoréennes de la comtesse, sa patronne, ni le tutoiement un rien condescendant des nobles serveuses qu'elle connaissait de nom par les comptes rendus mondains des revues d'avant-guerre. Elle se souvenait d'une photo en première page : la comtesse en costume historique hongrois, entièrement rebrodé de blanc sur blanc.

Le succès magique d'Agi résidait dans le fait qu'elle sentait intensément ce qu'elle chantait. Les textes insignifiants des chansonnettes fondaient sur ses lèvres comme de la cire au soleil. Une gaieté invincible s'échappait de tout son être.

C'est à cette vitalité débordante que se réchauffait Arpad Klein, lorsque des poussées de neurasthénie l'amenaient vers « la Troïka ». Ayant surmonté sa crise initiale de jalousie, il s'était fait à l'idée que chaque homme était aux yeux d'Agi une mine d'émotions à prospecter et il se contentait du cadeau d'une nuit qu'elle lui faisait de temps à autre. Le lendemain, il se réveillait presque toujours le cœur attendri et il laissait couler des larmes le long des beaux bras blancs. Agi détestait être réveillée ainsi à l'aube, mais elle ne protestait pas, voyant en cet homme un grand enfant qu'il fallait bercer et consoler des blessures de la vie. Parmi les sentiments complexes habitant le cœur d'Agi, c'était l'affectueuse pitié qui la reliait à Klein ; et, certes, pour elle, ce n'était pas le lien le plus fragile.

Combien de fois Arpad Klein ne lui avait-il pas exposé ses problèmes intimes – Agi les connaissait par cœur. Il parlait tout bas, les lèvres contre l'oreille de la fille au grand cœur :

— Il s'est passé quelque chose de bizarre avec moi, répétait-il. Ne m'en veux pas, je sais que je t'ai souvent parlé de mes tourments, mais je me dis qu'à force d'en parler je finirai par découvrir ce qui m'a si profondément troublé. Après tout, je n'étais pas le seul à me faire baptiser pour sauver ma vie, des centaines d'autres israélites le faisaient autour de moi, ce n'était qu'une pure formalité. Avec le certificat de la cure et un peu de chance, on échappait à la déportation. T'ai-je déjà parlé de Grün, ce type qui fonda une agence de baptême vers la fin de 1944 et qui se fit une petite fortune en fabriquant les certificats ? Et de ce prêtre catholique qui délivrait les précieux documents par pitié et qui fut déporté à la place des autres, lorsque la Gestapo eut vent de l'affaire ?

« Mais moi j'ai été réellement baptisé, dans une vraie église. Je me rappellerai toujours ce jour-là. Avant d'entrer j'ai levé les yeux et j'ai constaté que le ciel était d'un blanc laiteux : il n'y avait pas de soleil, mais il ne pleuvait pas non plus. Non, ne t'impatiente pas, écoute-moi bien ; peut-être qu'à nous deux nous percerons le mystère.

« Je pénétrai dans la sacristie où un petit homme ratatiné enlevait justement des épaules du prêtre les vêtements sacerdotaux. J'avais l'impression d'épier quelque chose qui ne me regardait pas et je me sentais assez embarrassé. On vint me demander qui j'étais et, après une courte attente, le sacristain qui m'avait laissé seul, revint avec le prêtre âgé qui s'était déjà occupé de moi et probablement de tous les autres qui voulaient se faire baptiser. Il n'avait pas eu le temps de m'expliquer grand-chose et, tout en m'efforçant de donner une apparence extérieure de bonne foi, j'avoue ne pas avoir prêté beaucoup d'attention à ses paroles puisque je ne voulais qu'une chose : être quitte le plus vite possible de tous les rites et formalités. Nous nous approchâmes d'un bassin en granit rempli d'eau bénite et le sacristain mit la main sur mon épaule, car il faisait fonction de parrain. Le prêtre commença par me demander de sa voix chevrotante :

« — Crois-tu en Dieu tout-puissant, Créateur du ciel et de la terre ?

« — J'y crois, répondis-je fermement, et jusque-là il n'y avait point de mal, car ma religion me l'avait aussi enseigné.

« — Crois-tu en Jésus-Christ, Son Fils unique, qui est né et a souffert pour nous ?

« Je répondis : « J'y crois », mais d'un ton troublé, car je sentais le sang me monter aux joues.

« — Crois-tu en la Sainte Eglise catholique et apostolique ? demanda le prêtre, et il énuméra une série de dogmes chrétiens.

« — J'y crois, m'écriai-je trop fort dans mon agitation, car ce qui, auparavant, m'avait semblé une pure formalité me parut subitement de la duperie et j'en étais bouleversé.

« Ma voix résonna, arrogante, à travers la petite chapelle tranquille...

« — Désires-tu le baptême ?

« — Je le désire...

« Alors il m'aspergea d'eau bénite en disant :

« — Je te baptise au nom du Père et du Fils et du Saint-Esprit. L'eau coula de mon front jusque sur mon menton, je n'osai pas l'essuyer. A la sacristie, j'obtins mon certificat de baptême et le curé m'adressa une brève allocution.

« — Mon fils, me dit-il en enlevant et essuyant lentement ses lunettes, n'oublie pas qu'au cours de ces quelques instants, ton âme a été purifiée du péché originel et de tous ceux que tu as faits depuis ta naissance. Aussi, va en paix.

« Je pliai le certificat de baptême, je l'empochai et pris congé en disant bêtement : au revoir, comme quelqu'un qui sort du magasin où il a acheté quelque chose. Sur le parvis de l'église, j'ai tiré un mouchoir de ma poche pour voir si l'eau bénite avait laissé quelque trace. « Rien de changé, voilà qui est en ordre », me disais-je. Mais quand je descendis dans la rue, il me sembla que l'asphalte se ramollissait sous mes pieds. Non, je n'étais pas malade des nerfs, attends que je t'explique. Ce n'est pas seulement le sol qui paraissait plus doux : tout semblait un peu différent, le tram plus jaune, les traits des passants plus clairs. Je n'étais plus le même ni vis-à-vis des hommes ni vis-à-vis des objets. J'avais l'impression de n'avoir été jusque-là qu'une phrase informulée trouvant subitement son expression. Je sais que, raconté, tout cela paraît ridicule mais quand on le vit, c'est hallucinant. Il me semblait que je devais faire attention à chacune de mes paroles et de mes actions afin de ne pas détruire cet état d'âme singulier.

« Impatienté par ce bizarre complexe, je voulus m'en défaire et bus un café bien fort dans un bistrot. Puis je rentrai. Mais là aussi le sortilège continuait : ma chambre avec tout ce qu'elle contenait n'était guère plus familière pour moi qu'une chambre d'hôtel... Comprends-moi bien, sans être devenu vraiment chrétien, je me sentais coupé de mes anciennes croyances. C'était comme si j'étais allé jusqu'au bout d'une jetée pour contempler la mer, et que, pendant ce temps, la digue se fût effondrée derrière moi, me laissant isolé sur un bloc de béton en face de l'infini...

C'était toujours à ce point-là, ou à peu près, des élucubrations de Klein qu'Agi intervenait sans dissimuler tout à fait son impatience.

— Tu devrais consulter un neurologue. Ce sont tes nerfs qui sont détraqués.

— Le plus étonnant, enchaînait Arpad sans même s'apercevoir de l'interruption, c'est qu'à partir de cette cérémonie, je n'eus plus peur de la déportation. Pas à cause de l'immunité procurée par le certificat de baptême, mais par une espèce de détachement vis-à-vis du danger. C'est bien possible que j'aurais crié de peur si l'on m'avait arrêté, je n'en sais rien. Mais, en principe, j'étais indifférent au péril. Je suppose qu'un plongeur retenu sous l'eau par son attirail trop lourd, mais qui aurait une réserve intarissable d'oxygène, observerait avec la même insouciance la vie sous-marine à travers son masque.

— Neurologue, répétait Agi avec entêtement.

Elle passait dans le cabinet de toilette et se plongeait dans un bain, comme pour s'y débarrasser de son sommeil, du souvenir de Klein, et de tout autre problème.

Klein restait assis sur le lit, perplexe, se demandant combien de fois il avait répété ce même récit, scène par scène, comme un orfèvre qui renfile des perles une à une, et qui, chaque fois, découvre que son collier reste incomplet. *Où était la lacune ?* Et comment expliquer, comment s'expliquer l'état prodigieux d'un homme de trente ans gravissant les marches d'une église et redescendant peu après dans la rue avec une âme nouvelle, une vie nouvelle, datant tout juste de cinq minutes.

Après ces nuits étranges où Klein avait épanché son cœur, il se rendait avec une plus grande impatience le soir à « la Troïka » et couvait Agi d'un regard où se mêlaient le désir et l'attendrissement. Le vin réchauffait son cœur glacé et il se sentait aussi léger et aussi calme que si ces temps cruels et sombres n'avaient pas de prise sur lui.

Juste à neuf heures du soir, Baby et Janos firent leur apparition à « la Troïka ». Après la visite épuisante à l'institut éducatif, Baby avait dormi tout l'après-midi. Un bain chaud ayant restauré la transparence nacrée de sa peau, elle se revêtit d'un deux-pièces mauve très clair.

Elle n'avait qu'une simple rangée de perles ; ses cheveux dorés brossés bien plat cernaient sa tête d'ondes harmonieuses. Janos, dans son complet de lin fripé par deux semaines d'usage, était bien plus dans la ligne de l'époque où ils vivaient.

— Regarde, voilà Arpad, lui souffla Baby, tandis qu'ils cherchaient une table libre.

— Puisse-t-il ne pas s'apercevoir de notre présence, répondit le chef d'orchestre, nous risquerions qu'il vienne s'attabler avec nous et déranger notre entretien avec Imre.

Il prononça ce nom comme si c'était celui d'un vieil ami.

Ils s'assirent un peu à l'écart. Baby commanda un jus d'orange, Janos un verre de vin.

Plus l'attente se prolongeait, plus Janos s'énervait :

— Au fond, de quoi a-t-il été question ce matin ? demanda-t-il en se penchant vers sa femme.

— Je te l'ai déjà raconté dix fois, cela ne te suffit toujours pas ?

— Mais tu ne m'as rien dit de lui… Etait-il gentil pour toi ?

— De qui parles-tu ?

— De Imre, bien entendu…

— Törzs ne sait pas être « gentil », grogna Baby.

Ses doigts trituraient les perles comme si elle palpait le souvenir des heures écoulées.

Janos s'impatienta :

— Ce n'est pas cela que je veux dire… mais, de notre point de vue, que crois-tu qu'il pense de nous ?

— Je crois qu'il n'a pas d'opinion à notre sujet, répondit-elle en trempant ses lèvres dans le verre. Puis elle retourna le cendrier et étudia la marque de la porcelaine. « Meissen », dit-elle. C'est joli. Et elle alluma une cigarette.

On obscurcit subitement la salle et trois petites ampoules électriques éclairèrent seules la pénombre. Agi, la diseuse, fit son apparition au centre du cercle laissé libre, et, de sa voix au timbre chaud, entonna une petite chanson, si doucement qu'elle parut continuer à haute voix un air que chacun portait en soi :

Si tu le veux ainsi, j'atteindrai au bonheur,
Sinon mes longues nuits seront baignées de pleurs…

Janos respirait avec peine, ses gros doigts tambourinaient sur la table.

— Tu es bien trop élégante, articula-t-il. Je te l'ai dit cent fois et tu n'arrives pas à le comprendre. Tu as l'air de sortir d'une revue de modes occidentale. Quelle impression veux-tu que cela fasse sur Törzs ?

— La meilleure, déclara-t-elle sèchement. Törzs n'est pas seulement un policier, il est aussi un homme.

— Que veux-tu dire par là ? s'écria Janos.

— Rien de bien original, sinon que les hommes ne s'enthousiasment guère pour des femmes négligées et couvertes de loques…

La voix sombre d'Agi se répandait autour d'eux, envoûtante :

D'un mot amer tu peux me torturer,
Briser mon cœur, si c'est ta volonté –
Et je rirai de tout…

— Liberté, camarades, prononça la voix de Törzs et, avant qu'ils n'aient eu le temps de faire un geste, le jeune commissaire était déjà assis à leur table, entre eux deux.

— Liberté, susurra Baby presque en chantant.

— Liberté, s'exclama Janos, terrifié à l'idée que le policier pouvait avoir entendu leur conversation. Les

136

nerfs lui faisaient mal. Et, comme si cela ne suffisait pas, il sentit des brûlures à l'estomac. Des ombres capricieuses se mouvaient autour d'eux au gré d'un éclairage qui changeait à chaque instant d'intensité et de coloris. Baby remarqua la barbe bleuâtre qui repoussait drue sur le menton de Törzs.

— Un café, dit-il à l'élégante serveuse qui s'approchait.

Sa main effleura celle de Baby. La jeune femme tressaillit comme si elle avait attendu ce signal. Elle chercha le regard de Törzs, mais celui-ci lui rendit le sien avec une telle indifférence qu'il était clair qu'il ne l'avait touchée que par mégarde.

— J'ai des nouvelles pour toi, dit-il à Janos. Tu obtiendras la subvention demandée, mais à une condition...

Janos et Baby se rapprochèrent de Törzs pour mieux entendre : leur sourire grimaçait de curiosité.

A ce moment, un ouragan d'applaudissements secoua toute la salle : Agi venait de terminer son numéro, et, pour remercier ses auditeurs, ouvrait ses bras blancs comme pour étreindre tout son public. Sur un léger signe de sa part, le pianiste fit résonner un accord en bémol rempli d'amertume. Les traits d'Agi se figèrent ; elle joignit les mains à hauteur de son décolleté, et ce geste apaisa l'atmosphère bouillonnante et sensuelle, comme si elle s'était revêtue d'un grand manteau noir. Elle entonna la chanson douloureuse de la mère juive qu'on avait arrachée aux siens et tuée. Cette mélopée tragique, tout empreinte de la tristesse du ghetto, était alors aussi populaire dans toute l'Europe centrale que l'avait été la chanson de Lili Marlène en pleine guerre, lorsque la radio de Belgrade et celle de Berlin l'émet-

taient à l'envi, intarissablement. La *Jiddise Mamale*
évoquait la tragédie de la population juive, mais c'était
leur propre douleur que pleuraient sous le couvert de
cette chanson toutes les populations asservies d'Europe
centrale. Les larmes jaillissaient des beaux yeux d'Agi.
Le pianiste, lui, était aussi fort ému : après le siège, on
avait réquisitionné ses deux frères pour un travail d'une
heure dont ils n'étaient jamais revenus.

La chanson arrivait à son point culminant et la voix
d'Agi évoquait dans un long sanglot la septuagénaire
enfermée dans un wagon à bestiaux qui l'emportait vers
la mort certaine.

Un frisson de terreur secoua Baby : il lui avait paru
qu'un fantôme venait de la frôler : Jenö... Elle avait
reconnu son aisance distinguée, ses gestes élégants, seule
sa tête pendait sur l'épaule de façon insolite – comme
sur l'image...

La comtesse se tenait immobile derrière son pupitre
de caissière et refoulait ses soucis sous un masque
impassible. Elle se disait que, la semaine prochaine,
elle devait entrer en clinique pour essayer une nouvelle
cure.

Pendant le siège de Budapest, elle avait été violée en
pleine rue par les soldats.

Cette fois-ci, on comptait guérir sa syphilis par des
piqûres de lait. Mais son cœur, déjà surmené, résisterait-
il à ce traitement ?

Agi termina sa chanson ; le public attendri l'accla-
mait. Törzs observait la scène les traits crispés.

— C'est une manifestation, dit-il rudement. Il faut
interdire cette chanson.

— En ce qui me concerne, dit Janos, je suis en train
de composer la symphonie *Joie de la Libération*.

138

Il guetta la réponse.

Törzs alluma une cigarette.

— Oui, la condition dont je te parlais, camarade chef d'orchestre, c'est qu'il faudra changer ton nom de famille.

Il évita d'appeler Janos par son prénom comme pour souligner que cette phrase n'était pas une observation personnelle, mais qu'elle émanait de l'autorité officielle.

— Mon nom ? balbutia Janos, l'œil vitreux.

— Oui, ton nom. Ce nom réactionnaire qui évoque la pourriture du passé et heurte les sentiments des travailleurs. Comment pourrais-tu diriger un théâtre progressiste avec ce poids mort sur le cou ? Veux-tu exciter la colère de la foule en imprimant ton nom sur les affiches des spectacles, ce nom que tu portes en commun avec ton nazi de cousin, cet homme qui vient d'obtenir son juste châtiment ?

— Personne n'est responsable de sa parenté, bégaya Janos, confus. J'ai été le premier à condamner ses agissements…

— Chacun est responsable de tout. On n'est plus à l'époque des faux-fuyants et des faciles excuses. Mais tu tiens peut-être spécialement à ce nom vermoulu ?

— Non, non, insista vivement Janos, je n'y tiens pas spécialement… Au fond, tu as complètement raison, Imre, et je me sens vraiment en faute de ne pas y avoir songé moi-même…

Il eut la même honte que s'il avait dit : je renonce à ma virilité ; je suis prêt à devenir un eunuque complaisant pourvu qu'on me laisse tranquille, qu'on ne me fasse pas de mal.

Törzs continua :

— Choisis un nom agréable, modeste, que les gens apprendront à connaître et à aimer. Ainsi, tu auras formellement rompu avec ton passé compromettant.

— Mais je n'ai rien fait, moi… protesta Janos, timidement.

— Tu étais réactionnaire de manière négative, sans le faire exprès. Ce vieux nom et ton cousin te contaminaient à ton insu. Tu dois te défaire de tout cela, si tu veux être un élément constructif et non un bâton dans les roues de la démocratie populaire.

— Oui, je vois, c'est exact… Eh bien, je changerai de nom et puis j'écrirai ma *Symphonie Joyeuse*. Celle de la grande joie universelle qui vient à nous, portée par les armes russes : la joie débordante et claire de la Libération…

C'est au petit déjeuner du lendemain qu'on mit la mère au courant de la décision concernant le nom de famille.

La vieille femme était déjà habillée, son chignon argenté s'enroulait impeccablement au-dessus de sa nuque.

« Elle ne s'est sûrement pas lavée », songea Baby en fixant du regard la peau grasse des bajoues ridées. Janos était en train de répéter la même phrase pour la deuxième fois :

— Il m'a dit qu'il fallait absolument changer de nom. Tu entends, Maman ?

Le couteau à pain immobile dans la main, la vieille semblait pétrifiée. Elle avait peine à imaginer le sens des paroles prononcées.

— Quoi ? demanda-t-elle, la voix rauque. Que dis-tu de notre nom ?

— Qu'il faut le changer, souffla Baby, réprimant difficilement un sourire mauvais.

— Que veut dire tout ceci, mon fils ? demanda la mère en se mettant à trembler et cherchant le regard de Janos comme pour implorer sa protection.

Excédé, il l'interpella rudement :

— Pose ce couteau, Maman. Je déteste de te le voir brandir ainsi. Et cesse de trembler, c'est complètement ridicule. Törzs nous a dit hier à « la Troïka » que, pour obtenir la subvention, il nous fallait changer de nom.

Maman déposa le couteau et se cramponna au rebord de la table. Son geste brusque imprima une secousse au meuble, le café de Baby déborda sur la soucoupe.

— Je ne comprends pas, murmurait la vieille les joues en feu. Ce nom est vieux de trois siècles et je veux mourir en le portant et je veux qu'on le grave sur la pierre au-dessus de ma tombe…

A la franche surprise de Baby, son mari ne s'attendrit nullement.

— Ce nom est une corde à notre cou, expliqua-t-il toujours plus énervé. C'est la faute de Jenö, c'est lui qui l'a tellement compromis.

« Pauvre Jenö, laisse-le en paix », aurait voulu dire Baby, mais elle crut préférable de se taire.

— Mais qu'adviendra-t-il maintenant, mon Janos, piailla la vieille. Que ferons-nous ?

— Nous choisirons un nom bien neutre qu'on pourra présenter sans danger au peuple, qui ne sera pas une épine dans l'œil du passant sur les affiches des spectacles, un nom auquel le grand public s'habituera aisément…

— Et tu crois qu'alors ils nous laisseront tranquilles ? s'enquit la vieille.

Janos s'énerva :

— Après tout, on ne nous a rien fait jusqu'ici.

Qu'auraient-ils à redire sur mon compte ? Je suis membre du Parti… Au contraire, j'ai l'impression qu'ils veulent me lancer, car ils ont besoin de talents. L'Opéra Lyrique est un genre qui convient très bien au public actuel. Un ouvrier préférera certainement *L'Enlèvement au Sérail* à un opéra wagnérien qui dure des heures. Je compte aussi organiser des tournées en province. Je vais fonder l'Opéra Lyrique itinérant. On me donnera de l'argent tant qu'il en faudra ; on me soutiendra. Aussi est-ce tout naturel qu'on attende de moi des facultés d'adaptation…

« Quelle peur il doit éprouver, se dit Baby, pour nous donner tant d'explications ! » Mais elle se contenta de fumer en silence.

— Et où va-t-on le décrocher, ce nouveau nom ? demanda la mère, la voix brisée.

— Là n'est pas le problème, n'importe où.

Il haussa les épaules et fit un geste évasif :

— Il nous faut un nom qui s'adapte au courant politique actuel. Un nom qui symbolise à la fois le travail et la production.

Maman exprima à haute voix la pensée qui traversait son esprit :

— Je suis curieuse de voir la tête que fera le concierge quand il apprendra tout cela.

— Tu peux être tranquille : le Parti le mettra plus rapidement au courant que tu ne crois. Je t'ai si souvent répété de ne pas considérer cet homme comme un concierge d'avant-guerre. Chaque semaine il fait au Parti un rapport détaillé sur tous les locataires et sur les personnes qui ont mis les pieds dans la maison.

— Il pourra toujours prendre note des visites de Törzs, railla Baby ; cela ne nous nuira certainement pas !

142

Janos déposa brusquement la tasse de café qu'il portait à ses lèvres.

— Qu'y a-t-il donc avec Ida ? demanda-t-il.

— J'ai déjà été dans sa chambre, dit la mère, pensive ; je lui ai porté son petit déjeuner au lit, car elle est toute fiévreuse. Il vaut mieux qu'elle reste au lit : elle a dû prendre froid. Je lui ai donné un livre pour l'aider à passer le temps.

— Elle ne dérange pas, la petite, dit Janos en se levant, mais il vaudrait quand même mieux qu'elle rentre chez elle.

Il se dirigea vers la salle de bains.

La mère protesta avec une véhémence inhabituelle :

— C'est impossible : elle est venue pour passer trois semaines chez nous et il n'y a que quelques jours qu'elle est ici. Elle a promis de nous envoyer des noix et des raisins, cet automne. Et elle compte nous faire profiter aussi des canetons qu'ils vont engraisser pour le mois d'octobre.

— Octobre, marmonna Janos, octobre est encore bien loin… Maman, veux-tu préparer ma chemise, une blanche, s'il y en a une propre. Et toi, Baby, que comptes-tu faire aujourd'hui ?

Les pensées de sa femme voguaient vers des horizons si lointains qu'elle sursauta comme prise en défaut.

— Je vais voir un médecin à cause de mes maux de tête.

— Tu iras chez Kelemen ?

— Oui.

— Vers quelle heure ?

— Il m'attend à six heures.

— Ce sont les cigarettes, intervint Maman, un brin de malice dans la voix. Voilà ce qui cause tes migraines.

Toute cette fumée – cela me donne des migraines à moi aussi et pourtant je ne fume pas...

— Kelemen lui interdira de fumer, si c'est ça, interrompit Janos.

Il allait refermer la porte, mais, soudain, il changea d'idée, et appela sa femme :

— Viens par ici, Baby, s'il te plaît. Je voudrais te demander quelque chose.

Elle se leva et pénétra dans la salle de bains derrière lui. Janos s'affairait autour du robinet d'eau chaude : il désirait que l'écoulement de l'eau couvrît leurs voix. Baby referma la porte et s'y adossa, étonnée :

— Que me veux-tu ? demanda-t-elle.

Janos se dressait en face d'elle de toute sa stature menaçante : le pyjama s'ouvrait sur sa poitrine grasse et blanche :

— Pourquoi n'es-tu pas venue chez moi, ce matin ? Je t'avais demandé, hier soir, de venir me voir ce matin. Il y a une dizaine de jours que tu t'enfermes ainsi. Qu'est-ce que cela signifie ?

Le regard de Baby glissa de l'épaule de Janos vers le miroir qui reflétait son propre visage. Mais les vapeurs d'eau embuaient la glace et ses traits s'évanouissaient, peu à peu, dans le brouillard.

— J'étais fatiguée, murmura-t-elle tout bas.

La figure de Janos se durcit :

— C'est méchant de ta part, siffla-t-il entre ses dents. Tu abuses du fait que tu as une chambre à toi. Il faut donc que tu reviennes dormir avec moi...

— Tu ronfles, répliqua Baby, et il y avait dans sa voix une telle répugnance que Janos en tressaillit. Tu ronfles si fort qu'il est impossible de dormir à tes côtés. Tu ne peux quand même pas exiger que je passe mes nuits assise dans mon lit à fixer le noir ?

L'homme aurait voulu trouver une réponse décisive non seulement aux mots, mais surtout aussi au ton profondément significatif sur lequel ils avaient été prononcés. Mais il ne trouva rien. Il saisit l'épaule de sa femme et sa main glissa jusqu'au sein :

— Méchante, prononça-t-il, impatient, petite méchante…

Baby, inerte, remarqua d'une voix impassible :

— Le bain va bientôt déborder…

Janos se détourna pour fermer le robinet, elle en profita pour s'éclipser. En sortant, elle faillit renverser sa belle-mère.

— Vous étiez aux écoutes, Maman ? demanda-t-elle avec un calme apparent. Vous feriez mieux de réfléchir sur le nom à choisir ; ce serait une occupation plus utile.

En passant à côté de la vieille femme, elle eut envie de lui donner un petit coup comme par hasard, rien que pour le plaisir du geste, mais l'idée d'un attouchement même furtif la remplit de dégoût. Mue par une brusque décision, elle pénétra dans la chambre d'Ida. A plat ventre sur son lit, la jeune fille lisait. Elle ferma le livre en apercevant sa tante.

— Ecoute-moi, dit Baby en s'asseyant au bord du lit, n'aurais-tu pas envie d'une nouvelle robe d'été ? J'en ai une très jolie, coupée dans un tissu imprimé vert clair. Comme j'ai maigri, elle est devenue trop large pour moi, mais je crois qu'elle serait juste à ta taille. Si tu veux, je te la donnerai.

Ida était tellement éberluée de l'apparition imprévue de sa tante et de son offre généreuse qu'elle ne fit que bégayer :

— Oui, merci beaucoup, c'est très gentil de votre part…

— Viens avec moi, nous allons de suite l'essayer.

Ida enfila rapidement sa robe de chambre et suivit sa tante. La chambre de Baby était déjà inondée de soleil. Ida s'éprit de la robe dès qu'elle la vit.

— C'est parfait, déclara-t-elle devant le miroir en l'essayant. Parfait…

Des fleurs blanches s'éparpillaient sur le fond vert d'eau, comme si une main nonchalante avait laissé échapper un bouquet odorant. Le décolleté en forme de cœur découvrait généreusement la peau ambrée d'Ida.

— C'est cette robe que je mettrai pour le bal de la Sainte-Anne – s'il y en a un cette année – et il lui sembla que la main de Marton effleurait sa taille.

« Elle est vraiment jolie, pensa Baby, en contemplant la jeune fille ; elle est presque belle. » Et tout à coup, elle se dit avec humeur qu'elle aurait bien pu mettre cette robe encore une ou deux fois.

Ida retourna dans sa chambre avec la robe et Baby s'habilla. Elle étudia ses traits dans le miroir, longuement, comme s'il lui fallait monter en scène. Puis, elle sortit de son armoire une robe en toile couleur saumon, robe qu'elle préférait à toute autre à cause de son histoire : chaque fois qu'elle la mettait, Baby revivait un moment de son existence.

Lorsque la famille avait enfin quitté la cave où elle s'était terrée durant le siège, Baby découvrit qu'elle n'avait plus rien à se mettre sauf les vêtements pratiques mais inélégants qu'elle avait emportés avec elle dans l'abri. Ils n'avaient pas le sou et tremblaient d'être emportés par le grand courant de l'épuration à cause de ce nom prêtant à confusion. Leur appartement était dévasté : la pression d'air des projectiles avait pulvérisé portes et fenêtres. Le toit s'était effondré dans les pièces principales ; seuls la cuisine, le vestibule et la chambre de bonne étaient restés à peu près intacts. Remontant leurs lits de la cave, c'est là qu'ils s'installèrent tant bien que mal. Puis, Janos entama avec circonspection ses travaux d'approche du Parti Communiste. Sous l'angle politique, son apport était totalement négatif, mais on accepta quand même son inscription. Lorsqu'il quitta le siège du Parti, carte en main, il avait l'impression d'avoir assassiné quelqu'un au su et au vu de tous ; par la suite, ses amis et connaissances évitèrent soigneusement de mentionner ce fait, pas très reluisant à leurs yeux. Janos s'absentait fréquemment de chez lui. Un jour, il annonça aux siens qu'ils auraient bientôt un nouveau logement. Les deux femmes l'assaillirent de questions, mais il évita de répondre, laissant entendre qu'il s'agissait de choses trop importantes pour être confiées à des êtres du sexe faible, réputé bavard et irréfléchi. Le nouvel appartement était situé dans le quartier résidentiel le plus élégant de Pest, à quelques minutes de marche des grands bâtiments abritant les services de la Sécurité nationale. Les propriétaires de cet appartement entièrement vide avaient dû être des gens aisés : de lourds rideaux de velours pendaient encore aux fenêtres, miraculeusement épargnés par les bombes et les pillards.

— Qui habitait ici, mon fils ? demanda la mère lors de leur première visite à cet appartement dont elle eût désiré connaître l'histoire.

Janos fit un geste évasif :

— Ça n'a pas d'importance et ça ne nous regarde pas.

Maman le regarda un instant en silence, puis elle demanda en hésitant :

— Ils sont morts ?

Janos, rouge de colère :

— Qu'est-ce que j'en sais, moi !… Ils sont partis vers l'Ouest avant le siège. Comment veux-tu que je sache si maintenant ils sont morts ou vivants ?

La vieille était tenace :

— S'ils reviennent, devrons-nous quitter l'appartement ?

— S'ils reviennent, on les pendra, car ce sont des criminels de guerre. Cela te suffit-il ?

— Tout est bien alors, nous pouvons être tranquilles, constata Maman, satisfaite.

Baby ne les avait pas accompagnés ; elle avait trouvé un prétexte pour rester à la maison, car elle cherchait l'occasion de fouiller parmi les effets personnels de sa belle-mère. Les fichus noirs, le missel et le chapelet ne l'intéressaient guère, et elle allait refermer l'armoire, lorsque ses doigts rencontrèrent le petit sachet que sa belle-mère avait gardé attaché au cou pendant tout le séjour à la cave.

Elle en sortit en premier lieu une grosse montre en or à porter en sautoir. Le mécanisme de la montre était arrêté. Sur sa face interne le couvercle recelait une photo jaunie, celle d'un monsieur barbu et moustachu en faux col rigide. C'était son beau-père qu'elle n'avait jamais connu. La jeune femme referma fébrilement la montre, emprisonnant le mort à côté du temps suspendu sur le cadran, et s'empara de la chaîne en or avec des doigts tremblant d'émotion. Elle n'avait jamais vu une si longue chaîne : quatre mètres d'or. Baby prit des ciseaux et coupa une bonne vingtaine de centimètres : elle n'aurait jamais imaginé qu'une chaîne en or n'offrît pas plus de résistance qu'un vulgaire morceau

148

de carton ! Puis, elle remit tout en place et attendit le retour des autres.

Il ne fut jamais question du larcin, mais la vieille femme sut aussi bien ce qui s'était passé que si elle avait tout vu de ses yeux. Elle s'en voulait d'avoir abandonné son trésor, ne fût-ce que pour un moment. Mais, à ce moment-là, Budapest était redevenue une ville où les serrures servaient à quelque chose et la vieille n'avait jamais pensé qu'il pouvait y avoir un voleur à l'intérieur de la maison.

Baby découvrit aisément un tailleur prêt à reprendre l'or volé, en échange de tout un trousseau, donc à un excellent cours. Néanmoins, pour cacher son jeu, elle harcela son mari afin qu'il lui donnât de l'argent pour s'habiller. Comme l'argent-papier se dévaluait presque d'heure en heure, Baby n'eut pas grand regret à jeter les liasses de billets de banque dans les toilettes d'un espresso. Cet épisode de sa vie lui revenait à l'esprit chaque fois qu'elle remettait, comme aujourd'hui, la robe rose.

Vers onze heures, la sonnette de la porte d'entrée retentit. La vieille ne témoigna aucune surprise en apercevant Törzs.

— Bonjour, dit le policier. Qui est à la maison ?

— Il n'y a que Baby. Mais entrez, je vous prie, elle sera enchantée de vous voir. Venez par ici : il faut passer par ma chambre pour arriver à la sienne.

Törzs hésita un instant devant la porte de Baby, puis il frappa.

— Entrez, dit-elle.

La vieille s'étendit sur son lit et essaya d'entendre ce qui se passait de l'autre côté, mais sa propre respiration haletante rendait sa tâche malaisée. « Voilà, se dit-elle avec satisfaction, mon fils chéri comprendra enfin qui il a épousé : une femme qui ouvre sa porte au premier venu. » La belle-mère bouillonnait de haine mais aussi de dépit, car elle se rendait compte qu'en ce moment on avait besoin de Baby, que le blond lumineux de ses cheveux constituait un atout sérieux pour la sauvegarde de la carte rouge de membre du Parti...

Pendant ce temps-là, Baby regardait Törzs dans le blanc des yeux :

— Pourquoi êtes-vous venu ?

Il haussa les épaules :

— Je passais par ici...

Dans son costume mal coupé et sa chemise blanche à col ouvert, l'homme avait l'air encore plus décharné que d'habitude.

— Sortons d'ici, souffla Baby, allons dans la salle à manger.

Mais sa voix trébuchait, car le fait que cet homme eût pénétré dans sa chambre la troublait encore plus que le baiser d'hier.

— Eh bien, sortons, dit-il en s'asseyant sur le divan.

Il tira de sa poche un paquet de cigarettes tout chiffonné.

— Vous ne fumez certainement pas cela, dit-il, sans appuyer sur les mots ; ce sont des cigarettes de prolétaire. C'est trop fort pour vous.

La jeune femme ne répondit pas : une inspiration subite l'avait mise en belle humeur. L'année passée, Janos avait reçu un étui à cigarettes en argent d'un ami ignorant qu'il ne fumait pas. On avait dûment remercié, et, sans se laisser prévenir par la vieille, Baby avait caché l'étui dans sa commode. Elle ouvrit le tiroir, passa la main sous une pile de linge et tendit l'étui vers Törzs :

150

— Tenez, dit-elle, je vous le donne.

L'homme prit l'objet sans mot dire, le soupesant un instant dans sa main, puis le jeta sur le divan et se mit à sourire.

— Je n'en veux pas, dit-il, légèrement moqueur. Les cigarettes que je fume s'allient mal à une boîte en argent. Je n'ai que faire de cadeaux ; cela ne m'impressionne pas. Vous pouvez le dire à Janos.

Les joues de Baby s'empourprèrent. Elle aurait voulu hurler d'avoir commis une pareille maladresse.

— Mais il n'en sait rien, balbutia-t-elle. Je viens d'y penser en voyant que vous n'aviez pas d'étui à cigarettes…

— Il ne faut pas distribuer si vite des cadeaux, dit-il. Remettez ce truc-là dans le tiroir, il y sera bien.

Il écrasa sa cigarette dans un cendrier posé sur la table de chevet et s'apprêta à partir.

— Je viendrai vous prendre un jour de la semaine prochaine, dit-il. Avez-vous déjà réfléchi sur le changement de nom ?

— Bien entendu, répliqua Baby comme une automate. Janos est très content d'être délivré de tout ce qui le reliait au passé.

Pas un instant elle n'eut le sentiment de dire quelque chose de réellement convaincant. Plus elle s'efforçait de produire une impression sur Törzs et plus il paraissait détaché et distant. Il lui semblait que cet homme se trouvait déjà depuis des heures en face d'elle, et qu'il était question de choses très importantes, mais dont le sens lui échappait. Törzs s'approcha d'elle, si près, qu'elle crut un instant qu'il allait l'embrasser, mais il se contenta de lui dire :

— Un de ces jours, je monterai jusqu'ici…

Puis, il tourna sur ses talons et la quitta sans prendre congé. Baby guetta le bruit de la porte d'entrée avant de passer dans la chambre de sa belle-mère et de l'interpeller rudement.

— Une autre fois, Maman, vous pourrez vous abstenir de me mettre des types pareils sur le dos. Qu'est-ce que cela veut dire, pourquoi l'avez-vous introduit dans ma chambre à coucher ?

La vieille lui jeta un regard provocant :

— Tu aurais pu demander : qui est-ce ? ou répondre : n'entrez pas. Moi, j'ai été tellement effrayée en l'apercevant que je ne savais plus du tout quoi faire.

Baby se sentait mortellement lasse. Elle craignait d'éclater en sanglots, s'il fallait respirer cinq minutes de plus le même air que la vieille.

Elle prit son sac, ses lunettes aux verres fumés et gagna l'antichambre.

— Où vas-tu ? cria la mère.

En guise de réponse, Baby, à son tour, claqua la porte.

Cet après-midi, à six heures, Baby avait rendez-vous avec le neurologue. Elle arriva ponctuellement au grand hôpital qui s'érigeait en petite cité indépendante dans la périphérie de la capitale. Tout s'y trouvait groupé : du dispensaire de nourrissons à l'institut pour aliénés. L'infortune humaine se répartissait par pavillons disséminés dans le vaste parc. Baby avait déjà été chez le docteur Kelemen : elle pénétra dans le vestibule en pierre du pavillon des maladies psychiques et frappa à la première porte de droite.

— Entrez, dit de l'intérieur une voix douce.

Baby entra. Le médecin s'avança vers elle en souriant et lui baisa la main.

— Soyez la bienvenue, Madame, asseyez-vous.

Et déjà il lui tendait la boîte à cigarettes, en faisant jouer son briquet. Bien qu'au-dehors le soleil resplendît encore, ici les rideaux tirés dispensaient déjà l'ombre. Dans la pièce que la lumière tamisée d'une lampe de bureau munie d'un abat-jour vert éclairait à peine, régnait une atmosphère lourde : le café, l'éther et les cigarettes y mêlaient leurs odeurs. Une lampe à alcool réchauffait du café au coin de l'immense bureau.

Le docteur Kelemen, un homme aux traits ascétiques, encadrés de cheveux noirs lissés en arrière, se rassit derrière le meuble et garnit son fume-cigarette. Puis, se penchant avec compassion vers la jeune femme, il se mit à la questionner :

— Qu'est-ce qui ne va pas, Madame ?

— J'ai toujours mal à la tête, dit-elle, et cette affection bénigne prit à ses yeux des proportions exagérées maintenant qu'elle la confessait au docteur.

Etait-ce l'ambiance du moment qui l'influençait ou le regard perçant du médecin, ou tout simplement le fait qu'elle se trouvait chez un neurologue : elle éclata en sanglots.

— Dites-moi donc sincèrement ce qu'il y a, lui demanda-t-il, puis afin de laisser le flot de larmes s'épancher librement, il s'affaira vers le café qu'il versa dans deux petites tasses.

— Buvez ceci, chère Madame, cela vous fera du bien.

Un infirmier vêtu de blanc venait d'entrer :

— Monsieur le Docteur, que dois-je faire ? Szabo a un nouvel accès…

— Donnez-lui le calmant habituel et puis amenez-le ici. Mais qu'on ne me dérange pas pour le moment…

La boisson chaude et parfumée rasséréna Baby, elle déposa la tasse et observa à son tour le médecin. Quel âge pouvait-il avoir ? Impossible de le dire au juste. Les caractéristiques d'une femme virile et d'un homme trop sensible se confondaient étrangement en cet être vêtu de blanc à qui on avait l'impression de pouvoir tout dire. Sa vocation ne l'avait-elle pas placé précisément sur les frontières mouvantes du confessionnal, des maladies physiques et morales ?

— J'ai des maux de tête continuels, répétait Baby avec insistance, je ne peux pas dormir, je suis toujours irritée, je prends mon entourage en horreur…

Elle se lança dans l'énumération de ses cauchemars, parla du mort qui s'installait à son chevet, de la haine qu'elle ressentait pour sa belle-mère et de toutes les petites rides qui se multipliaient autour de ses yeux.

Le médecin était si attentif que Baby se demanda tout à coup s'il ne pensait pas à autre chose, car ce qu'elle disait ne pouvait pas avoir une telle importance. Découragée, elle se tut.

— Vous souffrez du mal de notre époque, enchaîna-t-il vivement, comme s'il avait attendu que Baby fût à bout de souffle ; c'est une maladie très commune de nos jours. J'ai cinq malades en clinique qu'il me faut guérir de l'angoisse. Je les fais dormir grâce à des somnifères.

— Mais je n'ai pas peur, moi, protesta Baby avec véhémence.

Le médecin lui coupa la parole :

— Personne ne veut s'avouer qu'il a peur, Madame. Mais même celui qui n'a rien à craindre est rongé d'angoisse. On peut trembler sans raison déterminée, s'attendre incessamment à quelque événement qui ne peut être que funeste.

« Il ne faut pas oublier que nous avons vécu des mois dans des caves, sous un ouragan de mitraille, guettés par la fièvre typhoïde et les autres maladies. Cela ne va pas sans laisser de traces ; et ce qui vint après, ce que nous vivons actuellement…

Baby se dit qu'elle devait être prudente. Kelemen appartenait aux « anciens » ; il était l'un de ces médecins hors ligne que le nouveau régime avait épargnés à cause de leur exceptionnelle valeur ; on lui avait tout de même enlevé son poste de médecin chef.

Baby tenait à prouver que son mal était un mal réel,

indépendant du cours de l'histoire et des changements de régime politique.

— Je souffrais de la tête déjà avant le siège, déclarat-elle d'un ton vague et elle commença à regretter sa visite. Elle se rendait compte que le docteur ne serait pas capable de la guérir ; bien au contraire, le diagnostic précis, confirmant ses propres impressions, la déprimerait encore. Elle parla de l'Opéra Lyrique. Le médecin était mélomane ; c'est ainsi qu'il avait fait la connaissance de Janos avant la guerre.

— Quelle chance qu'on le laisse travailler, dit Kelemen, remplissant à nouveau la tasse de café de Baby.

Elle n'y toucha pas.

— Il est membre du Parti, dit-elle sèchement.

Kelemen sourit :

— Je le suis aussi, Madame.

Elle lui faisait pitié.

— Voyez-vous, nous sommes tous deux membres du Parti et nous travaillons pour le bien commun et pour le progrès, n'est-ce pas ? Eh bien ! en conclusion : je vous prescris un calmant et, si cela vous est possible, je vous conseille d'aller passer quelque temps à la campagne.

Il griffonna une formule sur un feuillet qu'il tendit à Baby.

— Une cuillerée trois fois par jour avant les repas. Cela vous rendra votre sommeil… A propos, que va-t-on jouer prochainement au Théâtre Lyrique ?

— *L'Enlèvement au Sérail*. Janos vous enverra une carte pour la première ; elle aura lieu dans une dizaine de jours. Dans trois ou quatre jours, on collera les affiches.

— Cela me fera grand plaisir de me rendre au théâtre, dit le médecin, un bien grand plaisir. J'espère que je vous y verrai. Et si, entre-temps, quelque chose ne va pas, revenez me voir…

— Oui, acquiesça Baby.

Elle lui tendit la main et quitta la pièce. Ce n'est que lorsque le portier de l'hôpital l'arrêta énergiquement à la sortie qu'elle se rendit compte qu'elle courait au lieu de marcher. L'homme s'imaginait qu'une des malades tentait de s'évader et il ne la relâcha qu'après avoir téléphoné au médecin pour s'assurer de son identité.

A Boglar, l'absence d'Ida créait un vide cruel. Sans cesse les pensées de son père tournaient autour d'elle.

— Ai-je le droit de la condamner ? se demandait-il parfois. M'est-il permis de contrarier les lois de la nature ?

Mais, chaque fois, une voix intime faisait taire ses scrupules. S'il la laissait impunément suivre les traces de sa mère, plus tard, un homme inconnu se débattrait, torturé comme lui, à ses côtés.

Les journées et les nuits se traînaient pour lui, interminables. Anna se rendait auprès des moissonneurs et rentrait à midi, hâlée et couverte de poussière.

— Le blé est splendide, disait-elle, et ses lèvres prononçaient le mot « blé » comme si elle venait de croquer un grain entre ses dents et en goûtait encore la saveur.

La petite Thérèse, elle, ne rentrait qu'au soir, s'étant mêlée aux ouvriers agricoles, dès le premier coup de faux. Alignée avec les jeunes paysannes vigoureuses, elle ramassait et liait les gerbes dorées. Avant la guerre, Sandor n'aurait jamais toléré cette promiscuité. En ce moment au contraire, chaque geste accompli en contact direct avec la terre était de bonne politique. La terre n'était-elle pas devenue la parente toujours prête à nous faire ses adieux et qu'on ne pouvait retenir qu'à force d'égards ? L'Etat comptait les sillons et calculait d'office les rendements possibles. Le projet de kolkhozes sur le modèle russe tendait au-dessus du pays comme un rets menaçant...

Chaque soir, Istvan, un jeune paysan brun et élancé, ramenait Thérèse au village sur sa charrette. Istvan, qui avait été prisonnier de guerre, venait de rentrer de captivité et travaillait comme ouvrier agricole, animé d'une passion farouche pour la terre. Tel un jeune animal, beau et fort, il mangeait et se reposait en silence pendant les poses de travail pour se lancer à nouveau à corps perdu dans le labeur.

Il appelait Thérèse « Mademoiselle ». Lorsqu'il l'aidait à monter sur sa charrette, ses mains calleuses se faisaient délicates comme pour lâcher une colombe vers le ciel.

La moisson donnait au village un air de fourmilière en révolution. Chacun transportait fébrilement vers son foyer la miette qui lui était dévolue. A côté de la batteuse qu'entouraient les gigantesque meules de paille, des contrôleurs plombaient les sacs dans lesquels s'étaient déversés les grains dorés. On ne laissait aux particuliers qu'une portion congrue, l'administration ayant calculé à un kilo près la ration annuelle de farine indispensable à une personne d'appétit moyen. Tout le reste allait à l'Etat.

Il n'y avait pas de contrôleurs à côté de la machine qui battait le blé du notaire. Après tout, employé d'Etat, il devait connaître son devoir.

— Cet hiver, nous aurons la famine au village, et cela en dépit de la belle récolte, disait Anna pensive, tout en étendant du miel blond sur sa tartine. Heureusement, du moins, que nous serons bien pourvus ; nous pourrons même vendre l'excédent. Dès que la moisson sera terminée, je ferai repeindre le plafond de notre chambre à coucher.

Sandor tressaillit. La seule chose qu'il considérait vraiment sienne dans cette maison était justement cette ligne bizarre zigzaguant au plafond. C'était son alliée aux aubes agitées ; en la fixant, il se sentait moins seul. Pourtant, il ne protesta point. A quoi bon ? Quand Anna avait décidé quelque chose, elle n'en démordait plus... Il se dit que personne n'était mort d'avoir vu son plafond remis à neuf et il but son café en répondant à sa femme par monosyllabes.

Une mouche se posant sur le front du notaire le tira de sa rêverie. Il la chassa d'une main distraite et consulta sa montre. Neuf heures et quart déjà. Il devait vite regagner son bureau. Anna s'était éclipsée sans qu'il l'eût remarqué.

Au moment où Sandor allait dépouiller son courrier, le notaire adjoint fit irruption dans la pièce.

— Qu'y a-t-il ? demanda Sandor.

— Le délégué provincial du Parti arrivera vers onze heures. Comme il s'agit d'une chose importante, j'ai prévenu le Conseil communal.

— Bien, dit Sandor, et de quoi s'agit-il ?

Le rouquin ne cilla point :

— Je ne connais pas les détails, mais nous serons bientôt au courant. Auriez-vous quelque travail urgent pour moi en attendant, camarade ?

Sandor détestait la déférence tout extérieure de son adjoint. En tant que membre du Parti communiste, ce dernier était en effet le seul employé omnipotent à la mairie.

— Non, merci, répondit-il laconiquement. J'expédierai moi-même les affaires urgentes.

L'incertitude angoissante allongeait indéfiniment les heures. C'est presque avec soulagement que Sandor entendit les portières d'une auto claquer devant la maison.

Il jeta un coup d'œil sur son bureau pour voir si tout y était en ordre et, après un instant d'hésitation, il enleva sa cravate et la fourra dans sa poche. Il se leva en entendant approcher des pas.

— Liberté, camarade, dit-il en tendant la main vers le délégué qui entrait.

C'était un homme corpulent aux cheveux grisonnants.

— Liberté, répondit celui-ci en fixant Sandor d'un coup d'œil sévère.

La porte livra passage au reste de la compagnie.

L'adjoint serrait fébrilement une serviette de cuir, probablement celle du délégué. Le Conseil communal le suivait au grand complet. Chargé de sauvegarder les intérêts du village et du peuple contre tout ce qui pouvait le mettre en danger, il comprenait trois membres : le cordonnier que la misère avait poussé vers le Parti communiste avant la guerre, un ouvrier agricole qu'un lopin de terre démembré du grand domaine avait mué en propriétaire foncier, et le mécanicien du village qui s'occupait de l'entretien des tracteurs, – un jeune gars de vingt-trois ans, le fils de l'épicier. Ils pénétrèrent dans le bureau du notaire, très conscients de leur importance, et celui-ci n'eut même pas le temps de les inviter à s'asseoir sur les chaises qu'il avait préparées à l'avance. L'adjoint poussa l'unique fauteuil près du bureau ; lui-même resta debout, adossé au chambranle de la porte, comme fasciné par la scène qui allait commencer. Ce fut d'ailleurs très rapide. On aurait pu croire qu'il y avait eu des répétitions.

Sandor ayant joint les mains selon le geste qui lui était habituel, s'adressa au délégué :

— En quoi puis-je satisfaire l'estimé camarade ?

Celui-ci ramassa la serviette et en tira une feuille qu'il eut l'air d'étudier attentivement. Mais son regard restait fixe.

Sandor qui s'en aperçut aurait pu jurer que la feuille était blanche.

— Camarade notaire, dit enfin celui-ci, des rapports inquiétants sont parvenus au Comité central.

Il regarda les membres du Conseil communal, qui hochèrent la tête en signe d'approbation, d'un mouvement d'automates.

Le notaire adjoint épiait le visage de Sandor d'un œil mauvais. Seules ses taches de rousseur l'identifiaient encore avec l'humble subalterne de naguère.

Le délégué éleva la voix et cessa de fixer le papier :

— Le Comité central n'est pas satisfait…

Sandor s'énerva tellement que sa voix en devint toute rauque :

— Qu'est-il arrivé ? demanda-t-il. Y a-t-il eu quelque négligence administrative ?

Le délégué le toisa de haut :

— Négligence administrative ! C'est bien la seule chose qui se présente à l'esprit d'un employé bourgeois imbu de l'ancienne bureaucratie ! L'administration… Pensez-vous donc, camarade, que vous pouvez faire croire au Peuple et au Parti que vous ne savez pas de quoi il s'agit ? Ne sentez-vous donc pas le désespoir grandir autour de vous ? Comptez-vous défier indéfiniment la colère du peuple ? C'est de la terre qu'il s'agit, camarade notaire, de votre terre. Vous avez honteusement exploité la générosité de l'Etat…

162

Sandor était frappé de stupeur :

— Je ne vous comprends pas, bégaya-t-il. J'ai toujours entretenu ma terre jusqu'à la dernière parcelle, j'ai livré à l'État la quote-part exigée et je serai le premier à effectuer les labours d'automne…

Le délégué l'écoutait en tambourinant sur sa serviette. Dès que le notaire eut cessé de parler, il reprit la parole sur un ton doctoral :

— La terre n'est pas à vous, camarade notaire, elle appartient au Peuple… Et celui qui prétend la garder pour lui-même ne peut être qu'un ennemi du Peuple.

Sandor, insista :

— C'est l'État lui-même qui m'a autorisé à garder ces cinquante hectares. On m'a même décoré pour résistance à l'ennemi…

La délégué balaya l'air de sa main :

— L'État s'est montré généreux pour vous, mais si on tend trop la corde d'un arc, elle casse… Voici, je vous ai apporté l'acte de renonciation à la propriété. En tant que dirigeant de la commune, vous devez donner le bon exemple et renoncer librement à la terre au bénéfice de l'État.

La sueur se mit à perler au front du notaire. Il voulut s'éponger, mais, au lieu du mouchoir, ses doigts s'empêtrèrent dans la cravate roulée en boule dans sa poche.

— Mais oui, murmura-t-il, j'y ai souvent pensé de moi-même… Cela va de soi : j'offrirai ma terre au Peuple…

Le délégué posa trois feuilles dactylographiées sur le bureau :

— Voici ce que vous devez signer, dit-il, et le Conseil communal contresignera.

Ceux qui étaient assis le long du mur se levèrent d'un bloc.

— Attendez un moment, camarades, leur intima le délégué.

De son index charnu, il indiquait une place sur la feuille :

— Voilà, ici, c'est ici que vous devez signer.

Sandor regardait l'index à ongle carré : « oui », se dit-il. L'adjoint toussota près de la porte comme pour marquer son impatience. Sandor s'empara de la plume et inscrivit son nom en lettres bien lisibles.

Lorsqu'on lui fit signer les deux autres feuilles, il lui sembla qu'après l'avoir assommé, on lui donnait encore deux coups de pied par surcroît. Les membres du Conseil communal se mirent aussi en branle et apposèrent leurs signatures malhabiles au bas des documents.

Puis, tout le monde disparut de la pièce avec une célérité invraisemblable. Debout devant la fenêtre donnant sur le jardin, Sandor en était à se demander s'il n'avait pas été abusé par ses sens. Mais, en retournant à son bureau, il y trouva bel et bien l'un des exemplaires de l'acte de renonciation. Il fut pris de vertige et quitta la pièce pour aller avertir Anna. Traversant le bureau de l'adjoint, il se força à sourire. Par bravade, il comptait remarquer négligemment combien il approuvait les événements – mais cela dépassa ses forces.

Anna rangeait l'armoire de la salle à manger. Sandor ferma soigneusement la porte de même que les fenêtres donnant sur la rue.

— Pourquoi t'enfermes-tu ainsi ? demanda Anna.

Se retournant, elle vit les traits altérés de son mari et s'approcha de lui, inquiète :

— Qu'est-il arrivé ?

164

— Ils nous ont pris la terre. Tout… En cinq minutes. J'ai dû y renoncer au bénéfice de l'Etat…

La femme pâlit, elle aussi, et baissa le ton, mais les paroles qui s'échappèrent entre ses dents sifflaient de haine.

— C'est ta faute, dit-elle, j'ai toujours pressenti que cela tournerait mal. Pourquoi ne t'es-tu pas fait inscrire au Parti alors qu'il en était encore temps ? Je t'ai assez répété de le faire…

— Je n'ai pas voulu me cracher à la figure, même pour te faire plaisir. Maudis le sort qui nous a fait perdre la guerre, pas moi…

Le visage d'Anna se convulsa de rage :

— Cinquante hectares, proféra-t-elle, et tu m'annonces cela calmement. Et nous n'avons pas même rentré la récolte !

— Il n'y aura pas grand-chose à rentrer cette année, remarqua-t-il, presque serein.

La fureur de sa femme atténuait en lui le regret de la perte.

— Puis-je encore te donner un bon conseil ? ajouta-t-il en s'apprêtant à quitter la pièce. Tâche de sourire et d'avoir l'air aimable. Explique à tous que nous avons spontanément offert notre propriété à l'Etat, car notre conscience ne tolérait plus une situation rappelant l'ère capitaliste. Thérèse doit être mise au courant, elle aussi doit se prétendre fière du geste de ses parents. Ainsi pourrons-nous peut-être éviter le pire…

— Que pourrait-il nous arriver de pire ? demanda Anna, mais ses traits effarés révélaient qu'elle connaissait la réponse.

— Ce qui pourrait nous arriver ? Le ton de Sandor était presque suave. Ils pourraient, par exemple, nous prendre la maison et nous interner dans un camp comme tant d'autres…

— Mais pourquoi donc ? Tu n'as rien fait de mal. Au contraire, au début, on te fêtait comme un héros national pour avoir résisté aux Allemands…

— On n'a plus besoin de nous, répondit Sandor calmement. Nous sommes tous superflus, oui : superflus.

Se retournant sur le seuil, il ajouta :

— Ecris à Ida de rentrer. Restons tous ensemble, durant qu'il en est encore temps.

Etendu sur le dallage brûlant de la jetée, Marton offrait au soleil son corps hâlé, aux proportions harmonieuses. Le lac ne formait qu'une large flaque immobile, incandescente comme du métal en fusion. De tout son être, le jeune homme buvait intensément la chaleur du midi et remarquait à peine la présence de Melinda à son côté. Pourtant, la jeune fille s'était couchée si près de lui sur le béton ardent que, de loin, on eût dit quelque bizarre méduse surgie des profondeurs du lac et munie de quatre bras, de quatre jambes et de deux têtes humaines.

Melinda tourna la tête : le bout de son nez frôla une des côtes saillantes du jeune homme. Il aurait voulu s'écarter un peu, car toute proximité humaine le dérangeait, lorsqu'il savourait les caresses du soleil, mais il craignait de peiner la jeune fille. Mélinda déposa un baiser léger comme un papillon sur le bras de Marton : ses lèvres étaient douces et fraîches. Marton restait immobile, en ces moments qui tenaient de l'éternité, il ressentait une paix profonde, paix du corps et de l'âme. Comme si la vie ne pouvait plus rien lui offrir qu'il n'ait déjà eu en partage : ni plaisir, ni douleur, ni aucune possibilité future, plus rien que cet instant béni où tout se dissolvait dans la chaleur et la clarté intenses. C'est alors qu'une nouvelle pustule soudain éclose sur le dos de sa main se mit à le démanger. Au début, il ne voulut pas tenir compte de ce rappel vulgaire à la réalité terrestre, mais bientôt il n'y tint plus, il s'assit et se gratta rageusement. Le dessus de ses mains et ses doigts était envahi de boutons plus ou moins grands, lamentable souvenir ramené de Russie, où prisonnier de guerre affamé et couvert de poux, il calculait l'écoulement du temps d'après l'apparition progressive des pustules. Cette maladie de la peau se confinait aux mains, mais, jusqu'ici, il n'avait pas réussi à la guérir.

— Cela fait mal ? s'enquit Melinda, et ses yeux veloutés étaient ceux d'une infirmière qui se penche sur un grand blessé.

— Ça ne fait pas mal, ça démange, répondit Marton, et il se leva.

A travers ses paupières mi-closes, Melinda observa le jeune homme qui avançait face au soleil. Sa large carrure n'évoquait plus le squelette décharné revenu de Russie quelques semaines auparavant ; seules ses côtes saillaient encore un peu. Marton commença par tremper ses mains dans l'eau, puis, changeant d'idée, il s'y glissa tout entier, sans bruit, sans remous, comme un poisson. Il dessina un sillon vers le large, puis revint en direction de la place. Melinda frémit tout entière, dans l'attente… ses lèvres s'entrouvrirent, guettant un baiser… Des gouttelettes froides tombèrent sur son corps lorsque Marton s'allongea à nouveau près d'elle – tout juste un petit peu plus loin. Les rayons éblouissants tombaient toujours du ciel et berçaient leurs rêves. Frustrée du baiser attendu, Melinda se roula sur le ventre et appuya ses lèvres sur la pierre brûlante qu'elle baisa avec une passion ardente, désespérée.

— Dois-je vraiment ajouter encore un peu de rouge ? demanda Ida indécise, se mirant dans la grande glace de sa tante.

Celle-ci, tout habillée pour sortir, lui donnait des directives, assise sur son divan.

— Bien sûr que tu dois te farder davantage le soir, surtout pour le théâtre. L'éclairage artificiel fausse les tons. Si tu n'en tiens pas compte, tu auras l'air cadavérique pendant les entractes.

Ida repassa le bâton de rouge sur ses lèvres. Sa bouche eut un contour dur et se figea comme celle d'un masque. Ida observa cette bouche de femme mûre, étrangement pleine, son teint bistré et la robe au tissu fin comme du papier de soie. Elle toucha la jupe.

— Oui, c'est de la pure soie, dit en souriant Baby, de la soie de foulard.

— Etes-vous prêtes ? demanda Janos en passant la tête par la porte entrebâillée.

Sa chemise empesée bombait légèrement sous le pardessus noir.

— Ton plastron…, remarqua Baby d'un ton cassant, n'est pas bien mis et pourrait te jouer un tour pendant que tu diriges l'orchestre.

Janos fit la grimace :

— Tu relèves le moindre défaut, mais y remédier, ça, c'est une autre affaire... Allons, au lieu de critiquer, viens m'arranger ce plastron.

— Que veux-tu que j'y fasse ?

— Je m'en chargerai bien, dit une voix venant de la chambre adjacente, et l'intervention directe dans leur colloque donna l'impression que la vieille se trouvait dans la même pièce qu'eux.

— Je file, dit Janos ; il est temps. Vous devrez partir dans trois quarts d'heure. Il est sept heures dix et nous commençons à dix heures un quart précises.

— Pouvons-nous prendre un taxi ? insinua Baby timidement.

Janos répondit de l'antichambre :

— Non, pas de taxi. Tu sais bien que non. Et que je ne te voie pas gantée de blanc jusqu'au coude ou je te giflerai...

— Mais si, je mettrai mes gants, repartit Baby en pleurant presque de colère.

Janos rentra brusquement dans la chambre. La saisissant par le poignet, il se pencha tout près de son visage :

— Assez de tes sottises ! Je ne veux pas que tu te fasses remarquer par tout le monde. Cette robe, passe encore, mais si tu oses mettre tes gants, je te brise les os. C'est de tes doigts gantés que tu veux nous passer le nœud autour du cou ?

Baby se leva, beau type de femme soignée jusqu'au bout des ongles et discrètement provocante dans sa robe noire boutonnée jusqu'en haut.

— Ah, persifla-t-elle doucement et sans appuyer sur les mots, monsieur Dorogi est en colère. Il n'a pas suffi à monsieur Dorogi de se défaire du nom de

Tasnady comme on enlève une chemise sale. Il a encore peur...

Maman pénétra dans la chambre et s'immisça dans la querelle :

— N'as-tu pas honte d'énerver ainsi Janos avant la première ? Et s'il est question du nouveau nom, eh bien, toi, tu le portes aussi, et s'il s'appelle monsieur Dorogi, eh bien, toi, tu es madame Dorogi, et tu dois te comporter...

— ... De manière à honorer le nom de Dorogi, Maman ? interrompit Baby. C'est bien cela que vous voulez dire ? Et les nouvelles armoires de famille, où sont-elles ?

— Maman, pourquoi est-elle si rosse, s'écria Janos, et le plastron de sa chemise pointa encore plus hors de l'habit.

— Pourquoi elle est comme ça, cette... Pourquoi ? Mais es-tu aveugle, mon fils ? Ne vois-tu donc pas qu'elle n'est si sûre d'elle-même que parce qu'elle se sent soutenue par quelqu'un ! Si tu t'imagines que Törzs vient chez nous uniquement parce qu'il s'intéresse à ta musique, tu te trompes joliment !

Janos tressaillit en entendant le nom de Törzs, il aurait voulu que toute cette scène pénible n'eût pas commencé.

— Il ne faut pas exagérer, Maman, dit-il, et il recula vers la porte. Il ne faut pas exagérer – et c'est une honte d'avoir une discussion pareille devant Ida. Que pensera-t-elle de nous tous ?

Mais, folle de rage, la vieille fonça comme un tank, indifférente aux limites à ne pas dépasser.

— Ah, oui ? J'exagère. Pauvre dadais. Tu t'imagines que j'exagère ? Mais moi je suis toujours à la maison ; et sais-tu ce qui se passe quand tu as le dos tourné ?

La sueur perlait au front de Janos :

— Je t'en prie, Maman, tais-toi ; c'est un sujet dont il faut éviter de discuter ; nous pourrions tous nous y brûler les doigts…

Baby les observait avec un calme éthéré. Sur le bout des lèvres, elle avait des phrases toutes prêtes… Elle aurait voulu que la mère reprît sa diatribe : elle aurait pu leur jeter à la figure leur propre abjection et leur crier que, si elle avait des rendez-vous avec Törzs, c'était pour eux, dans l'intérêt de la famille. Elle se voyait déjà relevant le front comme une reine offensée, les couvrant de confusion par des arguments irréfutables. Mais la querelle s'était arrêtée d'un coup comme l'eau sale que l'évier engloutit avec un gargouillement.

— Mon plastron… veux-tu l'arranger, Maman ?

— Viens, mon chéri, répondit la vieille en hoquetant encore de colère. Qui s'occuperait de toi, si je n'étais pas là, mon trésor, mon pauvre cher trésor !

Cette scène de famille arrêtée net par une sorte de court-circuit, Baby n'avait pu placer le dernier mot qui lui aurait donné le beau rôle. C'était le pire…

— Non, non, je ne veux pas pleurer, disait-elle à Ida, le visage crispé. Cela gâterait mon maquillage et je n'ai plus le temps de le refaire. Mais si tu savais ce que je les déteste ! Dire que le médecin m'a prescrit le calme, m'a dit d'aller à la campagne et de…

La sonnette retentit. Janos, à grandes enjambées, revint dans la chambre, une feuille pliée dans la main :

— Un télégramme pour Ida…

Il le lui tendit et fila, en claquant la porte.

Une vague de jalousie envahit le cœur de Baby en voyant le télégramme. Qu'elle eût été heureuse d'en être la destinataire… On est donc relié à quelqu'un, on a un allié lointain prêt à vous jeter une ceinture de sauvetage.

Ayant lu le télégramme, les traits d'Ida s'illuminèrent :

— Je peux rentrer, dit-elle. Ma mère m'invite à prendre le premier train pour Boglar…

— Pourquoi donc ? Qu'est-il arrivé ?

Ida sourit :

— Il ne s'est rien passé, je crois, sauf que mes parents se rendent compte que rien ne saurait entraver notre amour, à Marton et à moi…

En toute autre circonstance, Baby se serait jetée sur l'aveu partiel de la jeune fille pour disséquer et analyser son secret, mais, ce soir, elle était si lasse, si démoralisée qu'elle ne s'arrêta qu'au mot « amour ».

— Amour, notre amour, répéta-t-elle amèrement. Un jour, tu apprendras ce que cela veut dire, vu de près… Moi, je me suis mariée à vingt-quatre ans à un jeune chef d'orchestre, justifiant tous les espoirs et détenteur d'un vieux nom bien sonnant. Je pensais que ma vie se déroulerait dans les hôtels luxueux des grandes capitales, dans la fièvre de tournées de concerts sans fin. Et que se passa-t-il ? Nous ne sommes pas même allés jusqu'à Vienne. C'est ici, au pays, qu'il a eu ses succès. Il est devenu gros et gras, et, depuis notre mariage, cette horrible vieille habite chez nous. Il l'adore comme tout bon fils, n'est-ce pas ? Et voilà qu'il n'y a plus la moindre chance pour nous de voyager à l'étranger. Rien n'est resté de mes rêves, pas même notre nom. Pourtant cela a commencé avec de l'amour. Peut-être pas la vraie grande passion, mais de l'amour quand même, mettons : de seconde classe, avec quelques clauses secrètes…

Ida n'écoutait qu'à moitié et lorsque Baby se tut, elle claironna d'une voix triomphante :

— Je l'aime et il m'aime, et notre amour ne ressemble à aucun autre amour ; c'est plus, tellement plus….

Elle s'assit brusquement à côté de sa tante :

— Dis, pourquoi ne m'accompagnerais-tu pas à Boglar demain ? Tu pourrais faire la connaissance de Marton et voir comme il est gentil.

— Ce n'est pas une mauvaise idée, dit Baby vivement. Oui, je partirai avec toi. Après tout, c'est juste ce que le médecin me conseillait de faire. Mais que dira ta mère si j'arrive sans qu'elle m'ait invitée ?

— Elle sera enchantée ! La chambre d'invités est toujours préparée. Oui, viens, ce serait épatant.

Baby se sentait réconfortée : le télégramme avait aussi été un peu pour elle !

— Oui, je t'accompagnerai, dit-elle d'une voix décidée. Mais, maintenant, filons. Il est temps, car nous ne pouvons tout de même pas manquer la première !

Ida n'allait pas se départir de sa bonne humeur ni se séparer de son précieux télégramme ; elle le serrait doucement comme si, au creux de sa main, il y avait un cœur tout palpitant.

— Dis, tante Baby, dit-elle confuse, qui a composé la musique de *L'Enlèvement au Sérail* ?

Baby partit d'un éclat de rire :

— Mozart, dit-elle, toute joyeuse, Mozart…

Marton tournait et retournait une carte postale dans sa main brune, sa pauvre main torturée du mal mystérieux.

« Quand tu liras ces lignes je serai déjà dans le train. J'arrive à sept heures du soir avec ma tante. Seras-tu à la gare ? Affectueux message, Ida. »

Et, tout à fait dans le coin comme s'il s'était échappé par hasard de la plume, il y avait le petit mot « beaucoup ».

Marton se rendait compte que, si Ida rentrait, il devait prendre une décision dans l'un ou l'autre sens, et qu'ils ne pourraient plus reprendre leurs rendez-vous nocturnes, puisque tout le monde serait au courant. Or, le secret que partageaient les deux jeunes gens avait un sens à part. Pour lui, la petite hutte dans les vignes ne cachait pas seulement leurs rencontres, mais surtout le lent réveil d'un sentiment gisant inanimé quelque part au fond de son âme : le désir.

Depuis qu'il était rentré de captivité, il n'avait envie de rien. Quelque chose s'était faussé dans son cœur : son corps de vingt-cinq ans enrobait un cœur desséché de quatre-vingt-dix ans. On avait dû le porter en civière du train qui le ramenait de Russie, jusqu'à sa maison natale, à Boglar. Sa mère s'était jetée sur ce pauvre corps

175

affaibli, comme si elle avait voulu le réchauffer de son sang, l'enfanter une seconde fois. On avait depuis pas mal de temps supprimé sa pension de maîtresse d'école. La malheureuse femme vivait dans une invraisemblable austérité du peu que produisait le champ entourant sa maison. Le beau grand garçon, débordant de santé, qu'elle avait envoyé à l'école militaire, qui s'était battu, avait été blessé, avait traîné en captivité, lui revenait après de longues années d'attente, ainsi que le ressuscité de *Naïm* avait dû revenir chez les siens après le miracle du Christ. Veillant sans trêve à son chevet, la mère avait en vain guetté la phrase : « Je voudrais, je veux… » Marton ne voulait plus rien. Il avalait les médicaments sans protester, se laissait soigner, mais ne désirait rien. Il fut finalement assez fort pour cultiver leur modeste parcelle agricole. Il vivait en automate, souriait en automate ; une seule chose le rendait vraiment heureux : ce soleil qu'il aimait passionnément. Parfois, il se couchait sur le labour les bras en croix comme s'il avait voulu embrasser l'univers autour de lui et absorber le plus possible de cette chaleur bénie qui lui avait si cruellement manqué dans le haut Nord. La santé prenait de plus en plus le dessus. Il n'y eut bientôt plus que les boutons sur sa main et son cœur sans désir pour le rendre différent des autres jeunes gens. Pendant sa convalescence, un inconnu qui ne se nomma point s'était présenté chez lui. Des paroles sans grande portée apparente l'invitèrent à se rallier à un embryon de résistance. Marton écoutait, la respiration coupée : comment discerner s'il s'agissait d'un patriote ou d'un agent provocateur ? Mais au fond, cela n'avait pas pour lui grande importance.

— Je ne crois pas dans la Résistance, dit-il doucement à l'inconnu. Le régime sous lequel nous sommes est voué au succès, que nous l'aimions ou non. Je ne serai pas le rouage qui flanche et cause l'arrêt de la machine. D'ailleurs, si elle s'arrêtait, ce ne serait que pour cinq minutes, le temps nécessaire de remettre en place un autre rouage… Je ne sais pas qui vous êtes et je ne compte pas vous le demander ; allez en paix. Moi, on ne peut plus me faire marcher avec de belles paroles : derrière les paroles, il n'y a rien. Rien…

Pour la forme, l'inconnu parla du temps et d'autres choses, puis il partit et ne se montra plus jamais au village. Marton avait été officier subalterne pendant la guerre, mais il pensait à son uniforme avec l'indifférence d'une femme pour sa première robe de bal. Quelque chose qui était si important alors et qui ne constituait plus qu'un souvenir de jeunesse… Marton se sentait moralement inférieur à l'époque dans laquelle il vivait, et pourtant il lui semblait qu'il devait chaque jour recommencer la lutte contre une puissance cachée. Il devinait confusément qu'il était gardé à vue, qu'on ne l'avait pas oublié et qu'on lui assignerait peut-être encore bon gré mal gré une mission. Aussi tenait-il les journées qui se suivaient sans événement saillant pour un cadeau du ciel… Ida aussi faisait partie de cette vie quotidienne devenue pour lui une douce habitude. L'amour se réveillait lentement comme un écho lointain de sa jeunesse. Il descendait de nuit à la petite hutte comme un amant vieilli qui retourne en pensée au lieu d'un amour disparu. Il attirait Ida à lui avec émotion, et lorsque, après l'étreinte, ils restaient étendus côte à côte sur la paille, il éprouvait la même gêne que s'il n'avait été qu'un indiscret épiant un couple d'amoureux. Loin d'être à ses yeux un désavantage, la boiterie d'Ida les rapprochait. Cette infirmité, lourd tribut du destin, lui rendait la jeune fille plus chère. Il pressentait qu'eux deux avaient été créés l'un pour l'autre : lui avec son cœur prématurément vieilli, elle avec sa hanche de travers.

« Je l'épouserai », se dit Marton, la carte postale à la main, « et je le lui dirai ce soir ».

Au moment du départ, Baby avait un vague regret d'avoir pris la décision subite de partir. Mais il était trop tard pour reculer : on avait les billets, les bagages étaient déjà placés dans le filet. Ida, rayonnante de bonheur, s'affairait autour de sa tante dans le wagon de troisième classe, elle semblait déjà la considérer comme son invitée avant même d'avoir quitté Budapest.

Penchée à la portière, Baby échangeait les derniers propos avec son mari. Janos jetait des coups d'œil furtifs à sa montre : les minutes, ponctuées d'adieux répétés, lui paraissaient interminables. Il avait déjà dit plusieurs fois : « Prends garde à toi, sois sérieuse, repose-toi », et le train ne s'ébranlait pas encore. Ils avaient épuisé toutes les phrases de circonstance et ils se regardaient avec une politesse distraite lorsque Janos se rappela subitement quelque chose.

— Descends vite, Baby, dit-il. J'ai oublié de t'avertir d'une chose importante.

Baby fit la moue :

— Nous partons tout de suite.

— Descends, te dis-je…

Ida se rencogna sur la banquette et se mit à lire, tenant à les assurer par son attitude de sa réserve, de sa discrétion.

Baby rejoignit Janos sur le quai. Il se pencha et effleura sa joue :

— Il y a de la suie sur ta figure, dit-il à haute voix et il ajouta entre ses dents :

« Sois très prudente dans tes paroles. Sandor est toujours en fonctions, on ne l'a pas révoqué, il doit donc être un homme de confiance du régime. Prends garde à ce que tu dis.

— Y a-t-il encore de la suie ? demanda Baby, et elle fit signe de l'œil qu'elle avait compris.

— Non, maintenant tu peux partir tranquille.

Un employé maigrelet, au veston usé jusqu'à la corde, leva le disque du départ à l'autre bout du quai. Le mécanicien se pencha hors de la grosse machine brillante d'huile et fit un geste comme pour dire adieu. Doucement, dans un long grincement d'essieux, le convoi partit. Baby regarda la silhouette qui se rapetissait graduellement sur le quai. Se retournant pour s'asseoir, elle vit deux nouvelles venues dans le compartiment : une jeune et une vieille paysanne. Les filets étaient entièrement occupés par leurs paniers vides, elles tenaient des ballots jusque sur leurs genoux et sentaient la fumée et la sueur. Lorsque Baby tenta de prendre place, elles se rapprochèrent l'une de l'autre pour bien prouver qu'elles n'occupaient pas la place de la jeune femme. Baby aurait mieux aimé être à côté d'Ida, mais elle n'osa pas changer de place de peur de froisser ces deux femmes. « Elles pourraient prendre mon geste pour une manifestation de mépris », se dit-elle en ouvrant *La Mère* de Maxime Gorki avec un sourire forcé. Janos lui avait enjoint de ne lire que des auteurs russes en public. Il y avait bien longtemps qu'elle possédait ce livre, mais elle n'avait jamais eu le courage de le lire. Elle détestait l'atmosphère de pauvreté, d'obscure misère qui s'en dégageait ; pour elle, la littérature russe commençait et finissait avec l'héroïne distinguée : *Anna Karénine.*

Baby n'avait pas voyagé depuis la guerre et, par une malencontreuse distraction, elle ne s'était même pas dit que les trains n'étaient plus ce qu'ils avaient été. Elle se souvenait des beaux wagons confortablement capitonnés, d'où, les yeux mi-clos, elle suivait rêveusement le défilé des paysages. Baby s'habillait avec un soin tout particulier pour le voyage, choisissant toujours un ensemble de note sportive, mais tout de même élégant. Elle se rendait toujours au wagon-restaurant, ne fût-ce que pour y consommer une tasse de café. Enveloppée de la fumée de sa cigarette, elle savourait la caresse voluptueuse des regards masculins plus ou moins discrets. Elle se levait de table comme pour sauter d'une auto : allongeant d'abord ses jambes fines pour se redresser d'un bond léger qui mettait en valeur l'harmonie de sa silhouette. Retournant à son compartiment, elle ralentissait le pas en passant par les premières où des têtes grisonnantes somnolaient appuyées sur les dentelles des dossiers. Par contre, elle se hâtait en franchissant les troisièmes où une humanité bonasse, mais sentant toujours un peu l'oignon, déballait des provisions de voyage. Au terme de sa promenade, elle retrouvait son propre compartiment comme un havre béni où l'attendaient ses journaux illustrés.

Comme tout cela est loin aujourd'hui… La grosse femme à son côté a enlevé son foulard et sort d'un mouchoir noué en quatre du pain et du lard. Elle coupe un morceau de lard avec son canif et l'offre à la jeune paysanne avant de reprendre la relation d'une naissance difficile. S'agit-il d'une femme ou d'une bête, impossible

de le deviner. L'odeur rance du lard envahit le compartiment. Baby tente d'ouvrir la fenêtre qu'on avait refermée
au départ. Autrefois, dès qu'elle esquissait ce geste, il y
avait toujours quelqu'un qui se levait précipitamment
pour la devancer. Maintenant, on s'en moque bien. Si
elle ne peut pas ouvrir la fenêtre, tant pis pour elle, c'est
une affaire privée entre elle et la glace ! Ida elle-même
est trop absorbée dans sa lecture pour s'en soucier. La
jeune mère se met à défaire le lange du bébé. Une odeur
qui ne trompe pas mord le nez de Baby.

« Si je ne réussis pas à ouvrir la fenêtre, je vais m'évanouir », se dit-elle, et, sous un dernier effort, la glace
cède.

Baby se penche pour respirer le courant d'air tiède
du dehors.

Il semble à Baby qu'elle voyage déjà depuis des journées entières.

— Est-ce encore loin ? demande-t-elle à Ida.

Celle-ci s'étire en bâillant :

— Encore trois quarts d'heure. Nous devons arriver à Boglar à sept heures moins dix.

A partir de ce moment-là, il y eut constamment du mouvement dans le compartiment, mais Baby resta accoudée à la portière. Les nouveaux visages ne l'intéressaient guère. Elle se serait plutôt mis du coton dans les oreilles pour ne rien entendre.

Tout à coup, Ida descend les valises du filet, se coiffe fébrilement et se met un soupçon de rouge sur les lèvres.

— Dans dix minutes, nous serons à Boglar, annonce-t-elle, le visage tout clair de joie.

Baby étudie longuement son visage dans le petit miroir qu'elle a tiré de son sac.

« Je vais me baigner et m'arranger avant le dîner », se dit-elle en se poudrant le nez.

A grand fracas, le train se hâte… Il défile rapidement devant la maisonnette du garde-barrière et ralentit comme un champion de course à bout de souffle. Un long grincement des roues bloquées par le freinage : on est à Boglar. Ida empoigne les valises et se dirige vers la sortie.

— Je vais bien porter ma valise, déclare Baby mollement.

— Nous y voilà, répète Ida. Son regard impatient fouille la petite gare : J'ai prévenu Marton, je suis sûre qu'il sera là.

— Et tes parents ? demande Baby légèrement inquiète. Je t'ai priée de les prévenir de mon arrivée.

— Je ne leur ai pas écrit, admet Ida distraitement... Mais cela n'a aucune importance. Nous serons toujours les bienvenues.

Baby se fâche :

— Mais c'est inimaginable de ta part ! Tu aurais dû au moins par quelques lignes leur annoncer que je t'accompagnais.

Ida n'écoute même plus. Elle s'agrippe au bras de sa tante et lui souffle dans une agitation extrême :

— Il est là... Le voilà qui sort du bâtiment...

— Ton père ?

— Non, Marton.

Baby plisse ses paupières pour mieux voir le jeune homme qui s'approche. Il porte des culottes de cheval et des bottes. Sa peau bronzée luit à travers le col ouvert d'une chemise blanche.

— Bonjour, dit-il à Ida, et il s'arrête devant Baby, interloqué.

— C'est ma tante, explique Ida.

Marton s'incline devant Baby qui sent sur ses doigts le contact rugueux de la main du jeune homme.

Baby se sent mal à l'aise. Quel sera le premier réflexe de sa sœur en la revoyant à l'improviste ? La première étreinte rapprochera-t-elle ou éloignera-t-elle l'une de l'autre les deux sœurs ?

— La voiture est-elle devant la gare ?

Ida éclate de rire :

— On voit bien que tu n'es plus venue nous voir depuis la guerre. On nous a pris la voiture et les chevaux dès 1945. Nous ne pouvons remonter d'ici qu'à pied. Mais quelqu'un se chargera plus tard de nos valises.

— Tu veux laisser les valises à la gare ? s'exclame Baby vivement. Mais ce que je compte mettre ce soir s'y trouve emballé !

Ida la tranquillise :

— J'enverrai la servante chercher la valise. Tu auras toutes tes affaires bien avant le dîner.

Au sortir de la gare, Baby regarde autour d'elle. Oui, elle se rappelle : voilà au bord du lac le quartier des estivants. La route monte vers le village jusqu'à la maison du notaire… Baby a passé par là il y a sept ou huit ans ; elle revoit en esprit la troupe bigarrée d'enfants et d'adultes qui remontait du lac ; tous étaient bruns comme du pain d'épices. Maintenant, il n'y a presque personne sur l'avenue principale, et la gare, si bruyante jadis à l'arrivée des trains, est déserte.

Baby marche péniblement dans ses souliers à hauts talons. Les jeunes gens occupés à bavarder la devancent constamment sans le faire exprès. Ils s'arrêtent tous les vingt mètres pour lui permettre de les rejoindre. Tandis qu'ils gravissent le chemin en lacet, le grand lac étale à leurs pieds son miroir bleu foncé.

— Regarde, tante, là, de l'autre côté, c'est le Badacsony où nous avons notre vignoble. Par complaisance, Baby se retourne, sans enthousiasme. Son pied bute sur un caillou et elle risque de tomber sur la route poussiéreuse. Elle a l'impression d'être restée toute seule dans l'univers, perchée sur ses talons pointus, et condamnée à gravir sans fin ce chemin escarpé.

Lorsqu'ils arrivèrent au village, le jour achevait de sombrer. Baby frissonna dans sa robe légère. Ida lui jeta un bon regard :

— Tu as froid ? C'est pourtant encore l'été…

Marton marchait en silence à son côté, enveloppé dans ses propres pensées. Ils s'arrêtèrent devant la grille du jardin. La maison les attendait, sereine dans son cercle de pétunias, petite patrie autonome.

— Tu aurais vraiment dû prévenir de mon arrivée, répétait Baby un peu nerveuse.

— Mais non, on est toujours heureux de te revoir chez nous, répliqua Ida distraite, sans quitter des yeux le profil de Marton.

Ils franchirent la petite entrée et pénétrèrent sous la véranda. Une écharpe rose, moelleuse, traînait sur l'un des fauteuils en osier ; sur la table, le dernier numéro du journal n'avait pas encore été ouvert. Ida alla chercher ses parents. « Quelle chance, se dit Baby, de ne pas être tombée sur eux ainsi de but en blanc… » Elle se retourna vers Marton, prête à briser un silence opprimant, mais le jeune homme avait disparu sans bruit, comme une ombre. Baby s'assit. Elle aurait bien voulu prendre le châle et le jeter sur ses épaules, mais une gêne étrange l'en empêcha.

Des pas légers martelèrent le couloir menant à la véranda. Baby se leva, le cœur battant.

Anna s'arrêta sur le seuil :

— Tu as bien fait de venir, chérie, dit-elle, et elle embrassa sa sœur sur les deux joues. Elles se regardèrent avidement comme seules les femmes savent se regarder. Chacune tâchait de lire sur le visage de l'autre les signes que les années écoulées depuis leur séparation y avaient laissés.

— Assieds-toi, dit Anna, que veux-tu prendre avant le dîner ?

Sans attendre la réponse, elle se mit à bavarder, à poser mille questions sans cesser d'observer sa sœur. « Sa silhouette est toujours svelte, se dit-elle ; à peine si sa poitrine s'est un peu affaissée. La peau de son visage est toujours aussi fine ; autour des yeux seulement elle est fanée. Elle est blonde comme avant la guerre, peut-être un peu moins jaune de ton, un peu plus cendrée. Parfaitement coiffée comme toujours ! »

— Es-tu sûre que ma présence ne dérangera pas Sandor ? demandait Baby pour la cinquième fois, tout en reprenant peu à peu de l'assurance. Les premiers moments de gêne passés, elle ne pouvait plus quitter sa sœur du regard. « C'est incroyable comme ses cheveux sont restés noirs, pensait-elle en se couvrant du châle rose ; elle n'a pas du tout vieilli. Non, elle n'a pas grossi, bien qu'elle se soit un peu alourdie. C'est toujours le type de la belle campagnarde qui se lave à l'eau de pluie et mange beaucoup de salade. Il y a des hommes à qui ça plaît… »

— Sois la bienvenue, chère belle-sœur. C'était la voix de Sandor qui venait à travers le jardin. Quelle excellente surprise ! Tu as eu une bonne idée de venir nous voir. Mais Ida, où est Ida ?

— Dans le jardin, répondit Anna sans sourire, avec Marton.

— Elle aurait quand même pu venir m'embrasser au bureau…

— Elle t'a cherché partout, répliqua Anna, c'est toi qu'elle cherchait lorsqu'elle m'a rencontrée.

Le notaire se tourna vers Baby :

— J'espère qu'Ida ne vous a pas trop dérangés en ville ?

— Du tout. Elle est très gentille, bien élevée et très précoce.

— Je vais te conduire à ta chambre, interrompit Anna en se levant. Tu pourras te débarbouiller un peu avant le dîner. Je te préviens que le menu est des plus simples : des œufs brouillés avec des champignons et de la salade. Je ne me rappelle plus si tu aimes ce plat.

— Oh, s'exclama Baby tout à coup, je ne t'ai pas même remerciée pour toutes ces excellentes victuailles que vous nous avez envoyées. Je me demande ce que nous aurions fait sans votre générosité.

Anna la laissa parler jusqu'au bout avant de murmurer :

— Tu n'as pas à nous remercier, c'était bien naturel de notre part.

— Je vais chercher Ida, déclara le notaire. Es-tu sûre qu'elle est au jardin ?

Anna se retourna sur le seuil :

— Mais oui, ils y sont. Et dis-leur de venir dîner.

— Leur dire ?

— Oui, Marton n'a qu'à rester aussi.

Les deux femmes s'engagèrent dans le couloir. Baby saluait une vieille connaissance en chaque meuble. Et pourtant, le retour dans cette maison lui donnait la même impression bizarre que si elle était revenue dans sa propre chambre où, partout, des doigts inconnus auraient laissé des empreintes à peine visibles peut-être, mais presque sensibles.

— Tu occuperas la même chambre qu'à ton dernier séjour, quand tu es venue avec Janos, dit Anna en ouvrant une porte.

La voix du notaire retentit encore dans le jardin :

— Anna, s'il te plaît, viens un instant…

— Qu'y a-t-il ? répondit-elle, énervée.

— Je ne t'appelle pas sans raison. Viens. Anna se tourna vers sa sœur avec un geste de résignation :

— Je reviens tout de suite. Je me demande ce qu'il veut me dire.

Anna parcourut le corridor à pas rapides, presque en courant :

— Que me veux-tu encore, lança-t-elle, bouillonnante d'impatience.

Ils se trouvaient de nouveau sous la véranda.

Le doigt levé, le notaire s'approchant d'elle, lui dit tout bas :

— Je voulais te prévenir à temps d'avoir à surveiller tes paroles…

— Me méfier de ma propre sœur ? Avec elle, je peux quand même…

— Bêtises, interrompit-il, ce n'est pas d'elle qu'il s'agit, mais du mari. De Janos. Il est membre du Parti. Sais-tu s'il n'est pas un délateur ? Après tout, il doit bien payer sa sécurité d'une manière ou d'une autre…, Surtout, ne te plains pas qu'on nous ait pris la terre. Parles-en le sourire aux lèvres, explique que nous y avons renoncé de notre plein gré. Montre de l'assurance et n'entre pas dans trop de détails. Il n'est pas nécessaire de chanter les louanges du régime, car cela pourrait paraître louche. Mais parle de tout calmement en personne ayant pris son parti des événements, et qui ne songe aucunement à récriminer.

Le chuchotement prolongé prêtait une note d'intimité à leur entretien : il y avait longtemps qu'ils ne s'étaient plus sentis si proches, complices dans la même partie.

Anna restait néanmoins un rien hostile comme chaque fois que la suggestion adoptée ne venait pas d'elle.

— Faut-il jouer cette même comédie à Ida ? demanda Anna.

— Mais non. Je vais les rejoindre, elle et Marton, au jardin, pour les prévenir ; je leur expliquerai que nous sommes devenus des pauvres.

— Et Marton ?

— Je n'ai pas peur de Marton. On peut avoir confiance en lui : c'est un officier.

— Il l'était. Il était officier, insista Anna.

— Il l'est encore, répondit le notaire presque affectueusement. Son uniforme est tombé en loques, mais c'est quand même un garçon de l'ancienne école. D'ailleurs, c'est en me basant là-dessus que je vais régler leur… Au moment où le mot « liaison » allait lui échapper, il se rattrapa et changea sa phrase : … que je vais régler les choses entre eux.

— Voici la valise, dit la servante après avoir frappé à la porte de la chambre à coucher. Elle poussa la porte et déposa le colis.

Baby se mit à déballer ses affaires, s'installant comme pour commencer une nouvelle vie. Elle pendit ses robes une à une dans la grande armoire après les avoir secouées comme pour chasser des plis la moindre bribe de passé. Puis, elle rabattit le couvre-lit, s'étendit sur les couvertures et posa son visage sur la taie d'oreiller encore toute glacée par le repassage. « Ah ! se dit-elle avec délices, ça vaut la peine de venir jusqu'ici, rien que pour dormir entre ces draps blanchis au soleil et qui sentent la vanille. »

« Comme ils sont riches, soupira-t-elle les yeux fermés. Ils ont de la terre, une belle maison. On ne leur a rien enlevé. Comme la vie est différente, à la campagne et à Budapest. Ici, au moins, on se sent en sécurité… »

Törzs, d'ici, lui parut éloigné, peu dangereux. Janos à cette distance perdait aussi toute agressivité ; elle allait jusqu'à discerner un rien de suavité dans le sourire de sa belle-mère haïe. Le linge frais, fleurant bon, dorait toute la réalité d'un halo de rêve. Quelque part au lointain, des cloches se mirent à sonner. Leur son grave se rapprochait et s'éloignait comme si quelque brise capricieuse s'amusait à l'égarer parmi le feuillage d'un bois touffu. Ressuscités chaque soir par un arrosage copieux, les pétunias ouvraient largement leurs corolles veloutées et envoyaient de lourdes bouffées de parfum vers les fenêtres ouvertes.

— Tu t'es endormie ? demanda Anna se penchant au-dessus de sa sœur. Celle-ci remua la tête et glissa à nouveau dans le sommeil comme l'anneau qui s'échappe du doigt d'un baigneur.

— Tu dors ? répéta Anna en la secouant.

Avec un profond soupir, Baby ouvrit ses paupières. Elle rencontra un regard si dur qu'aussitôt elle s'assit en frissonnant comme si une douche froide coulait le long de son échine…

— Je me suis endormie, bégaya-t-elle.

— Le dîner est servi, dit Anna d'un ton excédé.

Tout au bout du jardin, là où la pente du coteau est si forte qu'on ne peut atteindre l'enceinte qu'en courant, il y avait un banc à l'ombre de grands arbres. Marton et Ida s'y tenaient, regardant la petite grille.

— Non, ne viens pas cette nuit, dit Marton.

Ida frémit. Ses lèvres tremblaient, elle serrait les mâchoires pour refouler ses larmes.

— Pourquoi ? protesta-t-elle faiblement. Qu'est-il arrivé ? Pendant mon absence, quelqu'un d'autre…

— Il n'y a personne d'autre, intervint Marton presque durement.

Son nez finement arqué, ses lèvres un peu trop pleines mais bien dessinées auraient pu être gravés sur une monnaie romaine. Les phrases qu'il comptait prononcer tournaient impatiemment dans sa tête, mais une force mystérieuse paralysait sa langue. Sans regarder la jeune fille à ses côtés, il savait tout de sa peine et, pourtant, il ne réussissait pas à prononcer les mots libérateurs. Tout d'un coup, la pensée de se marier lui parut complètement ridicule. Pourquoi prendre une décision, pourquoi, ne fût-ce que par cet acte, troubler ce bienfaisant état de léthargie ? Il regardait le tronc lisse d'un arbuste et se sentait la même sensation de libre bonheur. C'était un peu comme la sérénité des vieillards tombant dans la somnolence dès que le bruit cesse autour d'eux, ne sentant presque plus leur corps. Ce sang et cette chair que la mère de Marton avait fait renaître autour du pauvre squelette ne s'y adaptaient pas tout à fait. L'âme – la même, celle-ci, mais usée, fatiguée – ne vivifiait plus ce corps rebâti, s'y sentant prisonnière comme dans une boîte.

La voix du notaire secoua la torpeur du jeune couple :

— Ida... Où êtes-vous ? Le dîner est prêt... Ida !

La jeune fille répondit en criant :

— Nous sommes sur le petit banc...

Marton sursauta : il réussit enfin à arracher son regard de l'écorce luisante des bouleaux. Il regarda la pauvre figure d'Ida :

— Je voudrais t'épouser, dit-il rapidement. Acceptes-tu ?

La jeune fille le regarda, incrédule. Elle n'osait pas répondre, craignant d'avoir mal compris ou de rêver.

— T'épouser, répétait Marton énergiquement, et il n'osait plus regarder les bouleaux de peur de retomber dans sa rêverie antérieure.

La silhouette du notaire apparut parmi les arbres. Dans le crépuscule, il paraissait lourd et voûté. Marton se leva et marcha à sa rencontre.

— Mes hommages, oncle Sandor, dit-il en s'arrêtant devant le notaire. Ils se donnèrent la main. Sandor aurait voulu scruter les yeux de Marton, mais l'obscurité tendait déjà son voile épais entre les regards qui se cherchaient. Dans l'herbe mouillée une cigale se mit à chanter. Au-dessus de leurs têtes, les étoiles scintillaient de tous leurs feux et semblaient toutes proches.

— Le dîner est prêt, dit le notaire à voix basse, et il se tourna vers Ida :

— Ma petite, tu n'es même pas venue me dire bonjour à ton arrivée…

Ida se leva vive et légère, et alla se pendre au cou de son père :

— Mon cher petit Papa, murmura-t-elle d'une voix troublée.

Il eut l'impression douloureuse de refermer ses bras sur l'ombre de sa fille.

— Je voudrais épouser votre fille Ida, dit Marton du ton décidé mais lointain de ceux qui parlent pendant leur sommeil.

La jeune fille s'appuya alors de tout son poids contre son père :

— Tu as entendu ? murmura-t-elle. Tu as entendu ce qu'il vient de dire, mon petit Papa ? Et c'est de moi qu'il parle.

— Est-ce que tu aimes Ida, mon fils ? demanda le notaire ému. Ce beau jeune corps pesait de nouveau dans ses bras ; il se souvint d'un bonheur qu'il n'avait connu qu'au début de son mariage.

— Je l'aime, répondit une voix sourde dans la nuit.

Un instant, le notaire se sentit seul au monde avec sa fille, sous un ciel sans lune. Mais une voix étrangère venue Dieu sait d'où lui réclamait ce qu'il avait de plus cher. Il aurait voulu toucher le jeune homme pour s'assurer que c'était une créature vivante.

Ida se redressa et quitta les bras paternels. Elle s'approcha de Marton et appuya ses lèvres chaudes à la naissance de son cou, là où la vie palpite.

— N'en parlons pas ce soir à ta mère, dit le notaire

à Ida. Ta tante étant ici, je crois que tu préféreras mettre ta mère au courant quand elle sera seule.

Ida ne répondit pas. Elle gardait sa tête appuyée contre l'épaule de Marton et remerciait Dieu du fond de son cœur d'avoir pu naître à un pareil bonheur.

Tout en mangeant nerveusement, Baby se sentait légèrement froissée. Il y avait quelque chose de factice dans le calme des autres. On parlait de cent sujets, de tout, mais les phrases effleuraient à peine la vie réelle comme une libellule rase un miroir d'eau. Le menu lui semblait presque trop frugal. A son dernier passage, plusieurs années auparavant, chaque repas avait l'importance d'une vraie cérémonie. Sur un signal invisible, les petites servantes rougissantes apportaient les mets les plus fins qu'elles présentaient avec déférence.

Baby mangeait peu, mais elle était gourmande. Elle venait de refuser une pomme splendide qu'elle n'aurait pu manger tout entière.

— Ne veux-tu pas partager cette pomme avec moi, tante Baby ? demanda Thérèse.

Derrière son sourire délicieusement candide, il n'y avait rien d'autre que sa fraîcheur enfantine. Baby lui passa la moitié du fruit et lui pardonna mentalement le mot « tante ». « Cette enfant, au moins, ne joue pas la comédie, se dit-elle, mais elle ne sait rien. Les autres me cachent quelque chose, quoi ? » Sandor se tenait à table comme un dieu apaisé. Ses traits alourdis reflétaient hautement l'éclat d'une lumière chaude rayonnant au fond de son cœur.

Ida tenait le plat de fruits devant Marton comme une offrande :

— Partagerons-nous aussi une pomme ?

Le regard de Baby s'arrêta sur la main tendue de Marton : elle eut un frisson d'horreur en apercevant les petites cloques. Elle essaya de se rappeler si elle s'était lavé les mains après avoir serré celle du jeune homme à la gare.

— Et Janos, gagne-t-il bien sa vie maintenant ? s'enquit Anna.

— Mais oui, très bien, répondit Baby. Il dirige un opéra indépendant qui est installé dans l'un des théâtres de la ville. Naturellement, il est subventionné par l'Etat.

— L'Etat protège les artistes, remarqua Sandor en allumant une cigarette.

— Et il a besoin de talents éprouvés, ajouta Baby.

— Tout au moins jusqu'à ce que la nouvelle génération communiste puisse les remplacer, enchaîna Sandor avec l'ingénuité des gens qui n'ont pas l'habitude de mentir.

Anna repoussa bruyamment sa chaise et glissa sa serviette pliée dans l'anneau.

— Tu parles comme s'il n'y avait de communistes convaincus que chez les jeunes, dit-elle d'une voix sèche en se levant de table. Allons nous asseoir sur la terrasse.

Là, dans leurs fauteuils en osier tressé ils se mirent à contempler en silence la nuit étoilée.

— Moi, je vais lire, dit Thérèse ; j'ai un livre passionnant. Je vous embrasse tous et je vous souhaite le bonsoir.

Baby l'arrêta au passage :

— Quand tu auras fini ton livre, je pourrai t'en passer un autre, fort intéressant et instructif. A moins que tu ne le connaisses déjà. C'est *La Mère*, le roman de Maxime Gorki ?

— Merci, répliqua Thérèse vaguement, et elle s'éclipsa.

Baby alluma une cigarette. A la lueur du briquet, ses cheveux et son visage étaient blonds comme le miel.

— Il faut naître à la réalité, dit-elle en avalant sa fumée, non pas s'y habituer peu à peu.

L'atmosphère s'alourdit autour d'elle. « Ils me provoquent, songea-t-elle. Ils s'imaginent que je vais lâcher une phrase compromettante. Quelle déchéance ! Janos avait raison de m'avertir que je devais me méfier… »

— Comment vit-on ici, à la campagne ? demanda-t-elle, contre-attaquant.

— Agréable, dit Anna, comme si elle proférait un juron. Très agréable. L'Etat fait tout ce qui est en son pouvoir pour aider les paysans.

— Et votre propriété ? demanda Baby, se penchant en avant dans l'obscurité. Avez-vous déjà rentré la récolte ?

— On voit que tu es une petite citadine mal informée, ma chère belle-sœur, dit le notaire. Ne sais-tu pas qu'un homme convenable ne garde pas la terre pour lui, mais qu'il y renonce en faveur du Peuple ? Il y a bien longtemps que nous avons remis nos cinquante hectares à l'Etat. C'était notre devoir le plus élémentaire.

Baby fut prise de vertige. Là, assise dans le jardin de sa sœur, sous un ciel serein, elle entendait des phrases dignes de Törzs. Elle aurait voulu s'écrier : « De grâce, cessez de me tourmenter avec ces mots grandiloquents, mais creux ; je suis venue à vous désespérée, pour implorer votre aide, vous parler de mes angoisses, de mes nuits blanches, de la lampe de chevet qui brûle jusqu'à l'aube, du neurologue, et de Törzs, de Törzs surtout qui me guette comme une proie désignée. »

Elle aurait voulu demander asile ici, dans cette maison qui sentait bon les pommes, parce qu'à son arrivée elle avait l'impression qu'elle allait, pour la première fois depuis des mois, dormir paisiblement. Durant toute sa jeunesse, elle s'était disputée avec sa sœur, mais, en ce jour, elle avait franchi le seuil, timide et humble. Et Anna l'avait réellement accueillie en sœur. Cela ne s'était gâté qu'au moment où Sandor l'avait appelée dehors pour lui dire quelque chose. Qu'est-ce que c'était ? Avait-elle commis une bévue ? En tout cas, lorsque Anna était revenue pour la réveiller, son regard était devenu aussi dur que sa main. « Est-ce possible, se demanda Baby, que tout ce qui arrive en ville et à la campagne dérive du cours normal des choses et que j'aie seule à souffrir si cruellement ? »

— Gardez-vous encore le vignoble ? demanda-t-elle avec lassitude.

— Oui, nous l'avons encore, répondit le notaire. Sa voix se fit douce et chargée de sens en prononçant le petit mot « encore ». Baby releva la tête : elle perçut une note chaude, enfin humaine, qui vibra dans son cœur. Mais Anna se leva brusquement en étouffant un bâillement :

— Allons nous coucher… Nous sommes des lève-tôt à la campagne. J'ai sommeil…

Baby s'exécuta avec regret. Quelques instants plus tard, elle pénétrait dans sa chambre et allumait l'électricité. C'est à ce moment qu'elle se rappela qu'il n'y avait qu'une salle de bains, et que, pour y accéder, elle devait passer par la chambre de sa sœur. Non, elle ne se sentait vraiment pas de taille à affronter Anna encore une fois. Elle usa donc, pour sa toilette, du lourd broc et de la cuvette qu'elle remplit d'eau, de cette eau si douce qu'on hésitait à s'essuyer. Elle enduisit sa figure d'une couche épaisse de crème de beauté, passa sa chemise de nuit, éteignit la lumière et se coucha. Mais le linge frais ne provoqua plus l'engourdissement enchanteur ; elle resta étendue les yeux ouverts. Elle ne pouvait plus s'empêcher de réfléchir – cela lui arrivait bien rarement – à sa propre futilité, en plein bouleversement social.

Etait-elle autre chose qu'une branche cassée, tournoyant, sans défense, dans le torrent qui allait l'emporter ? D'autres, en pareilles circonstances, joignent les mains et espèrent – mais Baby n'avait pas la foi. Enfant, elle avait considéré Dieu comme un parent éloigné qui s'occupe de vous, une fois l'an, pour vous expédier un arbre de Noël garni de cadeaux. Cette illusion dissipée, sa seule notion de Dieu se ramenait à l'obligation fastidieuse d'assister à l'interminable messe dominicale. Jamais encore, Baby n'avait réellement prié. Aussi, en ce soir tiède où, une fois de plus, elle cherchait vainement le sommeil, n'y avait-il que vide dans son cœur et l'impression de vertige qui saisit le promeneur perdu en montagne devant les gouffres qui s'ouvrent à ses pieds.

Elle s'assit sur son lit et passa la langue sur ses lèvres sèches. Le goût fade de la crème pénétra dans sa bouche.

— Mon Dieu, murmura-t-elle le cœur angoissé, comme je voudrais dormir !

— Va-t-il vraiment l'épouser ? s'exclama Anna incrédule, et elle se pencha si vivement en avant qu'un sein lourd jaillit de sa chemise de nuit.

— Oui, il l'épousera, dit le notaire.

Assis sur le lit de sa femme, il était aussi gêné qu'embarrassé, comme un petit bourgeois poussé vers un garni par la fièvre d'un dimanche soir.

Anna se recoucha et s'appuya sur un coude.

— Mais parle donc, dit-elle. Raconte-moi les détails. Quand et comment cela est-il arrivé ? Est-ce le garçon qui t'a parlé le premier ?

Le notaire tressaillit. Il était devenu si sensible que certaines paroles le blessaient physiquement. Prononcé par Anna, le mot : « garçon » prenait quelque chose de bassement sexuel, comme si elle avait dit : est-ce le mâle qui t'a parlé…

— Bien sûr que c'est lui, ronchonna-t-il. C'est un brave garçon… Il aime beaucoup Ida… Au moins, nous pouvons être sûrs qu'elle appartiendra à quelqu'un dont elle portera le nom, qu'elle ne sera jamais seule, abandonnée dans la vie…

Anna se fâcha :

— A t'entendre parler, on se ferait une belle idée de notre vie de famille. « Seule dans la vie… » L'expression qu'on utiliserait pour un enfant trouvé…

— Enfant trouvé, répéta le notaire avec un bizarre mélange de douleur et de joie. Pour moi, elle est une enfant trouvée, une âme trouvée. Elle est toute ma vie… Je suis heureux de penser que, lorsque je ne serai plus, il y aura Marton à son côté…

Anna se redressa dans son lit :

— Tu es insupportable avec ta passion débordante pour cette enfant. Et plus tu te montes la tête, plus tu deviens méchant à mon égard. Vraiment, je me demande parfois quel droit tu t'arroges pour l'aimer à ce point…

Elle se tut sur cette cruauté. Recouchée sur ses oreillers, il était visible qu'elle cherchait des mots capables de blesser son mari, sans la flétrir elle-même du même coup. Sandor se leva et gagna la porte.

— Je crois, dit Anna, que je devrais mettre Ida au courant des circonstances de sa naissance. Après tout, on ne peut pas garder éternellement certaines choses secrètes.

Le notaire, blême, était figé sur place. Depuis combien de temps redoutait-il cet instant ? Implacablement le destin semblait se mettre en marche, l'acculer à l'acte fatal… Jamais encore la voix intime n'avait crié aussi fort : tue-la, étouffe en elle ces paroles impies, avant qu'elle n'ait brisé le dernier lien qui te retient toi-même sur cette terre, avant qu'elle n'ait transformé la piété filiale d'Ida en pitié effarée… « L'étrangler ? » songeait-il, et il sentit sa langue coller à son palais enfiévré. Il dut faire un effort surhumain pour tourner le bouton sur lequel s'appuyait sa main et pour sortir lourdement de la pièce. En risquant à tout moment d'être entraîné par la pente, il arriva au petit banc. La brise fraîche qui remontait du lac sécha les gouttes de sueur qui perlaient à son front. Il s'effondra et resta là, sans pensées, dans un anéantissement complet. Bien plus tard, une sensation physique de froid le tira de cet état.

Les journées continuèrent à s'écouler à Boglar dans une sorte de torpeur. L'automne arrivait doucement, éparpillant ses voiles dorés au-dessus de la contrée. Le feuillage encore vert devint en une nuit pourpre et or, puis il s'inclina de plus en plus mélancoliquement sur les jardins fanés.

Perplexe, Baby allait et venait dans la maison. On ne s'occupait pas beaucoup d'elle. Elle se promenait à travers les chambres comme si le secours qu'elle cherchait était caché quelque part parmi les vieux meubles. Assise dans un des fauteuils du salon, la tête renversée sur le dossier, elle écoutait les bruits de la maison parvenant en sourdine jusqu'à elle. Ida et Thérèse passaient toute leur journée sur la plage, jouissant des derniers beaux jours ensoleillés. Baby les avait accompagnées une fois, mais même la vue des deux jeunes filles s'ébattant devant elle ne put la décider à entrer dans l'eau. Elle était restée sur la plage, malheureuse avec sa peau ridiculement blanche et ses bras d'une minceur enfantine, jusqu'à ce qu'elle ressente une violente migraine. Désormais, elle resta plus ou moins confinée à la maison. Tous s'étaient habitués à sa présence et n'y faisaient plus attention : une assiette de plus à table, une cigarette de plus à allumer, c'était tout.

Après la conversation politique du premier soir, on évita soigneusement toute allusion à la politique. Baby continua de vivre parmi eux, ombre claire, comme un grain de poussière suspendu dans un rayon de soleil. Son séjour se prolongeait, mais chaque fois qu'il était question de son départ, les jeunes filles se récriaient à l'unisson : « Attends au moins le bal de la Sainte-Anna ! » Cela paraissait si bizarre de parler de bal dans les circonstances actuelles…

— Bien, j'attendrai le bal, répétait-elle machinalement, et elle se disait que son séjour ressemblait à un confortable naufrage.

La vie continuait à Budapest, la belle-mère cuisinait, Janos dirigeait son orchestre, le concierge espionnait. Peut-être Klein demandait-il poliment quand Madame rentrerait… Mais, au fond, tout le monde continuait tranquillement sa petite vie loin de la naufragée.

Ces derniers jours, Sandor était tellement distrait par ses pensées qu'il traversait parfois le salon sans même apercevoir sa belle-sœur. Il marchait beaucoup dans la maison, apparaissant à l'improviste comme s'il courait derrière quelqu'un.

— Où est Ida ? demandait-il à la servante ou à Thérèse, et il paraissait soulagé quand on lui répondait qu'Ida était allée voir la mère de Marton ou qu'elle se trouvait sur la plage. Il se redressait alors, délesté d'un souci et retournait à son bureau.

Un jour, Baby sortait justement de sa chambre lorsqu'elle aperçut Sandor l'oreille collée à la porte d'Anna. Baby s'aplatit contre le chambranle et ils guettèrent ainsi tous les deux, retenant leur haleine pendant de longs moments. En somme, cette attente en commun, ce silence angoissé, ce furent les seuls contacts humains, intimes, que Baby eut durant tout son séjour. Sandor n'avait pas frappé à la porte de sa femme, mais il était parti à pas feutrés – il se mouvait avec une légèreté surprenante pour un homme de sa taille. Baby n'osa jamais lui poser la moindre question sur cet incident.

Puis ce fut le bal. On avait décidé de s'y rendre vers

dix heures. Néanmoins, au cours du dîner, le notaire donna des signes de nervosité.

— Dépêchons-nous, dit-il ; avant d'aller à l'auberge, on pourrait faire un petit détour et passer par le casino.

Anna et ses filles regardaient avec surprise.

— Par le casino ? s'écrièrent-elles presque en même temps.

— Mais oui, répondait Sandor légèrement embarrassé, la nuit est belle, ce n'est pas un grand détour, et je voudrais montrer à Baby où le bal avait lieu avant la guerre.

— Oh ! ne le faites pas pour moi, protesta Baby, craignant d'avoir trop à marcher.

Mais il y avait quelque chose d'arrêté dans le ton du notaire et Baby sentit vaguement qu'elle n'était que le prétexte de cette promenade nocturne. Les belles pommes à la chair croquante restèrent intactes ce soir-là. Baby alla quérir une veste chaude et on se mit en route.

Par la grand-route, ils arrivèrent au petit bois de sapins. Là, au lieu de descendre vers le lac, ils prirent un sentier à leur gauche. Le notaire ouvrait la marche, suivi des deux jeunes filles. Anna marchait derrière Baby. Un quart d'heure plus tard, ils débouchaient sur une grande avenue bétonnée brillant doucement au clair de lune. Des deux côtés du chemin des silhouettes de villas veillaient sur des jardins en broussailles.

— Pourquoi y a-t-il un pareil silence ? demanda Baby à voix basse, et elle s'arrêta au milieu de l'avenue. Où sont les gens ?

Les traits du notaire étaient blafards sous la lune. Il se pencha tout près avant de lui répondre :

— Ceux qui habitaient ce quartier, c'était l'élite, chère belle-sœur, le gratin de la société d'avant-guerre. Ils ont dû disparaître pour ne laisser derrière eux qu'une masse sans tête et désorientée. Ceux qui venaient faire ici les badauds avant guerre ont pillé les villas et maintenant ils n'osent même plus s'aventurer dans les parages, ils craindraient de rencontrer des fantômes…

— Tu voulais montrer le casino à Baby, dit Anna avec énergie.

Elle parlait haut, et les murs encore debout renvoyaient l'écho de sa voix.

Le notaire continua son chemin, possédé par une force invincible. Le rire léger de Thérèse diminua seul un moment la tension nerveuse.

— Regardez, dit-elle avec une gaieté tout enfantine : j'ai une ombre ! La lumière de la lune est si forte qu'on se croirait en plein jour.

Baby abaissa ses regards sur le macadam ; son cœur battait à coups redoublés. Elle avait l'impression que, derrière eux, nuée grise, informe, se traînait un second groupe de promeneurs sans corps : les ombres.

— Pourquoi les autos ne passent-elles pas par ici ? demanda-t-elle pour dire quelque chose.

— Cette route, répondit-on, a été bâtie pour les privilégiés qui habitaient ce quartier. La foule a toujours grouillé là, en bas, le long des voies du chemin de fer. Passer par ici les oblige à un détour, et puis ils ont peur… On évite toujours les cimetières, la nuit…

La route argentée se faisait plus étroite, des bouleaux efflanqués agitaient leur feuillage léger. Un lambeau de nuage voguait vers la pleine lune.

Désolé, le bâtiment du casino se dressait au bout du chemin. Les grilles qui entouraient le parc étaient tordues comme si un géant capricieux s'était amusé à les plier. Ils pénétrèrent dans l'enceinte, là où, naguère, il y avait eu un grand portail en fer forgé.

— Où est la grille ? demanda Baby.

— On l'a volée, répondit Ida spontanément, on a aussi volé la porte d'entrée.

Ils s'acheminèrent à l'ombre de sapins élancés jusqu'aux marches blanches du perron.

— C'est ici que les autos déversaient les femmes en longues robes blanches, parfumées et couvertes de bijoux, expliquait le notaire sur un ton de guide touristique. Les précieuses fourrures glissaient de leurs épaules, leurs cavaliers les suivaient en tenue de soirée… Gravissons les marches, afin que je puisse montrer à Baby où nous serions venus ce soir si…

— Tais-toi, interrompit Anna la voix sifflante, j'en ai assez de cette évocation d'esprits.

— Evocation d'esprits sur un tas de fumier, enchaîna le notaire avec une violence inaccoutumée. Ne craignez rien, mes enfants… Il n'y a pas de quoi avoir peur. Tout est vide ici… Les portes sont arrachées, les parquets brûlés en guise de combustible, les fenêtres brisées. La salle de danse est remplie de crottin séché. On l'avait transformée en écurie.

— Partons, dit Anna brusquement ; j'en ai vraiment assez de cette promenade. Dire que les jeunes filles pourraient déjà être en train de danser !

Son mari hocha la tête en signe d'assentiment :

— Bien entendu, elles pourraient déjà danser… D'ailleurs, elles danseront tout à l'heure, mais, Seigneur, en quel lieu !

Ils retournèrent en silence au village.

Autour des tables – ou plutôt des tréteaux rustiques

dressés dans le jardin de l'auberge –, chaises minables et longs bancs de bois attendaient les hôtes. Des lampions jaunes et rouges masquaient les ampoules électriques. Cet éclairage donnait aux gens un teint indécis et inquiétant. L'orchestre de trois tziganes jouait un air langoureux à la mode. Des couples dansaient dans le carré formé par les tables. Le visage blême du notaire-adjoint surgit dans la foule bigarrée.

— Par ici, monsieur le notaire, je vous ai réservé une table dans ce coin. Veuillez me suivre…

Alors qu'ils se frayaient un passage à travers les danseurs, Baby se prenait pour une mouche dans une toile d'araignée. En progressant ainsi n'allaient-ils pas réveiller l'attention de l'araignée tapie ici ou là ? Ils atteignirent tout de même leur table et s'assirent sur le banc étroit : les jeunes filles en face de Baby, Anna à côté du notaire.

Sandor capta le regard de l'aubergiste et leva deux doigts, puis cinq. Celui-ci fit signe qu'il avait compris, mais il fut un bon moment sans s'occuper du groupe.

Le cœur serré, Ida observait les danseurs. Marton dansait avec Melinda. Elle lui parlait tout bas. Sans doute pour mieux la comprendre, il approchait son visage près de la joue de sa danseuse. La musique empêchait de suivre leurs paroles. Ida sentait se dessécher son palais, la jalousie agitait son jeune corps d'une rage forcenée. Comment avertir Marton de leur présence ? Si la honte ne l'avait pas retenue, elle aurait fendu la foule pour le rejoindre. Mais avec les autres elle doit rester immobile, un sourire figé sur les lèvres, espérant qu'ils ne remarqueraient pas son désarroi. Marton l'avait demandée en mariage, ils s'appartenaient ; n'était-ce pas intolérable de le voir ainsi enlacer une autre ? Ida jeta à son père un regard à la fois désespéré et chargé de reproches : si l'on n'avait pas fait le détour inutile, c'est elle qui danserait depuis longtemps avec son fiancé…

— Qu'y a-t-il, ma petite ? demanda le notaire avec des yeux si compréhensifs qu'Ida aurait voulu lui confier ses plus intimes pensées. Mais juste à ce moment l'aubergiste étendit devant eux sa main velue pour déposer sur la table cinq verres et deux bouteilles de vin. Le notaire remplit les verres, les mains se tendirent pour les prendre. Ils burent posément le vin frais un peu âcre.

Sandor se leva :

— Où vas-tu ?

— Je vais demander à ma grande fille de me faire l'honneur de danser avec moi, répondit-il, en s'inclinant devant Ida avec la légère exagération du quinquagénaire aux tempes blanches devant la gloire d'un jeune corps.

Les violons entamèrent une valse dans la nuit d'automne fraîchissante. Baby fredonna la mélodie et couvrit ses épaules de sa veste chaude.

Un coup de vent chargé des senteurs fauves du lac ébouriffait ses cheveux.

Istvan le jeune paysan s'inclina devant Thérèse : celui-là même qui la ramenait sur sa charrette après les travaux de la moisson. L'adolescente rougit et remonta un peu le décolleté de sa robe comme pour cacher ses petits seins à peine nubiles avant de suivre son danseur.

Le notaire-adjoint invita Anna à danser au moment où Sandor et Ida arrivaient au gazon servant de piste aux danseurs. La foule était si compacte qu'ils ne réussirent pas à s'approcher de Marton. Melinda avait remarqué la famille du notaire dès son arrivée, mais s'était bien gardée d'avertir son compagnon. Au contraire, délibérément aguichante, elle se serrait contre Marton, le dardait de regards langoureux. La valse entraîna les couples dans un rythme toujours plus effréné, les mesures semblaient pousser les mesures ; le violoniste inclinait un front moite sur son violon, le tzigane attablé devant son cymbalon tapait fiévreusement sur les cordes alors que leur camarade semblait demander à sa viole d'amour l'écho de la profondeur d'un précipice ouvert à ses pieds.

Les danseurs n'ont pas le temps de s'arrêter, tout essoufflés, les derniers accords ne se sont pas encore dilués dans l'air, que les musiciens attaquent une nouvelle danse.

— Voulez-vous m'accorder la prochaine danse ? demande le notaire à Melinda, et, déjà, les nouveaux couples se forment.

— Je t'aime, murmure Ida ; tu ne nous as donc pas vus depuis notre arrivée ?

— Si, je m'en étais rendu compte, chérie, mais je ne pouvais pas planter là Melinda au milieu d'une valse et personne ne venait me relayer…

Ida danse mal, avec des soubresauts. Son soulier à double semelle est un boulet qu'elle traîne au pied.

— Leurs fiançailles auront lieu dans trois semaines, dit le notaire en souriant à Melinda. Nous vous y invitons dès maintenant, ma petite Melinda, car je voudrais que toutes les amies d'Ida soient présentes à cette fête.

— Je vous félicite, dit Melinda, le visage impassible, et elle trouve même la force de sourire. Seul un léger tremblement de sa lèvre inférieure trahit son émotion.

Un tango prévoyant presse les corps les uns contre les autres ainsi que le ferait une habile pourvoyeuse.

Les lampions pendent un peu plus bas sur les fils de fer détendus. Le notaire-adjoint a ingurgité plus d'un litre de vin et a de plus en plus envie de mordre le cou ambré d'Anna, velouté comme une peau de pêche.

Les tziganes se reposent enfin. Les danseurs refluent vers les tables. On a mis des rallonges, on a apporté de nouveaux bancs, la foule est de plus en plus dense. Baby est coincée entre le notaire et un membre du Conseil communal, le mécanicien des tracteurs.

— Je ne m'étais jamais imaginé que je pourrais un jour m'amuser au côté de M. le notaire, dit le jeune ouvrier.

Sa figure boutonneuse luit de sueur ; l'absence d'une incisive donne à son sourire quelque chose de grimaçant.

— C'est bien naturel, mon ami, que nous soyons tous réunis, s'exclame le notaire. Il se penche avec complaisance et secoue la main du jeune homme.

— A ta santé, camarade notaire, s'écrie le mécanicien enchanté, et ils vident leurs verres.

Ils boivent tous et le vin accélère dans leurs veines la course du sang. Il monte à leur cerveau, il jette un voile sur leurs soucis, il caresse et calme leurs nerfs irrités.

La jambe d'Ida touche celle de Marton et se met à trembler.

— Puis-je remplir ton verre ? demande le jeune homme, des lueurs satinées au fond de sa prunelle.

Les tziganes accordent quelques instants de répit aux danseurs en jouant de vieilles chansons populaires :

L'eau de la Maros coule doucement…
Incline ta tête sur mon épaule, ma chérie…

Anna fredonne d'abord le couplet, puis sa propre animation l'entraîne, et, bientôt, sa voix aussi.

— Non, lui dit Sandor en la poussant du coude, ne chante pas, tu te ferais remarquer. Imagines-tu dans le journal cet excellent titre : « La belle épouse du notaire réactionnaire s'amuse. »

Cette remarque cruellement lucide l'exile à mille lieues du pays de paix et d'amour où l'avaient portée les ailes du vin. L'idée qu'elle s'est trahie l'accable. Pour masquer son trouble, elle récite mécaniquement les mots de la chanson, étirant les syllabes :

Non je ne le peux, car j'ai un autre amant,
Je fêterai mes noces après les vendanges…

Anna se sent tellement seule ce soir qu'elle n'a plus, pour l'homme qui est à son côté, qu'un vague sentiment de pitié et de mépris. Elle serre son verre entre ses doigts et n'ose plus lever les yeux, car elle croit que tout le monde a remarqué l'intervention du notaire. Le vin du Badacsony brille doucement devant elle dans le verre comme des gouttes de pluie dorée que l'on aurait recueillies avec ferveur. Anna aperçoit Marton et Ida qui dansent tout près d'elle. En dépit de toute la sécheresse de son cœur, un flot de tendresse la submerge.

Sandor danse avec Baby, une Baby qui esquisse de petits pas effarés, qui simule la bonne humeur. Sa tête tourne un peu et elle parle beaucoup sans trop faire attention à ce qu'elle dit. Ils retournent à la table et Baby se rassied en face de Thérèse. Elle observe la jeune fille et se dit que sa nièce aux cheveux foncés est exactement pareille à ce qu'elle était elle-même à seize ans : élancée, pleine d'espoirs, de rêves, et déjà inconsciemment sensuelle. Cette idée lui fait mal. Elle se sent, ce soir, en butte aux sarcasmes de la vie, en face

212

de cette fillette qui lui ressemble. Comment échapper au sentiment de sa propre déchéance, à l'appréhension d'une vieillesse déjà menaçante ?... La cigarette se met à trembler entre ses doigts ; elle vide nerveusement son verre comme si l'oubli se trouvait au fond. Ses cheveux décolorés lui semblent une perruque, elle se sent mal à l'aise dans sa robe collante. Une sourde envie jaillit du plus profond de son être : jalousie brûlante, toute féminine... Elle voudrait se défaire de son corps riche d'expérience et jamais satisfait, revêtir celui de Thérèse et revivre la fièvre du premier amour, des premières caresses... Recommencer tout cela avec des cheveux vierges de teinture et un cœur gonflé de joie, d'espérance...

— Vive la République ! s'écrie le secrétaire du Parti, très sobre, lui.

Son regard glisse sur l'assistance et s'appesantit à son tour sur l'un ou sur l'autre jusqu'à ce que chacun lui rende son « Eljen » d'un ton plus ou moins convaincu.

L'aubergiste déploie un drapeau rouge orné de la faucille et du marteau. Il l'étale aussitôt sur une table. Dans un coin, un homme se met à pleurer sans raison apparente. Il doit être pris de boisson... Ses sanglots dominent la musique. On le regarde, bientôt on l'entoure. Il se lève et quitte l'auberge. Il parvient à marcher d'un pas égal, le front haut. Mais ses larmes coulent toujours le long de ses joues et détrempent déjà son faux col.

— Qui est-ce ? demande Baby.

— Un paysan du village, répond Sandor sans commentaire.

Les bouteilles de vin se multiplient sur les tables. Le notaire-adjoint contemple Anna avec une insistance toujours plus tendre. Pour éviter ce regard, Anna se penche vers Ida et lui parle tout bas.

Le notaire s'énerve, il les interrompt plusieurs fois et, pour en finir, invite sa fille à danser.

— Que t'a dit ta mère ? s'enquiert-il d'un ton qu'il veut détaché.

— Elle me parlait de Marton.

La jeune fille repousse une mèche folle qui lui tombe sur le front. Son père remarque les doigts fins : personne dans la famille n'a une main pareille, personne. Qui est l'homme dont elle a hérité cette belle main ?

— Je suis complètement grise, Papa, constate Ida, j'ai le vertige…

— Nous allons rentrer, dit-il, mais ne nous arrêtons pas au milieu de la danse.

— Papa, dit la jeune fille, nous avons décidé d'aller travailler à l'usine s'il n'y a pas d'autre travail. On n'engagerait jamais Marton comme employé dans un bureau ; le régime ne le considère pas comme un élément de confiance.

Le notaire fut tenté de soulever sa fille dans ses bras :

— Tant que je serai en vie, ma fille n'ira pas travailler en usine, dit-il.

Ida sent que la tête lui tourne :

— Crois-tu que tout ceci finira un jour et que nous pourrons recommencer à vivre comme avant la guerre ?

— Tais-toi, tais-toi, murmure le notaire en se donnant l'air de fredonner une chanson, et il poursuit sur la mélodie jouée par l'orchestre :

— Nous en reparlerons à la maison.

— Vive la République ! hurle une voix agressive.

Marton, resté assis à la table, se retourne. Son regard croise celui du secrétaire du Parti. Personne n'a répondu. Les faces blêmes, d'où tout sourire s'est évanoui, regardent dans le vide comme des automates. Au feu stimulant du vin a succédé une lourdeur qui n'est pas loin de la nausée. Déjà, certains se lèvent pour rentrer. La famille du notaire s'apprête aussi à partir. Baby prend le bras de Sandor, Anna et Ida encadrent Marton. La petite Thérèse ferme le cortège avec son jeune paysan.

La lune s'est dissimulée derrière un gros nuage. Les arbres gémissent : un vent turbulent arrache des brassées de feuilles, le lac n'est plus qu'un miroir sombre dont on soupçonne à peine la présence. Baby, un peu chancelante parce qu'elle a bu trop de vin, se cramponne à la veste rugueuse du notaire. L'odeur du tabac noir lui rappelle le baiser de Törzs : et ce baiser redevient chose présente et si forte qu'elle se sent la maîtresse du policier ; peut-être voudrait-elle que rien n'eût arrêté l'accomplissement de cette vilenie. Un découragement profond la pousse à souhaiter que tout soit fait et dit, et que la dépravation soit aussi absolue que possible.

Anna s'enfonce dans la nuit d'automne, sans penser à rien. Elle aussi est triste et fatiguée.

— Anna, s'écrie le notaire – et elle avance moins vite – tu ne veux donc pas nous attendre ? Reste avec nous.

Il y a une certaine tendresse dans cet appel et, sans mot dire, Anna ralentit puis règle son pas sur celui de son mari.

« Pauvre papa, se dit Ida tout émue, il fait tout ce qu'il peut pour mon bonheur. Comme il est jeune de cœur et comme il comprend tout !… Comme il est jeune !… » « J'aime tant mon père », dit-elle doucement à Marton.

Ces mots dits pourtant sur un ton gai vont droit au cœur du jeune homme. Pour la première fois, il se sent réellement engagé, entraîné dans l'orbe d'une autre famille.

Ainsi, ils vont tous dans la nuit vers leur couche, – et vers leur destinée.

Trois jours après le bal, Baby retourna à Budapest.

Klein l'attendait à la gare, plus agité et plus pâle que jamais.

— Agi ne chante plus à « la Troïka », souffla-t-il à l'oreille de la jeune femme, dans le tram qui les ramenait au centre de la ville, on l'a fait renvoyer. La chanson aussi est interdite…

— Quelle chanson ? demanda Baby, perplexe.

Elle avait peine à se replonger dans l'atmosphère qu'elle avait quittée pendant trois semaines.

— La *Jiddise Mammale*, dit Klein. Il paraît que c'est une chanson subversive qui excitait le public.

Baby n'avait aucune envie d'en savoir plus. Il régnait d'ailleurs un tel silence dans le tram que tout le monde semblait guetter leur chuchotement.

— Vous me raconterez tout cela à la maison, mon cher Arpad, dit-elle avec un sourire.

Ils terminèrent le trajet en silence, comme les autres.

Baby frissonna en pénétrant dans la cage d'escalier. Le fait d'être rentrée lui paraissait un acquiescement tacite, la signature au bas d'un accord dont elle ne connaissait pas encore le texte.

Sa belle-mère l'accueillit sur le seuil de l'appartement, un sourire ambigu sur les lèvres.

— Bonjour, ma fille, j'espère que tu t'es bien reposée. Toi, tu as de la chance, tu peux tout abandonner, le travail est tout de même fait, le repas cuit. Enfin, c'est déjà cela, que toi tu aies pu aller en vacances... Janos rentrera bientôt. Il est sorti avec Törzs, ils sont probablement à l'Opéra.

— Tout va très bien pour le théâtre, Madame, ajouta Klein, un peu confus de ne pas en avoir parlé. On a l'argent nécessaire. Seul ennui : quelque chose cloche dans ma voix, puisque le Maître a dit que je ne pourrai chanter le rôle du Chevalier à la Rose qu'à titre de remplaçant, donc seulement le lundi.

— Eh bien, c'est le lundi que j'irai à la représentation, répondit Baby distraite.

Elle pensait à Törzs.

— Dois-je préparer une tasse de café ? demanda la mère.

— Mais oui, cela me ferait plaisir. Pendant ce temps je sortirai mes robes des valises.

— Aïe, s'écria la vieille en se levant de sa chaise. Mes pieds... J'ai mal aux pieds à en tomber morte. Ah ! oui, je n'ai pas eu le temps de me reposer, moi...

— Me suis-je donc reposée, rétorqua Baby vivement. Participer à la vie quotidienne d'une autre famille, ce n'est pas ce que j'appellerai du repos. Savez-vous, Maman, ce qu'est une détente ? L'hôtel. Le portier qui garde votre clef. La femme de chambre qui vient au coup de sonnette. La possibilité de se taire ou de causer, de manger et de dormir quand vous en avez envie.

La vieille femme s'empourpra de colère.

— Tu es aussi impertinente qu'exigeante... rien n'est assez bien pour toi. Mais tu vas voir ce que tu vas voir quand ce sera ton tour...

sommes tous des chrétiens… » Il ne voulait pas voir plus loin.

— Tu n'aurais pas dû entendre tout ceci, Arpad, dit le chef d'orchestre. Mais j'ai confiance en ta discrétion. C'est inutile que d'autres sachent tout cela.

Klein acquiesça de la tête puis il se mit à parler aussi vite que s'il récitait un rôle appris par cœur. Ce qu'il avait à dire d'ailleurs ne détonnait pas dans l'ambiance du moment.

— Je vous ai déjà indiqué, Madame…

— Appelez-moi Baby.

Klein poursuivit, confus :

— Je vous ai déjà dit qu'Agi ne peut plus chanter à « la Troïka ». Elle a donc transformé les trois chambres qu'elle partage avec sa famille en cercle privé. Les anciens clients de « la Troïka » s'y rendent pour la revoir et pour l'empêcher de mourir de faim. Bien entendu, il n'y a que ses amis qui s'y rendent. En tout cas, il vaut mieux que Törzs n'en sache rien… Et il faudrait aussi aller voir la comtesse à l'hôpital. Dans ses moments lucides, m'a dit Agi, elle ne demande rien que des chemises de nuit propres.

Baby s'étonna :

— Des chemises de nuit propres ?

— Oui, et Agi lui en a déjà apporté une. Chaque fois qu'elle reçoit des piqûres de lait, la fièvre se met à monter et l'eau coule de tous les pores. C'est après ces crises qu'il lui faudrait du linge sec et l'hôpital n'en a pas assez. Les draps aussi ont à peine le temps de sécher entre deux crises… Je vous raconte tout cela en pensant que peut-être vous pourrez aussi lui apporter une chemise de rechange. Après tout, la maladie de la comtesse nous concerne tous ; elle ne l'a pas attrapée par sa faute. J'ai l'impression que c'est toute l'époque qui est syphilitique. Toute l'humanité est en train de pourrir, monsieur le chef d'orchestre.

Janos fit un geste d'impatience :

— Ne fais pas les prophètes de malheur, Klein, on a bien assez de soucis sans tes jérémiades.

Baby se sent tout à coup très fatiguée. Elle regagne sa chambre, donne un tour de clé et s'assied sur son lit. Quelque chose de blanc dépassait sous l'un des coussins de la chaise longue : un mouchoir sale qui ne lui appartenait pas.

« La mère, se dit-elle, et elle laboura le coussin de ses poings sous le coup d'une rage impuissante. Elle a couché dans mon lit pendant mon absence. »

Cette nuit, Janos ne s'occupa pas plus de sa femme que si elle eût été encore absente. Il était nerveux. Une anxiété qu'il ne voulait pas définir étreignait son cœur.

L'ébauche d'une partition traînait sur le piano ouvert en compagnie d'une demi-douzaine de crayons. Il avait proposé l'œuvre en gestation au Groupement national du Progrès culturel : l'organisme même qui subventionnait son théâtre. On lui avait donné deux mois pour tout achever.

Au cours des pourparlers, il avait demandé un délai plus long, mais le président du groupement avait été inflexible :

— Tout au plus vous écourterez votre symphonie, camarade, mais elle doit être terminée dans ces limites. La théorie des muses et de l'inspiration c'était bon pour le monde bourgeois. Il suffit d'avoir la volonté de réussir quelque chose, la joie de la création au cœur et une certaine formation musicale. Il jeta un coup d'œil sur le calendrier : Aujourd'hui nous sommes le

20 septembre. Votre symphonie doit être terminée pour le 20 novembre. L'orchestre volontaire de la police se chargera de l'exécuter. Dix jours suffiront bien pour les répétitions ; ainsi l'œuvre pourra être présentée au public à l'occasion du 1er décembre. Je suppose que vous n'oubliez pas que le 1er décembre est la date d'une fête joyeuse, puisque c'est l'anniversaire du Secrétaire du Parti. Et si tout va bien, camarade, nous pourrons éventuellement réaliser votre rêve : vous envoyer en voyage d'études à Moscou.

Janos se mordit les lèvres, puis il s'effraya de ce réflexe qui est celui d'un homme qui a peur. Il passa son gros index sur sa lèvre :

— J'ai un petit bouton de fièvre à la bouche, c'est curieux comme cela me chatouille, dit-il, puis il ajouta rapidement : C'est un grand honneur pour moi de penser que ma *Symphonie joyeuse* sera exécutée dans une occasion si solennelle. Et je suis heureux d'avoir pu exprimer par la musique ma reconnaissance envers notre grand Parti.

L'autre s'impatienta :

— N'allez pas vous faire de cela un mérite, camarade. Vous ne faites que votre strict devoir. Vous auriez dû y penser plus tôt. Celui qui oublie le Parti est comme l'enfant qui oublie sa mère : c'est un ingrat.

« Chienne de liberté, se dit Janos ulcéré, quoi qu'on fasse, il y aura toujours surenchère… »

Il se redressa brusquement et brandit son poing en avant :

— Liberté, camarade. Je me présenterai chez vous dès que je serai prêt. Qui sait, peut-être réussirai-je à devancer la date fixée pour la livraison…

Le dirigeant du groupement ne s'en émut nullement :

— Ce n'est pas nécessaire, remarqua-t-il. Le 20 novembre suffit. Le Parti est généreux et n'exige pas l'impossible.

— Liberté, répéta Janos en se retirant, hébété.

C'est tout ce qu'il lui restait à dire, ce mot rabâché à contresens dans cette vie quotidienne où tout n'était que règlements, interdictions, embûches et violation continuelle des droits les plus élémentaires.

Depuis cet entretien, le musicien passait des heures à contempler son papier à musique et le calendrier bien en évidence sur le piano. Au théâtre, il était plus énervé que jamais, criant, tempêtant, n'épargnant même pas les femmes de ses sarcasmes. Celles-ci ne s'en étonnaient guère ; n'étaient-elles pas déjà habituées à endurer toutes les vilenies des hommes sous le signe de l'égalité des sexes. Hier même, le chef d'orchestre avait violemment apostrophé la titulaire du premier rôle :

— Quelle idée vous faites-vous de votre rôle pour le chanter avec cette frigidité ? Si c'est parce que vous êtes encore vierge, rentrez chez vous, couchez avec le premier venu et revenez demain…

La jeune chanteuse serra les dents mais ne se troubla pas. La vie avait tari ses larmes depuis bien longtemps et elle savait qu'elle devait tout supporter du chef d'orchestre puisqu'il était non seulement son supérieur mais surtout membre du Parti, homme arrivé, influent.

Chez lui, l'attendait le papier à musique affamé de notes, indifférent, hostile. L'absence de Baby n'avait rien amélioré à son état d'esprit : il continuait à avoir peur. Une seule chose le rassurait quelque peu : la proposition de Törzs concernant les meubles. « Ceci est le signe d'une très grande confiance », se disait-il, et cette pensée le tranquillisait pour quelques heures. Mais l'angoisse le reprenait vite : il avait l'impression de porter une marque au front qui le distinguait des vrais membres du Parti, ceux qui étaient convaincus. Il se serait prêté sans la moindre hésitation à quelque action odieuse, rien que pour prouver son adhésion inconditionnelle au Parti et cesser de trembler.

Bien souvent, dans ses cauchemars, il se voyait accusé de haute trahison, ligoté sur une chaise, un réflecteur braqué dans les yeux, expliquant qu'il n'avait rien fait de mal et s'attendant à recevoir des coups. Pourtant on ne le frappait pas ; transi d'angoisse, il s'attendait seulement à être battu et à moitié fou, la bave coulant sur ses vêtements, il répétait en s'étranglant qu'il n'avait jamais médit de l'autorité occupante, des « libérateurs », que même dans sa correspondance privée, il écrivait toujours le mot « Russe » avec une majuscule, car il aimait et admirait les Russes ; il voulait bien lécher la main des soldats comme un chien fidèle ; il lécherait bien aussi leurs semelles ; et si on voulait lui donner un coup de pied, il ne protesterait même pas ; on lui ferait même avouer qu'il n'avait qu'une gueule, oui une gueule et non un visage humain. Oui, oui, tout le monde avait raison contre lui, mais qu'on lui pardonne tout de même d'être en vie et qu'on le laisse tranquille… il jure qu'il n'écrit le mot « Russe » qu'avec une majuscule.

Il se réveillait de ces cauchemars, gémissant et hurlant, le pyjama collé à son corps par la peur atroce. Il se levait, buvait un verre d'eau, se recouchait et se mettait à compter lentement afin de se rendormir. Mais dès que le demi-sommeil l'engourdissait, l'angoisse le reprenait. Qu'arriverait-il si la symphonie n'était pas prête à temps ? On prétendrait qu'il faisait du sabotage, évitant d'honorer cette date mémorable. Car le Secrétaire du Parti, ce n'est pas un simple mortel, mais une des composantes de l'Histoire…

Janos sautait alors de son lit et se mettait au piano. Des arpèges discordants s'éveillaient en lui et il entendait en esprit le chant des chœurs. L'orchestre ne devait offrir qu'un cadre de soutien aux voix mâles et féminines qui devaient exprimer la joie des hommes, des femmes, des enfants. Mais qu'est-ce que la joie ? Il essayait vainement de ressusciter le souvenir lointain des joies d'antan. Les trois années d'après-guerre paraissaient devoir être multipliées par dix… Il se rappelait vaguement la joie ressentie lorsque le directeur de l'Académie de Musique lui avait dit, la main posée sur son épaule de jeune lauréat : « Tu as beaucoup de talent, et un bel avenir devant toi… » Où était l'avenir ? Il n'y avait pas eu de bel avenir, rien que de l'angoisse. Autour de lui le sol s'était transformé en sable mouvant. Si jamais il partait pour ce fameux voyage d'études à Moscou, il aurait tout le temps peur de se couper par quelque parole malencontreuse. Le langage des initiés, des vrais communistes, n'était pas le sien. Eux ne se perdent pas en belles phrases, leur diction est catégorique, leur idéologie ne leur permettant aucune sentimentalité. Leurs phrases s'enchaînent avec une logique inattaquable, il n'y a pas d'adjectifs superflus, pas de sentiments gratuits. Il n'y a que des néophytes, clamant bien haut une passion presque charnelle à l'égard du Parti comme s'ils voulaient, par leurs paroles, répudier tout leur passé bourgeois. Le Parti observe les néophytes pendant de longues années. Il leur permet de s'ébattre dans des articles de journaux ou des pamphlets dithyrambiques, des poèmes suintant le ridicule. Le Parti attend, juge, et puis, posément, fait sa sélection. Il retient les éléments

226

qu'il juge dignes d'intérêt et balaye ceux qui n'ont pas réellement cette idéologie dans le sang. Janos aussi est de ceux qui clament très fort leur bonne foi afin de couvrir, comme d'un bouclier, leur corps tremblant de bourgeois. Sera-t-il retenu dans la caste des purs ? Aura-t-il la joie de parler le langage des initiés ?

Janos se penche sur sa partition et compose, haletant, aux abois. Il est assis et pourtant son cœur bat à se rompre dans cette course contre le temps dont l'enjeu est peut-être sa vie.

La lumière de la lampe sur la table est aussi blafarde qu'au-dehors la lune. Janos s'affale sur le piano.

« Mon fils ne dort pas, lui non plus », se dit la mère. Le ressort cassé la blesse. Elle se retourne et songe au nouveau lit qu'elle espère.

Les couloirs du bâtiment de la Sécurité nationale étaient si longs, si nombreux, se ressemblaient tant, que Baby avait l'impression de les parcourir depuis des heures. Elle chemine en silence à côté de Törzs et se demande s'ils ne reviennent pas sur leur chemin. Tout semble identique à l'intérieur de ce bloc carré donnant sur quatre rues.

Ces couloirs qui n'en finissent plus, une lumière électrique terne, des portes de bureau, des portes en fer, de temps en temps le claquement d'un battant, quelques bribes de conversation. Par moments, le seul bruit était le martèlement des talons de Baby. On monte un escalier, on redescend, on remonte. Un ascenseur spacieux. Ils entrent, Törzs ferme la grille et appuie sur le bouton. Un grondement sourd, l'ascenseur s'élève, s'arrête. Ils sortent. Törzs ne referme pas la grille, l'ascenseur reste là, tandis qu'ils s'éloignent.

Encore un couloir, encore une petite porte en fer. Törzs tourne une clé, ils entrent. Il fait un geste et allume une faible ampoule. Baby a un mouvement de recul : elle se heurte à la porte déjà refermée. Devant elle un cimetière de vieux meubles s'étend à perte de vue. Il y a de tout : des fauteuils, des canapés, des armoires monumentales garnies de ciselures, des tapis roulés, et, au loin, à une soixantaine de mètres, un gigantesque miroir. Fascinée, Baby s'avance à travers les meubles empilés, vers le miroir poussiéreux. Elle voit sa silhouette venir à sa rencontre et frémit tant son impression est intense.

Les meubles des condamnés à mort l'entourent muets et sombres. Autant de pierres tombales… Törzs passe la main sur le dossier particulièrement haut d'un fauteuil.

— Reconnaissez-vous ce siège ?

Baby le reconnaîtrait rien qu'au ton de Törzs.

Ces fauteuils à dossier haut et étroit se trouvaient dans le salon de leur cousin Jenö. Elle s'y était assise, Janos aussi, et même sa belle-mère. Mais surtout le mort…

— Vous pouvez les avoir, dit Törzs impassible. Ainsi cela restera dans la famille. Les tapis aussi sont là, vous pouvez les avoir.

Baby reste muette, elle avait le vertige. Puis, sans que sa volonté y fût pour rien, ses lèvres murmurèrent :

— Il faudrait un lit pour ma belle-mère.

Ces mots n'étaient dictés ni par la bonté ni par la peur, il ne s'en présentait pas d'autres à son esprit.

— Un lit ? Nous en avons des tas. Le magasin est bien achalandé : on y enterre toute une époque.

Ils s'acheminent dans le grenier ; il est immense, se prolongeant sous le toit de tout le bâtiment.

— Celui-là vous plairait-il ? demande Törzs en désignant un grand lit Renaissance. Même le matelas se trouve encore sur le sommier. Contre le mur, tout près du lit, un tableau de genre : un faisan ensanglanté gît sur une table sombre.

Törzs attire la jeune femme à lui et murmure à son oreille :

— C'est bon de vivre, n'est-ce pas ? C'est bon de survivre au grand nettoyage et de pouvoir choisir parmi
l'héritage ?

Baby voudrait s'arracher à cette étreinte pénible mais
elle n'y réussit pas. Törzs la renverse sur le lit Renaissance. L'insigne du Parti, épinglé à la boutonnière de
Törzs, la griffe au sein. Elle détourne la tête et fixe son
regard sur le faisan au cou ensanglanté. Hallucinée, il
lui semble qu'il n'y a plus que sa tête qui vit, sa tête jetée
dans le panier posé sous la guillotine et qui regarde ce
qu'on fait de son corps impuissant.

Combien de temps s'est-il passé jusqu'au moment où
Baby se redresse sur le lit et regarde l'homme qui fume
une cigarette à ses côtés ? Elle tâche de coordonner
ses pensées. Pourquoi est-elle si troublée ? Au fond ne
s'attendait-elle pas à en venir là un jour ou l'autre ?
N'y avait-elle pas tacitement consenti par moments ?
L'irrévocable est fait : elle est la maîtresse de Törzs et
Törzs c'est le Parti, elle appartient donc au Parti par
son corps.

Maintenant qu'elle a donné – ou qu'on lui a pris –
ce dernier gage, n'est-elle pas en sécurité ? Non, elle
n'ira pas travailler en fabrique, elle pourra continuer
à porter des talons hauts… Elle se sent devenir auda-
cieuse, assez sûre d'elle-même pour éclater de rire dans
une morgue.

Sa voix est enjouée, quand elle s'adresse à Törzs :

— A qui appartenait ce lit ?

Le policier détourne son regard :

— Au ministre de l'Intérieur fasciste.

— Donnez-moi aussi une cigarette, dit la jeune
femme en se penchant vers lui. Puis elle reprend :

— Il est rentré de lui-même en 1945, n'est-ce pas ?

230

Törzs lui donne du feu :

— Oui, il est rentré parce qu'il espérait sauver sa fortune.

Un démon secret incite la jeune femme à pousser le dialogue plus avant :

— Ce n'est pas à cause de ses terres qu'il est rentré. Il croyait dans la justice de sa cause. Il faut tout de même reconnaître que rentrer en Hongrie après le changement de régime était un acte héroïque.

Törzs fit un geste évasif :

— C'était de la niaiserie. Les héros de l'Occident sont tous des niais…

Baby se sent tout à coup l'âme d'un croisé :

— Vous ne croyez pas qu'il y a des choses pour lesquelles cela vaut la peine de mourir ?

Un sourire énigmatique plisse les lèvres de l'homme :

— Tu peux me tutoyer, mon petit, ça ne me dérange pas. As-tu senti comme ce lit est doux ? Tu as bien dû t'en rendre compte tout à l'heure… Eh bien, vois-tu, ce sont des êtres comme toi qui se prélassent maintenant sur le lit des héros. Peut-être, bien entendu, aurais-tu préféré y coucher avec un lieutenant de SS.

— Je me sentirais bien pauvre, si vous étiez mon unique souvenir, rétorqua Baby sèchement ; puis elle reprit : A votre avis, ça ne vaut donc pas la peine d'être un héros ?

— En Russie, oui, à l'Ouest, non.

— Mais ceux que l'on appelle maintenant les Occidentaux, ceux-là ont au moins quelque chose en quoi ils croient, qu'ils défendent…

Törzs sourit ironiquement :

— Tu ne te rends donc pas compte qu'ils accumulent échec sur échec ? Font-ils une découverte ? Quelqu'un vient leur chiper le fruit de longues années de travail. Défendent-ils une ligne fortifiée ? Ils bouclent dans des casemates en ciment quelques centaines de jeunes gens en mettant un fusil entre leurs mains. Ceux-là, ils doivent bien tenir coûte que coûte, ils se défendent et deviennent des héros, ils font une croix sur leur vie, apprécient leur noble rôle et comptent leurs cartouches. De beaux grands sentiments gonflent leur cœur, ils se disent que leur mort a un but et sert les intérêts de l'Occident. Puis l'ennemi les capture après des corps à corps sanglants. Les rescapés qu'on entraîne en captivité couvrent des dizaines de kilomètres à pied en portant leurs blessés. Ça, c'est la camaraderie. Ils embrassent en pleurant le lambeau de drapeau qu'ils cachent au fond de leur poche : ça, c'est le patriotisme… Et quand ils sont à moitié bouffés par les poux dans les camps de prisonniers, quand leurs blessures se mettent à pourrir, un comité international de secours leur distribue des barres de chocolat. Finalement on les rapatrie. Et alors ils découvrent qu'ils étaient trahis depuis toujours, que l'ennemi savait exactement combien il y avait d'hommes, de cartouches, de boîtes de conserves et de bandes de pansement. Tout était calculé d'avance par l'ennemi qui leur avait permis pendant quelques semaines ou quelques jours de jouer le rôle de surhommes. Ne crois-tu pas, ayant appris tout ça, qu'ils deviendront foncièrement défaitistes ? On les trouvera d'ailleurs vite encombrants, ces hommes qui promènent leurs cicatrices et leur idéal mort dans une communauté que cela n'émeut plus beaucoup. Il n'y a pas de meilleur terrain pour notre propagande qu'un héros déçu. Par contre cela vaut la peine de succomber comme soldat russe. Le soldat russe sait qu'il meurt pour le communisme mondial, dans un grand combat défensif contre l'Occident réactionnaire, et les officiers russes savent que la victoire finale leur appartiendra, qu'ils ne comparaîtront jamais comme accusés devant le tribunal indifférent d'une nation étrangère.

Baby écoute attentivement. L'effroi la saisit. Elle s'aperçoit que la sécurité qu'elle avait cru atteindre n'est qu'un mythe. Il n'y a rien de commun entre son univers et celui de Törzs.

— Pourquoi ne dites-vous pas tout ceci à quelqu'un qui saurait discuter avec vous ? s'écrie-t-elle en se levant.

Törzs rajuste sa cravate en se mirant dans le reflet d'un meuble en acajou poli.

— Tu n'as rien appris, toi, n'est-ce pas, aussi n'as-tu rien à me répondre… Pourquoi ne discutes-tu pas ? Celui qui lit Marx à cinq ans n'est pas embarrassé pour discuter quand il en a trente.

— Je suis une femme, moi, dit Baby, se rendant bien compte que cette boutade n'est qu'un bouclier derrière lequel elle espère cacher son angoisse.

Törzs consulte sa montre :

— Il se fait tard. Partons.

Baby s'approche et plonge ses yeux clairs dans ceux de l'homme :

— Es-tu content ? demanda-t-elle doucement.

Törzs effleure les lèvres tendues d'un baiser distrait :

— Bien sûr. Demain vous aurez les meubles.

Baby quitte le bâtiment de la police, les genoux tremblants. Elle se hâte de traverser la rue, avançant sans lever les yeux.

Elle avait l'impression qu'en marchant ainsi, sans rien regarder que les pavés devant elle, elle se rendrait elle-même invisible. Arrivée à un coin de rue, elle sortit un petit miroir de son sac à main et fit semblant d'enlever de l'œil un brin de poussière. En réalité elle désirait jeter, ne fût-ce qu'un fugace regard, sur ses traits. Y lisait-on ce qui s'était passé ? Mais la petite glace ne lui montrait tour à tour que l'un de ses yeux ou ses lèvres presque blêmes, ou son nez, ou ces deux petites rides au coin de ses yeux qui paraissaient incisées au couteau tellement elles étaient fines et profondes. « Non, ce n'est pas l'âge, essaya-t-elle de s'expliquer, c'est d'avoir beaucoup ri dans ma vie. » Elle décida désormais de limiter ses sourires et continua son chemin. Un peu plus loin elle tenta de se mirer dans une devanture mais sa silhouette se confondit avec l'énorme étoile rouge mise en pleine évidence au fond de la devanture. Baby se sentait profondément bouleversée. Pourtant, en ce moment, Parti, Politique, toute la vie sous le nouveau régime ne jouait qu'un rôle secondaire dans ses préoccupations. En n'importe quel autre endroit du globe, elle aurait eu cette même démarche hésitante, elle aurait évité que ses genoux ne se touchent, elle aurait passé la main sur sa jupe pour en faire tomber quelque fil invisible, et pour s'assurer qu'extérieurement au moins, tout était en ordre. En fait, c'était la première fois de sa vie qu'elle avait réellement trompé son mari. Dans ces douze ans d'union avec Janos, son imagination l'avait maintes fois égarée et elle avait laissé prendre ses lèvres avec autant d'abandon que si elle s'était entièrement donnée. Pourtant elle n'avait jamais transgressé certaines limites ; seul le corps pesant de Janos avait imposé sa loi à son propre corps.

Parfois elle avait été tentée de tromper son mari pour tromper du même coup cette belle-mère, aussi détestablement entée sur leur vie que le gui sur le chêne.

234

En somme, maintenant, elle venait de bafouer deux êtres à la fois : son mari et sa belle-mère. Cela la rendait à la fois satisfaite et un peu triste. « Je ne suis plus une honnête femme », se dit-elle, et comme elle passait devant un espresso, elle décida, coûte que coûte, de boire une tasse de café. Ce n'est que lorsqu'elle s'accouda sur le marbre frais de l'une des petites tables, qu'elle se dit tout à coup : « Mais voyons, je n'ai plus rien à craindre maintenant, mon amant est là pour aplanir toutes les difficultés qui pourraient surgir… » Elle se sentit subitement très à l'aise et eut envie de sourire.

Elle se rendit à la toilette.

Baby étudia sa figure dans la glace au-dessus du lavabo. Non, rien ne décelait ce qui s'était passé, tout au plus ses pupilles étaient-elles devenues un peu plus étroites, son regard plus perçant, comme si elle était sur la défensive. Mais sa tête, ses cheveux, la main qui arrangeait ses boucles, rien de tout cela n'avait changé.

Elle retourna dans la salle, commanda un second café et alluma méticuleusement une cigarette : c'était la première fois depuis des années qu'elle ne se hâtait pas. Au fond elle n'eût pas vu d'un mauvais œil qu'on lui demandât ses papiers. Elle s'entendait traiter le détective de haut, lui jetant dédaigneusement : « Si cela ne vous suffit pas, camarade, que je sois la femme de Janos Dorogi, chef d'orchestre et directeur du Théâtre Lyrique, allez prendre des informations supplémentaires sur mon compte chez le lieutenant Imre Törzs. Imre Törzs, de la Sécurité nationale… » Personne ne vint la déranger.

Ses pensées retournèrent à son amant. « Je vais le transformer, décida-t-elle tout à coup. Pourquoi ne deviendrait-il pas un ami sincère et agréable ? Au fond, il n'est pas insensible, il cache seulement ses sentiments sous un vernis puritain. Il faut absolument le rencontrer ailleurs. » Puis, elle tâcha de faire le vide dans son esprit, comme l'on retient sa respiration. Au lieu de réfléchir, elle voulait sentir, savoir quelle était la réaction de ses sens à cette aventure ? Mais sa chair était une antenne muette qui ne captait plus aucune onde… Les vibrations venues de l'extérieur n'y résonnaient pas : le courant était coupé.

« Plus tard, dit Baby à mi-voix, plus tard… »

Avant d'avoir franchi le porche de leur maison, Baby avait déjà décidé de se faire faire une nouvelle robe.

Elle gravit lentement l'escalier, elle se sentait aussi pesante que si elle avait eu des vêtements de plomb.

Elle tourna la clé tout doucement et réussit à pénétrer sans bruit dans l'antichambre et de là dans la « petite chambre ». Lorsqu'elle se trouva parmi les rouleaux de tissu amoncelés les uns sur les autres, l'atmosphère déprimante du grenier de la police l'assaillit à nouveau.

Chaque geste, même sa respiration lui semblait pénible, elle se sentait observée par une multitude d'yeux invisibles. « Non, je ne veux rien de tout ceci », conclut-elle amèrement. Puis ce fut comme un réveil. De la soie – elle voulait de la soie… Après les caresses de mains inconnues, il lui fallait la douceur d'un tissu.

— Tu es à la maison ? s'exclama la belle-mère en l'entendant remuer dans l'appartement. Sa voix était encore plus rauque que d'habitude.

— Oui, répondit Baby en entrant dans la salle à manger.

— Dois-je faire du café ?

Une vague odeur de graisse lui faisait une sorte de sillage.

— Je n'en désire pas, répondit Baby en allant vers sa chambre. Mais la vieille lui barra la route.

— Et les meubles, ma petite ? demanda-t-elle avec un sourire anxieux. As-tu trouvé un bon lit pour moi ?

— On l'amènera demain. Vous aurez un lit, des fauteuils, Janos aura un beau bureau d'époque.

La voix de la vieille trahissait son agitation :

— Et des tapis ?

— Que dites-vous ?

— Des tapis, ma fille. Tu n'as quand même pas oublié de réclamer des tapis ? Tu sais bien que c'est un vrai danger de se promener sur ces parquets. Bien des fois j'ai failli tomber.

— Il n'y a pas de tapis, répondit sèchement Baby, ajoutant en pensée : « Et c'est sur ton lit que je t'ai trompée toi aussi. »

La vieille se renfrogna :

— Tu as été maladroite. Je vais dire à Janos que tu as oublié de demander des tapis. Il s'arrangera bien pour en avoir. Nous avons été ruinés par la guerre, mais bien entendu, toi, tu t'en bats l'œil, tu as tout ce qu'il te faut…

Baby n'écoute plus : elle pénètre dans la salle de bains et ouvre le robinet. Sans plus s'occuper des vociférations de sa belle-mère, elle extrait de son armoire à linge un trésor précieusement gardé : une revue de mode parisienne, déjà légèrement jaunie. Puis elle s'enferme dans la salle de bains, se dévêt et feuillette la revue. Des petites femmes minces comme un fil sourient tout au long des pages imprimées sur du papier lisse et brillant. Un mannequin photographié sur un quai de la Seine s'appuie sur un long parapluie ; elle porte une robe de soie jaune, une grosse fleur noire posée sur l'une des épaules maigres, un peu carrées. « Voilà ce qu'il me faut, songe Baby nostalgique, mais où trouverai-je de la pure soie, le tailleur et l'argent de la façon ? » Elle continue à feuilleter le journal. A l'avant-dernière page un profil de femme se découpe sur un fond bleu nuit. A son cou une écharpe que le vent fait flotter derrière elle ; Baby soupire profondément et pose la revue de modes. Elle s'enfonce jusqu'au menton dans l'eau chaude, ferme les yeux, rêve. Une douce torpeur l'envahit : elle pense à de belles robes, des fourrures, des bijoux… Mais une pensée l'électrise : la mode à Paris n'est peut-être plus du tout la même. Comment noue-t-on les écharpes aujourd'hui ? Ah, savoir !… Et surtout avoir de l'argent, n'importe comment… Et voilà que la silhouette de Törzs se glisse dans ses rêveries. Elle commence par chasser la pensée qui surgit dans son esprit, puis elle finit par l'accepter. Elle sort de son bain, s'essuie sans jeter un seul coup d'œil sur son corps : elle n'a peut-être jamais été aussi pudique depuis l'âge de douze ans…

Marton reçut une carte postale par le courrier du matin : un ami lui annonçait que sa femme venait d'accoucher d'un garçon. La joyeuse nouvelle assombrit les traits du jeune homme au lieu de les éclairer : il déposa la carte sur la table comme si elle lui brûlait les doigts. Pensif, il continua à fixer du regard le rectangle de papier puis il le mit dans sa poche et regagna sa chambre. Il se jeta de tout son long sur son lit, désespéré, secoué de peur. Jamais encore il n'avait ressenti une angoisse pareille. Le message anodin avait un sens caché : il prévenait Marton de son arrestation imminente. Cela pouvait être une question de jours ou d'heures. Il avait un ami, un mystérieux protecteur, qui lui avait promis dans le temps de l'avertir, pour peu que cela lui fût possible, par un message ainsi conçu.

Etendu sur sa couche étroite, Marton fixe le plafond. Son imagination l'entraîne vers de lointaines péripéties. Il sent déjà la lumière crue des réflecteurs brûlant ses yeux, tandis que des voix inconnues le somment d'avouer quelque chose, mais quoi donc, quelque chose qui suffise à le faire condamner. « Je vais m'évanouir », se dit-il, et la perception de sa propre faiblesse paradoxalement le remplit d'énergie. Il saute à bas de son lit, se précipite vers son armoire et prépare fébrilement son sac de voyage. Oui, il partira sur l'heure, n'importe où, il se cachera dans les bois, il rampera dans les fossés. Il prendra ainsi une belle avance sur ses poursuivants. Il franchira la frontière au risque qu'on lui tire dessus – tant pis, tout vaut mieux que d'être pris… Il n'y a plus de mère qui compte, plus d'Ida, rien que cette peur animale plus forte que tout. Puis il se rassied sur le divan : décidément, il vaut mieux attendre jusqu'au soir. Oui, il partira dès qu'il fera nuit. Et puis, quelle idée absurde que de se munir d'un sac à dos qui trahirait son intention de fuir. Une vraie folie. Non, il partira les mains dans les poches, en sifflotant avec insouciance. Il gagnera à pied le village voisin, prendra le train jusqu'à la frontière et de là se débrouillera, à la garde de Dieu… Qui sait, il sera peut-être déjà en Autriche demain à cette heure-ci. Ou bien…

Il passe derrière la maison et se met à fendre des bûches pour le feu de la cuisine. A midi, il est nerveux, il réussit à peine à avaler quelque chose. Sa mère parle sans arrêt. Elle parle d'Ida, des voisins, puis elle dit quelque chose au sujet de la chèvre qui donne si peu de lait.

Ida vient le voir vers trois heures. Marton peut à peine cacher sa nervosité.

— Mais qu'as-tu donc ? lui demande la jeune fille en posant la main sur son bras.

— Je n'ai rien, dit-il, presque en criant, et il doit se faire violence pour ne pas retirer son bras tellement il souffre du léger contact. Il est si anxieux que chaque regard, chaque question lui paraît insupportable.

Lentement la peur se mue en ressentiment. Il a l'impression qu'autour de lui tout et tous ont quelque chose à voir avec ce qui lui arrive. Que ferait sa mère, ou Ida,

240

si elles se trouvaient à sa place ? Elles répètent à longueur de journée qu'elles seraient prêtes à donner leur vie pour lui, mais se rendent-elles bien compte de ce que cela veut dire, d'être une bête traquée ? Il sent des regards invisibles braqués sur lui, suivant chacun de ses gestes. Il se voit lui-même comme à travers une lunette inversée, réduit à la dimension d'un puceron affolé, courant de-ci de-là dans son désarroi. Officier, il avait combattu en première ligne. Mais il ne s'était jamais imaginé être un héros qui verse son sang pour la patrie en hurlant d'enthousiasme. Il partait en mission parce que c'était son devoir mais avec une inquiétude mortelle au fond du cœur. Il exécutait les ordres qu'on lui donnait dans une sorte de transe, un mélange d'inconscience et de discipline. Avant tout il voulait vivre, *vivre*…

Au cours des années où il avait été prisonnier, il avait travaillé dans les mines, abattu des arbres. Complètement épuisé, il s'était traîné à genoux, broutant une herbe ingrate pour calmer sa faim. Il avait survécu. Il était rentré…

Marton regarde sa montre. Quatre heures moins le quart. Le ciel est transparent comme au printemps. Il est seul. Ida et sa mère ont quitté la maison. Tout à coup, il ressent une nostalgie intense de leur présence. Il voudrait les supplier de l'aider à se cacher… Où sont-elles allées ? Pourquoi l'ont-elles abandonné ?

Cinq heures. Le soir tombe doucement. Des nuages d'un gris de plomb montent à l'horizon du côté de l'Est. Mais non, ce n'est pas l'orage, c'est la nuit qui vient. Enfin la nuit…

Il enfile une seconde chemise, un deuxième pull-over et son manteau. Il referme justement le battant de l'armoire quand une auto s'arrête devant la maison. Paralysé, il s'immobilise. « Trop tard », pense-t-il. Sa gorge se serre. La porte du jardin grince. D'un coup sourd on force l'entrée de la maison. Qui sait, peut-être ne pénétreront-ils pas jusqu'ici ? Marton se rend bien compte que ce qu'il pense n'a plus aucune importance. Les pas s'approchent. Deux hommes en veste de cuir se tiennent sur le seuil de sa chambre :

— Police d'Etat, se présente l'un des deux. Je vous conseille dans votre intérêt de nous suivre sans ameuter vos voisins.

Marton ne bouge pas.

— En avant, mon vieux, dit le détective qui l'empoigne. Il le conduit au-dehors en le poussant par le bras. Jamais le parcours entre la maison et la grille du jardin ne lui a paru aussi court. Il s'arrête sur le trottoir, comme s'il voulait s'y enraciner. Mais les deux hommes le prennent sous les coudes. Il tombe sur le siège arrière de l'auto comme s'il faisait une chute de plusieurs mètres de haut. L'un des hommes se met au volant, l'autre prend place à côté de lui. On démarre. Le conducteur allume ses phares. Le faisceau de lumière balaye la route déserte. Là, au loin, quelqu'un s'approche en boitillant. C'est Ida qui revient. Elle lève la main pour protéger ses yeux de la lumière aveuglante mais continue son chemin sans s'arrêter. Bientôt l'obscurité l'engloutit.

On amena les meubles dans un grand camion. Des hommes hâves, mal rasés, les déchargèrent, puis ils reprirent, pour les monter jusqu'à l'appartement, le bureau en acajou massif d'abord, ensuite les fauteuils et le lit pour la mère. Ces hommes graves, malpropres, formaient un contraste saisissant avec le jeune homme impeccable qui les accompagnait. Il les surveillait, ses mains ne quittaient pas ses poches, il ne saluait la famille que d'un bref hochement de tête.

« Ce ne sont certainement pas des déménageurs ni des manœuvres ordinaires », se dit Baby avec angoisse. A son étonnement on montait aussi deux tapis roulés.

La mère les désignait triomphalement :

— Tu vois ! Nous avons quand même obtenu des tapis ! Janos se sera débrouillé pour en avoir.

Baby haussa les épaules et contempla le lit. Sa belle-mère dormirait dans le lit sur lequel elle avait trompé Janos pour la première fois.

Les hommes silencieux déposèrent les meubles au milieu de la pièce principale. Baby aurait mieux aimé qu'on les mît immédiatement en place, mais elle n'osa rien demander.

Alors qu'elle allait d'un des meubles à l'autre, elle s'aperçut que l'un des hommes venait de cracher sur le parquet avant de s'en aller.

Elle ne dit rien afin que ce soit la mère qui remarque et nettoie le crachat.

C'est ce qui arriva.

A son retour vers midi, Janos trouva l'appartement en plein désordre.

— Qu'est-ce que cela signifie ? s'emporta-t-il. Pourquoi les meubles ne sont-ils pas encore en place ?

— Je n'ai pas osé demander qu'on les y mette.

La mère ronchonna :

— C'est bien la première fois que je te vois intimidée !

Ils se mirent tous les trois à tout bouleverser. Bientôt la sueur coulait du front de Janos tandis que sa mère invoquait une fois de plus des risques d'apoplexie. Le grand lit leur donna beaucoup de mal. On poussa le divan de la mère dans l'antichambre.

Le bureau d'acajou voisina désormais avec le piano. Janos ouvrit le tiroir avec circonspection, comme s'il craignait d'y trouver quelque chose.

Mais le meuble était complètement vide.

Les fauteuils leur donnèrent beaucoup de mal. Ces hauts dossiers leur donnaient l'impression de manier des cadavres rigides.

— Quelle perversité de ta part d'avoir choisi les fauteuils de Jenö, ne put s'empêcher de dire Janos.

Baby se fit mordante :

— Une autre fois, vas-y toi-même. Ce n'est d'ailleurs pas moi qui ai choisi ces meubles. C'est Törzs qui les a désignés ou donnés – appelle ça comme tu veux.

Janos s'inquiéta :

— Ceci est tendancieux, murmura-t-il, ceci est tendancieux…

Ils déroulèrent les tapis. La poussière qui s'en échap-

244

pait dansa dans le rayon de soleil qui filtrait par les croisées.

— Est-ce un tapis d'Orient ? s'enquit la mère en se baissant pour tâter la laine. Le sang lui monta à la tête.

— Oui, c'est un tapis d'Orient, dit Janos tout bas.

L'un des tapis était plus grand que la plus grande pièce, il fallut le rabattre sur lui-même. L'autre convenait parfaitement à la chambre de Baby. L'appartement se remplit d'une odeur de renfermé, comme s'il n'avait plus été aéré depuis de longues semaines.

— As-tu téléphoné exprès pour les tapis ? demanda Baby.

— Naturellement. J'ai signalé que tu les avais oubliés.

— Et qu'a-t-il dit ?

— Qui ?

— Törzs…

— Rien. Qu'aurait-il eu à dire ?

Troublée, Baby prit une cigarette.

— Oh ! quelque chose à propos du théâtre…

Janos défit le bouton de son col :

— Il vaut mieux qu'il n'en parle pas. C'est qu'apparemment tout va bien.

Lorsque Janos repartit pour l'Opéra, Baby fit connaissance avec le mobilier. Elle se promena à travers les chambres et finit par s'asseoir sur le bord de son divan. Les yeux rivés sur un point invisible. Elle songeait à Törzs.

Deux jours s'étaient écoulés depuis l'instant où Törzs l'avait prise, et déjà toute cette aventure lui paraissait invraisemblable. N'avait-elle pas tout rêvé ? Non, il n'y avait plus à douter : elle n'avait qu'à regarder le grand lit pour se convaincre.

« Y aura-t-il une suite ? » se demanda-t-elle, prise tout à coup du désir intense de se confier à quelqu'un. Mais elle n'avait jamais eu d'amie, et elle ressentit cruellement sa solitude. Elle était bien obligée de garder son secret. Le cœur gonflé de toutes ces paroles qu'elle ne pourrait jamais prononcer, elle sentit germer en elle une tendresse qu'elle n'avait jamais encore éprouvée.

Y avait-il quarante-huit heures ou plusieurs années que Törzs était devenu son amant ?

Baby passa tout l'après-midi à rêvasser dans le voile opalin de ses cigarettes.

Klein arriva vers six heures.

— Ah ! dit-il embarrassé sans vouloir le paraître, je vois que les nouveaux meubles sont là.

Il les évitait avec une prudence extrême. Baby avait beau lui répéter : « Mais asseyez-vous donc, mon cher Arpad », il n'osait pas s'asseoir, car il avait peur de se tromper et de prendre l'un des nouveaux sièges. Il s'adossa au mur. Pour un peu il se serait tenu sur une jambe et il aurait encore mieux aimé pouvoir planer, car le tapis lui brûlait la plante des pieds. Il connaissait l'origine de tout ce mobilier...

Baby remarqua son malaise mais ne fit rien pour le calmer. Elle l'observait. Le crépuscule déliait ses pensées de leurs entraves et déjà elles se pressaient sur ses lèvres mais elle ne dit rien. Pourtant elle savait qu'il aurait suffi d'un mot de sa part pour faire jaillir les confidences de Klein. Un jour le chanteur lui avait fait part de ses angoisses et cela l'avait flattée. A vrai dire, en face du nouveau baptisé, elle s'était sentie d'une supériorité écrasante. Après, seulement, elle remarqua, non sans malaise qu'elle pouvait être chrétienne sans se poser à ce sujet le moindre problème. Les phrases douloureuses de

Klein avaient résonné pendant longtemps en elle-même, elle avait vaguement eu l'impression d'avoir du retard sur lui en cette matière. Comme si jusqu'à ce moment-là elle avait négligé une possibilité ou une occasion... Comme si elle avait touché le néant de sa vie...

Dans le demi-jour, la tête de Klein esquissait par moments son petit tic nerveux. Il aurait voulu parler mais plus le tourment montait en lui, plus la pudeur le forçait au silence.

Pourtant, ici, au milieu des meubles de l'homme pendu, dans ce crépuscule au goût de poussière, où le temps paraissait arrêté, où seuls les objets vivaient, il aurait peut-être trouvé la force de tout dire. Ah ! que n'était-il possible de revenir en arrière, de repartir à zéro et d'agir tout autrement. N'aurait-il pas mieux valu mourir dans un camp de concentration allemand, fidèle à ses croyances et sans remords, que vivre à la lisière de deux mondes ? Il ne voulait pas être chrétien et pourtant il l'était. Il ne voulait pas croire au baptême et pourtant il était parfois transporté d'un bonheur insensé à l'idée qu'on lui avait donné le droit de participer à une vie où surabondaient promesses et espoirs d'éternité.

C'est de très loin que la voix de Baby arriva jusqu'à lui :

— Demain j'irai voir la comtesse. Je lui porterai des chemises de rechange...

La mère intervint de l'autre chambre :

— Tu n'en as pas même assez pour ton propre compte...

Désormais Klein savait qu'il ne pourrait pas parler car il n'y avait pas que les meubles qui écoutaient, mais aussi la belle-mère.

Le lendemain Baby n'alla pas à l'hôpital car Törzs

fit son apparition au début de l'après-midi. La mère se confondait en remerciements dès l'entrée.

— Mon cher camarade Imre, vous ne pouvez pas vous imaginer comme je suis reconnaissante. J'ai enfin un bon lit ! Je ne sais vraiment pas comment vous remercier.

Törzs l'écoutait sans sourire ; il pénétra dans la salle à manger. Baby se tenait sur le seuil de sa chambre, tremblant de tous ses membres.

— Liberté, camarade, dit-il à Baby en lui tendant la main.

— Liberté, camarade, répondit Baby, fuyant le regard de l'homme.

— Mon fils est à l'Opéra, déclara la mère en fixant ses gros yeux de poisson sur le couple.

— Il n'est pas à la maison ? s'étonna Törzs.

La phrase sonnait faux aux oreilles de tous trois.

— Etes-vous venu en auto, cher Törzs ? demanda Baby et cette apostrophe d'aristocrate sembla frapper le policier au visage.

— En auto, répondit-il sèchement.

— M'emmèneriez-vous jusqu'au théâtre pour rejoindre mon mari ?

— Pourquoi pas ?

Baby retourna dans sa chambre, prit un manteau et un foulard. Elle noua le foulard sur le côté, sous l'oreille, ainsi qu'elle l'avait vu dans la revue de modes.

Ils prirent congé de la mère et descendirent l'escalier en silence.

— Nous n'irons pas en droite ligne au théâtre, dit Törzs en appuyant sur le démarreur.

Baby se taisait. Par moments, elle se tournait légèrement vers lui et étudiait son profil. « Mon amant », songea-t-elle en se répétant souvent le mot comme pour s'y habituer.

Ils roulèrent longtemps à travers la ville. Baby eut l'impression qu'ils parcouraient le quartier où se trouvait l'école qu'ils avaient visitée. Finalement Törzs vira dans une petite rue silencieuse et s'arrêta devant un immeuble à trois étages.

— C'est ici que j'habite, dit-il en ouvrant la portière de l'auto.

Elle pénétra sous le porche et se mit à gravir les marches. Il faisait très froid.

— A droite, au second, émit le policier. Imre ouvrit la porte avec sa petite clé. Baby regarda avidement autour d'elle. L'antichambre de dimensions réduites donnait sur une grande pièce très claire. Les murs étaient recouverts d'étagères chargées de livres. Pliées méticuleusement, deux couvertures grises voisinaient sur le lit de camp étroit.

Törzs désigna une autre porte :

— La salle de bains est par ici.

Baby enleva son manteau. Elle aurait voulu trouver une phrase pour détendre l'atmosphère.

Elle eût aimé dire : « Je t'ai appartenu, je t'appartiendrai aujourd'hui, pourquoi n'es-tu pas plus gentil avec moi ? Parle, dis-moi quelque chose afin que je te connaisse mieux. N'y a-t-il rien de commun entre nous après ce qui s'est passé ? »

— Il n'y a pas d'eau chaude, prévint Törzs. La rue entière s'est engagée à faire des économies volontaires. Pendant une semaine, personne n'emploie d'eau chaude.

Baby réfugia sa détresse dans un sourire. Elle s'approcha de Törzs et posa doucement sa main sur son épaule, puis élevant son regard jusqu'à lui elle demanda :

— Avez-vous pensé à moi ?

Törzs l'attira à lui et l'embrassa sur la bouche.

— Déshabille-toi, dit-il, nous avons peu de temps.

Baby enleva ses vêtements en telle hâte que ses ongles accrochèrent ses bas de soie.

« Une maille va filer », se dit-elle. Puis elle s'arrêta sur le seuil, nue, indécise. Törzs enlevait ses chaussures.

« Comme le lit est étroit », songea Baby tristement. Elle avait froid et ne savait pas quoi faire.

— Mais qu'attends-tu pour venir ? lui demanda Törzs. Elle ne put discerner si cette impatience venait de son ardeur ou seulement du manque de temps.

— J'ai froid ! dit-elle plus tard. Törzs déploya l'une des couvertures grossières et l'étendit sur elle.

— Aïe, gémit-elle, cette horrible couverture me gratte ! Pourquoi n'y a-t-il pas de draps ?

— Les draps sont dans l'armoire, répondit l'homme.

Baby se leva et alla vers l'armoire. Avant de l'ouvrir elle se retourna et regarda l'homme étendu tout nu sur le lit étroit. Confuse, elle détourna ses regards. Elle fouilla fébrilement dans l'armoire et trouva un drap sous une pile de chemises. Elle revint vers le lit qu'elle arrangea tant bien que mal.

Elle voulait repartir vers la salle de bains lorsque Törzs lui adressa la parole :

— Viens te coucher encore un peu auprès de moi…

Elle obéit et attendit. Finalement elle décida de rompre le silence :

— Parlons au moins de quelque chose…

Törzs devint subitement affable, presque souriant.

— De quoi y a-t-il moyen de s'entretenir avec toi ?

Baby dessina un petit cercle dans l'air, tout en admirant ses ongles soigneusement vernis.

— De tout, dit-elle, du monde...

Törzs se pencha au-dessus d'elle. Il souriait réellement cette fois.

— Parle-moi donc du monde...

Baby se mit à jouer le rôle d'une poule de luxe aux prises avec un ascète dompté.

— Dans le monde que je fréquente, il n'y a que des femmes soignées, parfumées, bien coiffées, toujours élégantes... Elles changent souvent de toilettes. Elles lisent beaucoup, rien que de la bonne littérature bien entendu... et elles évitent les soucis car cela fait venir des rides sur leurs traits...

Baby se tut brusquement, car elle avait l'impression que Törzs ne suivait pas le jeu. Le sérieux du jeune homme la gifla comme un courant d'air glacial.

— Bien entendu je ne fais que blaguer, dit-elle attristée, je blague seulement...

— Pourquoi ne veux-tu pas t'occuper de quelque chose ? demanda-t-il. Chacun doit avoir une certaine responsabilité et au moins un grain d'autocritique.

— Mais je suis mariée, moi, c'est mon mari qui m'entretient, repartit Baby et l'ombre épaisse de Janos s'assit au coin du lit. Il m'entretient, répéta la jeune femme pensive. La robe de soie jaune lui revint à l'esprit, mais comment pourrait-il en être question sur cet inconfortable lit de camp ? Elle se demanda ce qu'elle pourrait dire d'acceptable pour Törzs. Elle aurait voulu lui citer un passage de Gorki mais elle n'avait jamais lu plus de six pages de *La Mère* et ne s'en souvenait plus.

Tout se déroulait en dehors de ses prévisions.

Dans l'éventualité d'une liaison coupable, elle avait toujours imaginé une scène langoureuse sur un lit capitonné, moelleux, dans une chambre bien chauffée, dans un décor somptueux. Son regard erra à travers la chambre. Les étagères supportant les livres étaient de bois blanc brut, la porte de l'armoire s'ouvrait d'elle-même comme entraînée par son propre poids. Près de la fenêtre, il y avait un bureau encombré de dossiers. Comme ornement des murs, deux images. Baby en reconnut une, l'ayant vue dans le bureau du théâtre lyrique. C'était Marx.

— Qui est celui-ci ? demanda-t-elle timidement.

— Miscurin, répondit Törzs.

— Miscurin, répéta Baby à mi-voix et elle se réfugia presque en pleurant dans les bras de l'homme. Elle murmura tendrement à son oreille :

— Voilà que je suis tienne pour la seconde fois. M'aimes-tu ? Mais à peine prononcés, elle aurait voulu ravaler ces deux mots, car elle eut l'impression d'avoir commis une bévue. Il aurait fallu dire autre chose...

Törzs alluma une cigarette :

— Tu sais mieux que quiconque que tu es belle, dit-il.

Baby gagna la salle de bains. De son petit poing nerveux elle frappa rageusement le robinet. Elle était furieuse. Elle détestait l'eau froide.

C'est pour la première fois de sa vie que Baby trompe son mari. Et déjà elle commence à s'y habituer. Elle n'aurait jamais cru que ce serait si facile de donner le change, et que rien de son corps ne révélerait la trahison. Lorsqu'on mentionne le nom de Törzs elle reste absolument indifférente. Ce détachement exagéré ne devrait-il pas suffire pour éveiller des soupçons ?

— Comment a-t-il eu l'idée de t'amener à l'Opéra, demande Janos au repas du soir, alors qu'ils viennent de rentrer ensemble.

— Je ne sais pas. Moi j'aimais mieux aller en auto qu'à pied.

— Törzs est venu à trois heures et demie, dit la mère.

Janos s'exaspéra :

— Il était six heures moins le quart quand tu es arrivée à l'Opéra. Comment ce trajet a-t-il pris tant de temps ?

Baby ne perd pas son calme.

— Nous nous sommes arrêtés pour boire un café dans la rue Kossuth Lajos et nous avons causé.

En pensée elle revoit le corps nu de Törzs, étendu sur le lit de camp, mais elle se garde de sourire.

— Nous avons bavardé en buvant le café, répète-t-elle.

La mère regarde Janos. Elle espère qu'il se passera quelque chose. Mais il est pâle et abandonne la discussion. Il craint trop d'apprendre des faits pénibles qui le forceraient à une intervention énergique. On dirait qu'il se cache sous l'eau et retient son souffle pour qu'il n'y ait pas de bulles d'air à la surface.

Baby, très sûre d'elle-même, agrandit le cercle qu'elle trace autour de son verre avec des miettes de pain.

— Nous avons bavardé, dit-elle avec une assurance presque provocante.

Janos s'essuie le menton.

— Ces conversations avec lui sont superflues, tu pourrais finir par faire une gaffe.

— Pourquoi ferais-je une gaffe ? Je ne pense que des choses que je peux exprimer sans crainte...

Janos s'impatiente.

— J'en ai assez de tes balivernes, Baby. Que vas-tu lui répondre s'il te demande si tu penses encore à ton cousin le pendu ? Hein, que lui répondras-tu ?

Baby avale sa salive. On entendrait voler une mouche. De l'ongle effilé de son pouce, la jeune femme coupe une miette en deux. Puis elle dit lentement :

— Et toi, que vas-tu lui dire s'il te demande pourquoi tu as brigué la direction de l'Opéra sous le régime nazi ?

Janos se lève si brusquement qu'il renverse son verre :

— Je n'ai pas voulu devenir directeur... C'est vous autres qui m'y poussiez... c'est vous autres qui m'incitiez à parler à Jenö à ce sujet. Vous creusiez ma tombe dès cette époque-là...

— Moi – ta tombe ! gémit la mère, et le doigt pointé

vers sa bru, elle s'écrie : C'est elle qui creuse ta tombe depuis l'instant où vous vous êtes mariés !

Les tempes de Baby se mirent à battre violemment.

— Mettons qu'on soit au courant que tu as été chez Jenö…

— Mais je n'y suis pas allé, tu sais bien que je n'y suis pas allé. Je suis parti de la maison dans cette intention mais j'ai fait demi-tour, car en chemin j'avais changé d'idée. Je voyais plus loin que vous autres…

— Mais supposons que tu y sois allé et que Jenö ait inscrit quelque chose au sujet de cette visite et du refus de ta candidature… Alors que ferais-tu ?

Janos tremble, sa figure est pourpre :

— Ne parle pas pour moi seul. Dis plutôt : que ferions-nous alors ? Tu es complice et aussi responsable que moi.

Cette fois-ci, Baby se lève à son tour :

— Moi, je n'ai jamais été et ne serai jamais responsable pour quoi que ce soit. Je suis un être irresponsable – et tu me l'as assez rabâché !

Elle quitte alors la pièce, sachant bien que l'arc est tendu à se rompre.

Janos est tellement rongé par l'inquiétude qu'il tourne en rond, désespéré. Finalement il va frapper à la porte de Baby et s'assied à son chevet. Il est en robe de chambre. Il est tout humble. Baby, somnolente, a de la peine à tenir ses paupières ouvertes. Janos la questionne anxieusement :

— Qu'est-ce qui te fait croire que Jenö tenait un journal ? Ses lèvres sont blêmes.

Baby secoue la tête.

— Je n'en sais rien, il ne m'en a jamais parlé. Mais c'est bien possible. C'était un homme très méticuleux qui ne vivait que pour son travail ; c'est probable qu'il a laissé une note à ton sujet.

Ils se regardent. Elle voudrait avoir pitié de Janos, le plaindre, mais elle n'y réussit guère.

— Dormons, dit-elle. Elle voudrait rester seule.

Janos retourne dans sa chambre et se couche. Depuis qu'une lampe brûle dans chaque pièce, ils ont tous les trois un sommeil troublé. La lumière filtre à travers leurs paupières baissées, mais s'ils éteignent, c'est encore pire. Jenö revient leur rendre visite. Il séjourne surtout dans la chambre de Baby, s'asseyant sur l'un de ses sièges à haut dossier. De ses doigts blancs, il tambourine légèrement en mesure sur les accoudoirs. Il regarde Baby, et, quand il l'a regardée un certain temps, ses yeux deviennent phosphorescents, et ses doigts s'allongent, s'allongent jusqu'à ce qu'ils atteignent la jeune femme. Elle s'éveille en sursaut, elle tâtonne dans l'obscurité pour allumer sa lampe de chevet, renverse son verre d'eau, puis jette un coup d'œil effaré autour d'elle. A ce moment-là, le fauteuil est à nouveau vide. Avec un profond soupir Baby se laisse retomber sur le lit en désordre et tire les couvertures sur sa tête. Mais la lumière passe au travers et l'air lui manque. Son tourment ne cesse que lorsque au-dehors l'aube pâlit le ciel.

Janos souffre d'une autre manière. Il est couché dans son lit et n'ose bouger de peur de buter contre deux pieds rigides qui pendent du plafond. La sueur coule de son front à cause de cette immobilité forcée. Il tâche de se dire qu'un adulte n'a pas peur des fantômes. Et alors il commence à se morfondre, à se demander : « Jenö tenait-il un journal ? »

Le grand lit grince parfois sous le poids de la vieille. On ne peut supprimer ce grincement car on ne sait pas d'où il provient. Parfois le lit grince lorsqu'elle détend brusquement ses jambes dans un accès d'énervement.

Parfois il suffit qu'elle tourne la tête très légèrement. La vieille s'irrite, elle éprouve une vraie haine à l'égard de ce bruit. Elle ne peut plus se rendormir, car elle le guette. Chaque fois qu'elle allume sa lampe il cesse, elle n'arrive donc jamais à le localiser.

Les jours s'écoulent. Il fait toujours plus froid.

Baby rencontre Törzs deux ou trois fois par semaine. Elle est toujours à la maison afin qu'il puisse la trouver à toute heure. Elle le suit, soumise et presque joyeuse. Maintenant, ils parlent un peu plus ensemble. Baby lui raconte son enfance et ses rêves jamais réalisés. L'homme l'écoute, dit quelques mots pour que la conversation ne tombe pas, puis Baby reprend.

A la maison, Janos corrige pour la dernière fois la *Symphonie de la Joie*. Rentré de l'Opéra, il s'effondre sur le tabouret du piano et joue la partition comme si elle devait lui donner l'évasion.

Ils ne voient presque plus jamais leurs anciennes relations. Janos est au théâtre du matin au soir, Baby est à la maison et attend Törzs. Seule la mère entretient et noue encore des connaissances. Il lui suffit de sortir sur le palier pour trouver à qui se confier. A l'étage au-dessous il y a un vieux couple qui vit d'une modeste pension. Ils n'ont pu conserver qu'une pièce de leur appartement, le reste a dû être cédé à des ouvriers d'usine. Au début la mère allait leur emprunter des ustensiles de cuisine :

— Nous avons tout perdu au cours du siège, disait-elle.

Janos interdit ces visites.

— Il ne faut avoir des contacts qu'avec des travailleurs, Maman, dit-il.

Depuis, la conversation se limite à quelques échanges de vue sur le palier. Pas longtemps, car chaque fois le concierge met le nez hors de sa loge pour épier leurs paroles…

— Où est la solution ? demande Baby.

Il est une heure moins le quart du matin et ils frissonnent, assis encore autour de la table, devant un cendrier rempli de mégots.

— La vie est bien difficile, enchaîne Baby et elle dit encore : Quelle serait la solution possible ? La guerre ?

— Il n'y aura pas de guerre, répond Janos et il serre sa robe de chambre autour du cou.

Le lit grince sous le poids de la mère, elle crie de l'autre chambre :

— Ne parlez pas de guerre, cela m'empêche de dormir.

— Tais-toi, Maman, grogne le chef d'orchestre.

Baby allume une nouvelle cigarette, bien que sa bouche soit déjà amère, comme si elle avait avalé du fiel.

— Nous aurions dû fuir vers l'ouest en 45. Alors il y avait encore moyen.

Janos fait un signe évasif.

— Ce n'aurait été qu'une solution temporaire. Ils nous auraient suivis : un jour ou l'autre, ils envahiront l'Europe. Il faut se terrer, se terrer… Pourtant je suis vraiment avec eux. Je veux collaborer avec le nouveau régime. Si je réussis à aller à Moscou, ma carrière est faite. Mais avant tout il faudrait gagner le Prix de la Liberté avec ma symphonie. Le reste viendrait tout seul.

Ses propres paroles lui rendent courage. Il se sent tout à coup fort confiant.

— Ma petite folle de Baby, tu m'applaudiras à Moscou, n'est-ce pas ? Tu es contente ?

Baby fond en larmes, ses traits s'altèrent, des sanglots la secouent. Elle voudrait laisser tomber son visage contre la nappe tachée et tout avouer. Qu'ils apprennent tous deux ce qui lui est arrivé... Elle voudrait tout confesser à genoux, humblement, le goût salé de ses larmes à la bouche. Après tout ils font partie de sa vie, ce sont les siens – douze années vécues côte à côte les ont soudés, et il y a bien longtemps, ils se sont aimés... Elle attend que Janos se lève et la prenne dans ses bras. Mais la voix de la mère la rappelle à la réalité :

— Pourquoi pleure-t-elle ? Pourquoi m'énervez-vous au milieu de la nuit ?

Janos se penche sur sa femme :

— Si tu veux ma mort, alors fais des scènes pareilles. C'est la seule chose qui te manquait encore : l'hystérie... Pourquoi pleures-tu ?

Baby essuie ses larmes :

— J'avais toujours espéré Paris. Paris et pas Moscou... Tu m'avais toujours promis de m'emmener à Paris, mais tu en es toujours resté aux belles promesses. Tu pourrais aussi bien avoir du succès à Paris !

Le chuchotement de Janos devient presque sifflant :

— L'Occident n'est bon qu'à nous refouler. Ne l'as-tu pas encore compris ? Les radios répètent les mêmes phrases depuis des années, seuls changent les speakers.

On traite la Hongrie comme un imbécile à huit millions de têtes à qui on peut impunément ressasser les mêmes inepties.

La mère fit son apparition sur le seuil. Il y avait des taches de café sur sa chemise de nuit. Elle se tordait les mains.

— Vous deux vous voulez partir quelque part sans moi. Vous voulez m'abandonner, moi, votre mère…

— Vous n'êtes pas ma mère, seulement ma belle-mère, il y a une différence, répliqua Baby. Et si notre vie conjugale en est au point où elle est, c'est à cause de vous. Vous êtes constamment à nos trousses, écoutant la moindre de nos paroles, épiant chacun de nos gestes.

La vieille ne veut retenir que le début de cette diatribe :

— Où en est votre vie conjugale ? demande-t-elle vivement.

Le sang afflue à la tête de Baby.

— Là, que moi je…

Janos l'interrompt :

— Laisse Maman en paix. Tais-toi et va te coucher.

Puis il s'approche de la vieille, l'entoure de ses bras et la reconduit à son lit.

— Ne fais pas d'enfantillage, Maman, dit-il affectueusement. Tu sais bien que c'est toi que j'aime le plus au monde. En 1945, j'aurais pu quitter le pays. C'est à cause de toi que je suis resté…

La vieille se rebiffe :

— Ce n'est pas vrai que tu es resté à cause de moi. Tu n'as jamais voulu partir. Je ne permettrai pas qu'on fasse de moi le bouc émissaire. Je ne suis responsable de rien, moi !

Janos est là, impuissant, les bras ballants. Alors la mère s'attendrit. Elle caresse doucement la tête grisonnante, et, de son pouce, dessine une petite croix sur le front en sueur.

Le lendemain Baby décida de rendre visite à la comtesse et de lui porter des chemises de nuit de rechange. Lasse, énervée, elle tenait son paquet, avec l'air ennuyé que l'on a quand il faut être aimable envers des inconnus. Par hasard elle trouva une place assise dans le tram et put observer à son aise les voyageurs silencieux, aux vêtements usés. Ses lunettes aux verres fumés donnaient une teinte encore plus morne au ciel pluvieux de novembre. Les voyageurs se firent de plus en plus nombreux car le tram traversait toute la ville. La comtesse était soignée à l'hôpital où le docteur Kelemen dirigeait le service des névropathes.

Baby passa devant la loge du portier avec l'aisance que gardent seules les personnes bien portantes. Une vieille femme la croisa, la tête entourée de bandages. Baby détourna son regard avec dégoût. « Que peut-il y avoir sous le pansement », se demanda-t-elle avec un haut-le-cœur. Elle erra longuement d'un pavillon à l'autre sans oser demander son chemin : on aurait pu croire – à sa honte – qu'elle cherchait la section des maladies vénériennes pour elle-même. Arrivée au bâtiment central, elle décida d'aller demander le renseignement au docteur Kelemen.

Le médecin l'accueillit chaleureusement :

— Bonjour, très chère Madame, lui dit-il en s'inclinant comme s'il relevait de terre la main gantée qu'il allait baiser.

— Voulez-vous prendre place, je viens de terminer mes visites du matin. Vous ne refuserez certainement pas une tasse de café ?

Comme méludusée, Baby s'assit en face du bureau. C'est dans cette pièce surchauffée que l'humidité froide de cette journée d'automne la fit frissonner. Que de choses s'étaient passées depuis son dernier entretien avec le médecin ! La flamme de la lampe à alcool vacillait, bleuâtre. Le médecin alluma une cigarette et s'accouda au bureau.

— J'ai vu *L'Enlèvement au Sérail*, dit-il. C'était une excellente représentation. Elle m'a vraiment beaucoup plu.

Les pensées de Baby étaient si éloignées de l'Opéra et de son mari qu'elle eut peine à saisir ce dont il parlait. Elle sentait bien qu'elle aurait dû dire quelque chose pour enchaîner, mais elle ne trouva rien. Elle fumait en silence. Kelemen observa son bouton de manchette avec une attention soutenue. En lui-même il souriait avec indulgence : Baby n'était pas venue, comme elle le prétendait, simplement pour le saluer en passant, elle représentait un « cas » de plus dans sa journée.

— Quelque chose qui cloche à nouveau, Madame ? demanda-t-il en fronçant légèrement les sourcils. Les mots « à nouveau » étaient dits sans impatience aucune, ils impliquaient le rappel de tout ce qu'il connaissait déjà de l'état de Baby.

— Je suis allée à la campagne, répondit-elle d'une voix monocorde. Il se demanda si ces mots résumaient tout ce qu'elle avait à dire ou si elle ne faisait qu'entamer un récit fastidieux qui lui prendrait une heure.

264

— Et alors, êtes-vous guérie ? Vous sentez-vous plus calme ?

— Depuis, je trompe mon mari, déclara-t-elle en précipitant les mots, comme si elle faisait état d'un projet et non d'un fait vécu. Puis elle se tut, attentive.

Kelemen tressaillit. Cette confession le touchait péniblement. Quelque chose se faussait entre la jeune femme et lui. L'atmosphère avait subitement gagné une intimité malsaine. Kelemen avait horreur de cela. Il avait tellement l'habitude de garder l'initiative avec ses malades psychiques qu'une phrase directe et imprévue de la part d'une personne saine le démontait.

Il tira nerveusement des bouffées de sa cigarette, mais le petit fume-cigarette en argent s'était justement bouché et il n'eut que le goût amer de la nicotine tiède dans la bouche. Kelemen aurait voulu raturer la petite phrase que Baby venait de prononcer. Il méprisait profondément les femmes qui, poussées par quelque fièvre indécente, lui faisaient des aveux, et, arrachant le voile qui couvrait leur faute, trahissaient leur complice.

— Je compte sur votre discrétion professionnelle, ajouta Baby toujours à mi-voix, mais elle sentait que c'étaient des paroles superflues. Le café était prêt. Kelemen remplit deux petites tasses mais oublia d'offrir du sucre à la jeune femme. Elle n'osa pas en réclamer.

— La discrétion est une chose tout à fait relative, Madame. Je ne suis guère enclin à croire à la discrétion. Il faut une grande force d'âme pour garder un secret. J'avoue que vous m'avez plutôt troublé par votre aveu. Je ne comprends pas comment j'ai mérité votre confiance. Une pareille confiance !

— Je n'ai personne d'autre à qui parler, remarqua Baby, sentant qu'elle rougissait pour la première fois depuis bien des années. Elle marchait en terrain inconnu. Au lieu de trouver des phrases pour se libérer, elle butait mentalement contre un mur. Elle eût voulu s'échapper, considérer toute cette scène comme un mauvais rêve. Mais elle était prisonnière de ces quatre murs, une tasse de café à la main. Le temps de déboucher son fume-cigarette, le médecin s'était recomposé une attitude.

— Je n'ai pas de principes, Madame, dit-il enfin, ne croyez nullement que c'est en raison de considérations morales que j'ai été surpris par votre déclaration. Je pense seulement que cette situation peut devenir fort désagréable. Pour moi, une femme qui trompe son mari est toujours un peu une malade qui souffre de schizo-phrénie. Elle a deux vies et souffre aussi bien de l'une que de l'autre.

Baby n'osa pas lui dire que ce n'était qu'à partir de cet instant même que son état lui semblait pénible, ici, dans ce fauteuil confortable, une tasse de café à la main. Elle but une petite gorgée, déposa la tasse sur le bureau et se leva. Son visage était brûlant et cela la gênait de penser que le médecin était témoin de son trouble.

— Au revoir, docteur, dit-elle et elle lui tendit la main en hésitant comme si elle craignait de recevoir une tape.

— Au revoir, Madame, répondit-il en souriant poli-ment, mais sans expression.

Les joues en feu, Baby quitta la clinique. Sa honte se transformait lentement en colère. « C'est probable-ment vrai, se dit-elle, que Kelemen n'apprécie pas le sexe féminin… »

Mais assise sur le banc du tram qui la ramenait en ville, elle avait beau charger le médecin de toutes les vilenies possibles, elle était devenue tellement triste que des larmes s'échappèrent de ses yeux. Elle se détourna en ayant l'air de regarder par la fenêtre pour dissimuler qu'elle essuyait ses yeux. Cheminant sous la pluie froide qui battait les rues, elle se rendait compte qu'elle venait de perdre une amitié discrète et qu'il ne restait plus à sa place que la bonne volonté d'un médecin cultivé et mélomane. La petite flamme bleue ne brûlerait plus pour elle sous le globe de verre. Tout cela à cause d'une phrase inutile…

Arrivée sous le porche de leur maison, elle faillit éclater en sanglots. Elle ouvrit sa sacoche pour en retirer son mouchoir. Ce n'est qu'à ce moment qu'elle s'aperçut qu'elle tenait un petit paquet de sa main gauche : les chemises destinées à la comtesse. Le but de sa randonnée.

Depuis sa visite à Kelemen, le monde avait changé autour de Baby. L'aventure pour ainsi dire exotique où elle figurait en héroïne, la scène du grenier perdait son étrangeté et prenait peu à peu le caractère très réel d'un égarement. Elle continua à rencontrer Törzs, se montrant gentille pour lui, honorant même leurs rendez-vous de larmes sentimentales qui d'abord la surprenaient elle-même. Quand le pénible souvenir de l'hôpital se fut estompé, elle se mit à aimer le policier d'un amour passionné. En Törzs, elle embrassait sa propre sécurité, elle se donnait à lui comme si chaque étreinte prolongeait sa vie. Autour d'elle un monde tombait en ruine, un monde auquel elle appartenait elle-même. Mille indices le lui rappelaient chaque jour. Elle venait de rencontrer l'une de ses anciennes amies qui travaillait actuellement dans une usine métallurgique et qui attendait depuis de longues années le retour de son mari prisonnier en Russie. Après trois ou quatre minutes de conversation avec la femme pitoyable, aux cheveux ternes et aux ongles cassés, elle avait fui, saisie de panique. Elle n'avait pas parlé de cette rencontre à la maison pour éviter que sa belle-mère ne lui lance un de ses éternels « tu vois, ma fille ». Elle se rendait compte que l'ère nouvelle succédant au siège de Budapest était maintenant chose solide, implantée en pleine réalité. Tout ce qui se passait semblait parfaitement normal à la nouvelle génération qui n'en souffrait même plus. Pour les « anciens » seulement la vie était un problème douloureux. Et elle aussi se rangeait parmi les « anciens », les ci-devant… Etre la maîtresse du policier fanatique et puritain lui donnait un sentiment de sécurité. La garçonnière de son amant, c'était pour elle l'antichambre de la nouvelle époque où on voulait bien l'admettre, la supporter et peut-être même l'aimer un peu. Elle ne pensait plus jamais à Jenö pendant la journée. La nuit, lorsqu'elle imaginait le fantôme tapi derrière le rideau de velours, elle lui expliquait qu'elle ne pouvait agir autrement et lui demandait pardon en tremblant.

Quand il y avait des épurations au sein du Parti, elle tremblait pour Törzs, car s'il était éliminé, tout était fini aussi pour elle.

Bien persuadée que sans elle il n'y aurait jamais eu de Théâtre lyrique sous la direction de Janos, Baby avait tendance, malgré sa gentillesse, à traiter les chanteurs de haut, et parfois aux représentations elle prenait, à son insu, des airs de mécène condescendant.

Un jour elle pria le policier de lui donner une clef de son appartement.

— Ainsi je pourrai m'y rendre quand je veux. Si tu es absent, je m'assiérai bien sagement et je t'attendrai en lisant.

Törzs avait répondu par un faux-fuyant :

— Je ferai faire une seconde clef et je te la donnerai, avait-il dit doucement. Mais les jours s'écoulèrent et Baby n'obtint jamais la clef. Elle la réclama une deuxième fois sans aucun succès.

Il ne fut jamais question de la nouvelle robe. Le tissu

de soie jaune hantait bien parfois son imagination mais, alors, l'image rapetissée de Jenö pendant à son gibet s'y superposait comme si c'était un dessin imprimé sur l'étoffe.

Janos ne la grondait plus lorsqu'elle dépensait sans réfléchir. Baby acheta toute une gamme de rouges à lèvres, de crèmes et de fards. Ces derniers temps elle appliquait une crème verdâtre au reflet argenté sur ses cils.

Cela prêtait à son regard un éclat lointain et mystérieux comme si ses traits se reflétaient dans un miroir d'eau. Les nuits d'insomnie l'avaient encore fait maigrir, elle était mince comme à dix-huit ans. Elle était vraiment belle. A chaque geste elle ressentait intensément la perfection de son corps.

Janos respirait plus à l'aise : il raconta aux siens qu'on lui avait accordé un délai supplémentaire pour la *Symphonie de la Joie*. Elle ne serait présentée au public que le 22 décembre, juste avant Noël.

Au mot Noël, Baby fronça les sourcils :

— Tu parles de la fête du Sapin, il me semble. Ton vocabulaire est vraiment désuet. Une personne si bien « alignée » que toi sur le nouveau régime doit châtier son langage. Quelle expression bourgeoise, occidentale que ce mot Noël – un mot bourré de nostalgies, de regrets…

La mère jeta un coup d'œil effaré sur son fils.

— Tu lui permets de se moquer ainsi de toi ?

— Baby ne fait que blaguer, répondit-il, contraint, je sais bien qu'elle blague.

Il y avait longtemps que toute intimité avait cessé entre eux. Un jour la main de l'homme avait glissé vers la poitrine de Baby. Elle l'avait vivement repoussé.

— Idiot, avait-elle ajouté en traînant sur les mots, tu ne vois donc pas que c'est fini entre nous ; que ça n'existe plus ? Tu pourrais au moins t'épargner l'humiliation…

Et Janos n'avait pas répondu : « Petite effrontée, je vais te rosser. » Il s'était tu, tandis qu'une petite veine battait à se rompre dans sa gorge.

La mère avait dû se trouver aux écoutes, car elle demanda anxieusement à Janos, lorsque celui-ci se retourna sur le seuil :

— Qu'y a-t-il ? Quelque chose ne va pas ?

Et lui, au lieu de blâmer la vieille pour son indiscrétion, restait figé sur place, le regard dur de haine et de colère. Il murmura comme s'il se parlait :

— Rien ne va plus…

Un matin, Budapest se réveilla en sursaut comme un dormeur sous un coup de fouet. En plusieurs endroits de la ville d'énormes camions s'étaient arrêtés devant les immeubles, et les concierges en pantoufles, un vêtement enfilé à la hâte sur leur chemise de nuit, ouvraient fébrilement les portes. Des policiers, les uns en civil, d'autres en uniformes, se répandaient sous les porches, se lançaient dans les escaliers et sonnaient à certains appartements. Ils appuyaient sur le bouton de la sonnette jusqu'à ce qu'on vienne ouvrir. Des citadins apeurés se tenaient devant eux, saisis d'effroi : vieillards, employés retraités, femmes croulantes. Les policiers leur remettaient un billet bleu : l'avis de déportation. On leur donnait une heure pour faire leurs paquets, d'ailleurs strictement réduits. Les policiers regardaient avec indifférence ces êtres mortellement affolés et ne répondaient pas à leurs demandes angoissées : « Où nous emmène-t-on et pourquoi ? »

Les objets s'échappaient des doigts tremblants, les contours de l'appartement se confondaient devant les yeux obscurcis par les larmes et l'angoisse. Au moment de partir vers un destin inconnu, qui pourrait dire ce qui est « le plus nécessaire » ? Ils enfilaient leurs vêtements les plus chauds, arrachaient les couvertures des lits encore tièdes, et descendaient, agrippés l'un à l'autre, sanglotant, chancelant, implorant miséricorde. Dans les appartements où le coup de sonnette n'avait pas retenti, les gens se groupaient près de l'entrée, participant au drame qui se déroulait mais sans oser jeter un coup d'œil de l'autre côté de la porte. Dans la rue, les camions engloutissaient les damnés. On abaissait les bâches, le grondement du moteur étouffait les sanglots, et les camions partaient.

Pour où ? C'est la question que se posa le lendemain toute la ville paralysée d'effroi. C'est la question que répétaient toutes les lèvres.

— Pour où ?

Le lendemain, le troisième jour, au cours des semaines suivantes, le jeu infernal continua. Camion s'arrêtant devant la maison, coup de sonnette, billet bleu, paquetage enfiévré, et puis… néant. La ville ne dormait plus.

Il arrivait qu'on n'ouvrît pas dans les logis désignés. Alors les policiers enfonçaient la porte d'entrée ou les fenêtres. Dans la cuisine ils butaient sur les jambes des suicidés, la bouche ouverte, sous le robinet d'où le gaz s'échappait en sifflant…

Plus tard, on eut enfin des nouvelles des déportés. On les avait entassés dans des camps de concentration à la campagne ou bien répartis chez des paysans pour y travailler. Là ils devaient se terrer dans des granges et des pièces en terre battue sans chauffage.

Il y eut quand même un soupir de soulagement à travers la ville. « On ne les a pas emmenés en Russie… » Mais peu après une vague de terreur submergea à nouveau les esprits : quel est le projet de l'Etat concernant les déportés ? Tout ceci n'est-il pas simplement le prologue d'une déportation vers la Sibérie ?

— Ce n'est rien d'autre qu'une action défensive de l'Etat, expliquait Törzs à Baby. Les paysans qui refluent des campagnes pour devenir des ouvriers industriels ont besoin de logements. Les pensionnés, les chômeurs, les ci-devant écartés qui propagent leurs idées défaitistes, sont destinés à la déportation parce qu'ils constituent des éléments nocifs. Ils troublent l'atmosphère de la ville en pleine reconstruction et en plein développement. Il faut faire place à la nouvelle génération, aux communistes constructifs, ardents, à ceux qui bâtissent le communisme.

— En exterminant des milliers et des milliers d'individus ? avait demandé Baby, les lèvres blanches.

— Tu emploies des expressions erronées... nous ne faisons que les éliminer pour donner de la place aux hommes de demain. Les déportés auront d'ailleurs la possibilité de travailler, eux aussi. Ils pourront gagner le minimum vital, de quoi ne pas mourir de faim. Ils construiront des routes afin que les nôtres puissent mieux circuler, ils s'attèleront aux travaux ruraux, afin que les masses paysannes puissent affluer en plus grand nombre vers les cités, ils apprendront l'obéissance et le silence.

— Ils crèveront, répéta Baby, inébranlable.

— Il n'y a pas de révolution sans victime. Et sans révolution, il n'y a pas de nouveau monde. Ne crois-tu pas que, dans les pays européens, gémissant encore sous le joug capitaliste, les populations n'attendent pas impatiemment *leur* révolution ? Ce n'est que sous un régime trompeur qu'on peut gagner du temps par des beaux discours. La vraie solution c'est celle-ci : le camion et le wagon à bestiaux.

Dans la maison qui abritait Baby, on avait déporté

le couple de pensionnés avec qui Maman se plaisait à bavarder. Celle-ci en était désespérée.

— Les pauvres, s'était-elle apitoyée, tout en ajoutant rapidement : C'est toujours eux qui me prêtaient leur tamis de cuisine… Où vais-je m'en procurer maintenant ?

Un soir, Arpad Klein arriva chez eux, les yeux rougis. La mère cuisinait, Janos répétait sa *Symphonie joyeuse*. Arpad s'effondra aux pieds de Baby. Il s'accroupit sur le tapis.

— Madame, souffla-t-il, on a déporté Agi. Ça s'est passé il y a une semaine. Aujourd'hui elle m'a enfin envoyé un signe de vie. Elle est dans un village. Il fait si froid dans la chambre que chaque matin l'eau gèle dans la cruche.

— Pourquoi l'a-t-on déportée ? demanda Baby en tremblant.

— Comme vous vous en souvenez, il y a plusieurs mois, Agi fut renvoyée de « la Troïka » et déclarée parasite. On l'a déportée parce qu'elle n'a pas pu dire comment elle gagnait sa vie. On l'a classée parmi les éléments douteux ; on lui reprochait d'ailleurs de chanter trop de chansons occidentales. Elle rencontrait parfois un Anglais qu'elle connaissait du temps de « la Troïka ». Alors on a déclaré qu'elle servait les capitalistes et on la soupçonne d'espionnage. Que dois-je faire ? que dois-je faire ? Comment pourrai-je la ramener en ville ?

— J'avais pensé qu'on ne toucherait plus aux Juifs, dit Baby doucement, ils ont déjà tant souffert sous l'occupation allemande.

— Agi n'a pas été déportée en tant que Juive. Il n'est pas question de préjugés raciaux. Tout le monde en cette matière est sous la coupe d'une terrible égalité.

— Et vous ? Ne voudriez-vous pas vous expatrier pour Israël ?

Klein fit un geste évasif :

— Que voulez-vous que je fasse là-bas ? Un malheureux comme moi qui me suis fait baptiser… D'ailleurs, même si je le voulais, on ne me laisserait pas sortir du pays… Madame, ajouta-t-il en se penchant si près de Baby que ses coudes reposaient presque sur ses genoux :

— Que pensez-vous de l'éternité ?

Baby se rendit compte que Klein allait de nouveau méditer, s'analyser, se tourmenter, selon son ancienne habitude. Elle lui parla avec douceur :

— Je vous avoue ne jamais y avoir songé, mon ami. Pourquoi ne vous adressez-vous pas à un prêtre catholique qui vous expliquerait tout cela ?

Arpad hésita.

— C'est en vain que j'écouterais n'importe lequel d'entre eux. Je croirais toujours qu'ils me trompent pour me gagner à une cause que je combats en moi-même. Je dois résoudre tout ceci par moi-même. S'il m'arrive de poser une question, c'est juste parce que l'occasion s'en présente. Après tout le christianisme doit bien avoir une image symbolisant l'éternité ?

Baby se sentit impuissante :

— Je n'ai plus tenu de catéchisme entre mes mains depuis mes petites classes…

— Mais vous avez bien une idée personnelle là-dessus ? Voyez-vous, moi je m'en suis fait une. Pour moi l'éternité c'est ce temps infini où on répète toujours la même question à mon oreille, une question à laquelle je ne serai jamais capable de répondre par mes propres forces.

Baby se pencha vers lui :

— Quelle est cette question ? demanda-t-elle doucement.

— Celle-ci : Y a-t-il moyen d'être réellement chrétien ?

Baby marqua une pause.

— Comme c'est difficile de comprendre un Juif, soupira-t-elle.

— Il ne faut pas comprendre les Juifs, il faut les
aimer. Puis il ajouta rapidement comme pour s'excuser :
du moins ceux qui le méritent.

La vie d'Ida n'est plus qu'un cauchemar douloureux, un cauchemar sans espoir de réveil, puisque tout est terriblement vrai : l'arrestation de Marton, la solitude effroyable, l'hiver qui approche et l'enfant dont elle est enceinte. Pâle et défaite, elle parcourt, tel un fantôme, la maison repeinte une fois de plus. Ses lèvres au pli amer semblent refouler continuellement un cri de détresse qui sourd du fond d'elle-même. Alourdie, elle boite plus fort qu'auparavant. Pourtant il lui arrive souvent de quitter la maison pour ne rentrer que tard dans la soirée, les joues encore blêmes sous la morsure du froid. Elle évite ses parents autant que possible, leur pitié lui fait mal. La compagnie d'étrangers lui est plus douce : elle peut au moins se laisser aller, ne pas jouer la comédie. Elle recherche l'effort physique, gravit souvent aussi vite que possible la colline escarpée, s'arrête haletante dans le petit bois dénudé par l'automne, et redescend à grandes enjambées. La contrée argentée par les premières gelées blanches et le grand lac couleur de plomb sont les témoins impassibles de sa souffrance.

Une nuit la fièvre s'empare d'elle, son cœur bat à se rompre, la sueur coule de son front. Elle supporte son malaise avec patience et prie… mais l'aube qui la trouve brisée, les yeux grands ouverts, ne lui apporte pas la solution espérée. Au fond, elle ne comprend pas ce qui se passe en elle. Depuis que Marton l'a prise dans ses bras pour la première fois, elle n'avait qu'un souhait : porter l'enfant de l'homme tant aimé. Maintenant que son plus cher désir se réalise, il n'y a plus de Marton. Un voisin l'a vu disparaître en compagnie de deux hommes vêtus de cuir… C'est tout ce que l'on sait de lui. On l'a arrêté. Ida a l'impression de se trouver devant un gouffre sans fond dans lequel on a précipité son amant. Où doit-elle le chercher ? Elle est allée trouver le secrétaire du Parti : il a haussé les épaules et prétendu ne rien savoir. Fiévreusement, elle scrute ses souvenirs : Marton n'a jamais fait allusion à rien qui ait pu le compromettre. La mère du jeune homme est à moitié folle de désespoir. Elle a fouillé vainement les effets de son fils, il n'y avait aucune lettre, aucune indication. Les vêtements du disparu jonchaient la chambre vide, aussi impersonnels que s'il ne les avait jamais portés.

La foi d'Ida en elle-même et dans le monde qui l'entoure s'est subitement effondrée. Jusqu'à la disparition de son fiancé elle avait cru que, en dépit de sa légère infirmité, elle pourrait bâtir son modeste bonheur indépendamment du passé et du difficile présent. Elle s'était souvent dit que, sans la captivité de Marton, sans le bouleversement social d'après guerre, ils ne se seraient jamais rejoints. Emue par cette pensée, elle avait baisé les mains boursouflées du jeune homme, puisque ce mal étrange s'était fait son allié pour la rapprocher, elle, l'infirme, du garçon qu'elle aimait.

Et voilà qu'elle ne croit même plus en son propre amour. Car maintenant que Marton est parti, qu'elle ne peut plus, un sourire triomphant sur les lèvres, lui prouver qu'on peut donner la vie même avec une hanche de travers, elle ne veut plus de cet enfant, qui, d'un symbole d'amour ardemment espéré, est devenu une réalité menaçante. Elle voudrait arracher de ses entrailles cette vie qui s'y cramponne, ne pas subir des conséquences qui la terrifient. Elle n'ose pas en parler à ses parents : comment supporter de voir se refléter sur leurs traits la vision qui passerait par leur esprit : celle de leur fille dans les bras de l'amant... Il y a la mère de Marton qu'elle pourrait évidemment mettre au courant, mais peut-on parler de choses pareilles à une ombre éplorée ? La mère n'a-t-elle pas été jalouse de chaque instant que son fils lui volait pour le passer avec Ida ? Voilà déjà deux mois que Marton a disparu et c'est en vain qu'elle a couru dans le vent et la pluie. Les jours qui passent renforcent de plus en plus cette absurdité : l'enfant qui va naître sans père...

« Et pourtant je l'aime », se répète-t-elle opiniâtre, mais elle sait qu'au fond elle renoncerait à tout, même au souvenir de cette liaison, si en échange, elle était libérée de ce cauchemar. Elle se voit déjà infirme, et alourdie par son gros ventre, seule dans un monde hostile.

« Je ne veux pas, non, non, je ne veux pas », gémit-elle, et elle n'a même plus la force de pleurer.

La présence de son père lui est particulièrement pénible en ces jours. Lui pourtant s'attache à ses pas comme s'il devait être là pour la retenir au dernier instant sur la pente du suicide. Parfois il la surprend au cours de ses cruelles promenades. Alors Ida se montre presque bourrue :

— Pourquoi me suis-tu ? s'exclame-t-elle. A quoi bon ? Pourquoi ne me laissez-vous pas me débrouiller toute seule ?

Il ne répond pas mais marche à ses côtés jusqu'à la maison. Même dans sa chambre, Ida a souvent la certitude que son père l'épie à travers la porte, en retenant son souffle. Un jour elle s'était tout doucement glissée jusqu'à cette porte et l'avait brusquement ouverte. Sandor se trouvait sur le seuil, un peu embarrassé mais parant le coup comme un voleur pris sur le fait :

— J'allais frapper à ta porte mais aucun bruit ne venait de ta chambre, j'ai cru que tu dormais. Je m'en vais, mon enfant, je ne veux pas te déranger.

Ida voudrait refouler en elle cette irritabilité excessive. Dès qu'elle est loin de son père, elle décide de se montrer gentille pour lui, affectueuse et patiente. Mais il n'a pas posé sur elle son regard inquiet qu'Ida pourrait hurler d'agacement.

— Tu peux avoir pleine confiance en moi, lui avait-il dit l'un de ces jours, puis il avait attendu, plein d'espoir, qu'elle livre son secret.

— Je n'ai rien à dire, avait-elle répondu, en posant sa main sur le bras de son père, pour atténuer la sécheresse de ses paroles. Mais lorsqu'il s'était emparé de la petite main pour y poser un baiser presque humble, la colère avait monté à ses joues :

— Un père n'a pas à baiser les mains de sa fille, avait-elle dit brusquement en quittant la pièce.

Le baiser de son père avait longtemps brûlé son poignet. En pensée elle avait repoussé cette tête où les derniers cheveux ne formaient plus qu'une couronne argentée, et pourtant elle aurait voulu tomber à genoux devant ce père bien-aimé, le supplier de lui pardonner, lui expliquer sa conduite bizarre, lui dire qu'elle n'était pas capable en ce moment de supporter la présence de qui que ce fût. Mais cette bonne intention n'alla jamais jusqu'à l'acte : dès qu'Ida voyait son père, elle n'avait qu'une idée : fuir…

Pendant les longues soirées de novembre, après dîner, le notaire et sa femme restent assis près du poêle. Il fume en silence, Anna tricote. L'atmosphère est lourde de tous les mots qui restent en suspens. Ils s'efforcent de garder ce silence et recherchent la présence l'un de l'autre pour bien se prouver une indifférence pourtant toute factice. Anna toussote par moments, juste pour rappeler qu'elle est là, bien vivante, et pour donner une plus grande signification à son mutisme. Ce qui est insupportable pour le notaire, c'est qu'elle se mette à fredonner, tout bas, et ne s'arrête plus. Il voudrait se boucher les oreilles pour ne pas entendre ce chantonnement qui l'exaspère.

Un soir il adresse la parole à sa femme :

— As-tu encore une confidence à faire à Ida ? Le sort s'est lassé de tes menaces… Il a fait disparaître Marton, en Sibérie ou au fond d'un cachot. Tes paroles ont été étouffées dans ta gorge, Anna…

Elle continue à chantonner sans répondre mais ses aiguilles cliquettent un peu plus vite. Elle tricote fébrilement.

— As-tu lu la lettre de Thérèse ? demande-t-elle un peu plus tard.

— Non.

— Elle est dans ma chambre, sur la table.

L'homme ne répond pas. Il reste assis, imperturbable.

Anna dépose son ouvrage :

— Ce qui arrive à Thérèse ne t'intéresse nullement, me semble-t-il. Voilà des semaines qu'elle est dans un camp de jeunesse. On lui bourre la tête de propagande. Toi, ça t'est bien égal…

Le notaire répond presque distraitement :

— Propagande… A présent, tu te risques à employer ce mot… Avec le temps, tu te rendras peut-être bien compte que tout ne tourne pas rond dans le pays…

Au lieu de contre-attaquer, la femme se met subitement sur la défensive :

— Penses-tu que la maison soit aussi en danger ? demande-t-elle apeurée.

— Ida est en danger, répond-il, elle se meurt d'angoisse… Elle est désespérée…

— Ce ne sera pas la première femme à survivre à un chagrin d'amour, dit Anna très bas. D'ailleurs, Marton peut revenir, on va bien le relâcher, une fois qu'on aura découvert qu'il n'a rien fait.

Le notaire rallume la cigarette qui s'est éteinte au bout de se lèvres :

— Qu'est-ce que tu sais de lui ? Rien. Et puis, cela n'a aucune importance, qu'il ait réellement trempé dans quelque chose ou pas. Il se range dans la catégorie des indésirables, de ceux qui doivent disparaître…

— Ida s'en remettra bien, répète Anna têtue. Maintenant qu'elle a envisagé le sort probable du jeune homme, Marton est devenu aussi irréel qu'un personnage de légende. Sa disparition subite semble aussi peu vraisemblable que l'avait été son retour de captivité.

— Tu devrais quand même lire la lettre de Thérèse, reprend Anna. Je ne sais pas où elle se trouve. Son adresse ressemble tout à fait à une adresse militaire.

— Je vais lire la lettre, dit le notaire en bâillant, mais n'oublie pas de me la passer.

Le 22 décembre, le jour même où devait avoir lieu la première de la *Symphonie de la Joie*, une nouvelle terrifiante parcourut la ville. La plus grande actrice dramatique venait de se suicider avec son mari, un chirurgien réputé. Les autres occupants de la maison ne les ayant pas aperçus depuis deux jours avaient enfoncé leur porte et découvert les deux cadavres. Une aiguille hypodermique et des ampoules vides jonchaient le tapis, au pied du lit. Le couple n'avait pas attendu le camion et le billet bleu…

Pendant que Baby faisait sa toilette pour se rendre au Théâtre Lyrique, elle se rappela l'instant où elle avait rencontré l'actrice. Comme elle se fardait devant le miroir, les traits de la suicidée lui apparurent au lieu des siens : deux grands yeux bruns aux coins légèrement relevés aux tempes, le regard velouté, la figure brûlant d'un feu intérieur, la peau d'albâtre, le corps svelte, élancé. En retouchant les contours de sa bouche, Baby eut l'impression de farder les lèvres de la morte pour la représentation du soir. La mort de l'actrice célèbre l'avait frappée davantage que les déportations massives qui sévissaient depuis des semaines.

Baby étudiait minutieusement ses traits dans le miroir. Oui, elle était vraiment belle ce soir… Le bain chaud avait rendu toute sa transparence à son épiderme, sa main fine et blanche clamait sa noblesse : certes, elle n'avait jamais été avilie par le travail manuel.

Un jour, tout en passant son bras de lis sous le cou de Törzs, elle lui avait demandé :

— Ne préfères-tu pas une peau veloutée et sentant bon à des ongles sales, des cheveux négligés, des bas de laine, des souliers à talons bas et un fichu sur la tête ?

— Le communisme ne considère pas la femme comme un appât sensuel, répliqua Törzs, mais comme une compagne de travail qui en même temps complète le mâle. Celui qui ne connaît pas le velours ne pleure jamais pour en avoir… La femme russe travaille à égalité avec l'homme dans les usines, les bureaux, l'armée et l'industrie agricole. Elle est fière d'édifier conjointement avec lui le monde socialiste.

— Mais, avait objecté Baby, s'il n'y a pour autant dire plus de différence entre les deux sexes, les hommes n'ont-ils pas l'impression de tomber amoureux d'autres hommes ?

Törzs ne fut pas pris de court :

— A l'Ouest, on fait de tout une question sexuelle. Le bolchevisme détruit cette perversité décadente. On ne prête plus une si grande importance à son corps. Le Parti prend soin de la nouvelle génération élevée dans le bolchevisme : les jeunes ne sont plus influencés par des souvenirs bêtes et nocifs. Le bolchevisme est la manière de vivre la plus humaine qui soit. Tous travaillent en commun pour la sécurité et le bonheur de l'humanité future, pour le communisme intégral…

« Moi, je ne travaille pas pour le bien de la communauté », se dit Baby, en se remémorant le dialogue. Elle contempla son image reflétée dans la glace : sa robe noire mettait parfaitement en valeur l'or de ses cheveux. Elle noua un rang de perles à son cou et prévint la mère :

— Je suis prête, Maman. Nous pouvons nous mettre en route quand vous le désirez.

La vieille rétorqua sèchement :

— Moi, je suis prête depuis longtemps, ma fille.

Elle déteste sa bru plus que jamais. La pensée qu'elle, la mère, n'était pas seule à prendre sa part des honneurs rendus à son fils, lui était insupportable.

L'Opéra est comble. Baby est assise au troisième rang, à côté de sa belle-mère. Les deux femmes ne se parlent pas. Des draperies rouges cachent les ors anciens qui ornent les loges. Un cinquième seulement des ampoules est allumé sur le lustre monumental en cristal de Venise. C'est l'effet de la campagne sociale en faveur de l'épargne.

L'auditoire est mou et incolore ; des balcons on dirait que parquets et fauteuils d'orchestre sont recouverts d'un nuage de poussière grisâtre. Sur la scène devant le grand rideau rouge, un homme en salopette règle le microphone. Il se mouche et disparaît dans les coulisses.

Quatre individus pénètrent dans la loge d'avant-scène gauche. Quelqu'un se met à applaudir vigoureusement, suivi mollement par le public. Les acclamations s'arrêtent bien vite comme sous l'emprise d'une fatigue morbide.

Lentement les lumières se sont éteintes dans la salle. Un réflecteur braque son jet cru sur un jeune homme au complet foncé, cravaté de rouge, qui se présente devant le rideau. Il donne un bref aperçu de la soirée. On écoute avec apathie ses paroles d'un débit rapide et monocorde. On a déjà expliqué la signification de cette soirée et de la symphonie à ce même public qui avait été convoqué spécialement pour cela il y a quelques jours. Il se compose en majeure partie de travailleurs auxquels les groupements culturels d'usine ont délivré les billets d'entrée. L'homme à la cravate rouge disparaît derrière le rideau, cédant la place à une actrice de haute taille, aux cheveux foncés.

Baby s'incline vers sa belle-mère :

— Elle va sûrement déclamer, celle-là.

Attirant le microphone à elle, la femme aux cheveux noirs semble réprimander le public en donnant le titre du poème :

Que fais-tu pour mériter la liberté, camarade ?

Baby soupire et se laisse aller contre le dossier de son siège : elle sait d'avance que ce sera long et fastidieux. Déformée par le microphone, la voix de la femme a une résonance métallique. Tout défile : tracteurs, cheminées d'usine, stakhanovisme, amour-propre socialiste, drapeaux rouges flottant au vent, poings levés et pourriture bourgeoise. Cela heurte les cerveaux, dru comme une averse de grêlons.

Baby ouvre brusquement les yeux : elle craint qu'on n'ait remarqué son évasion derrière ses paupières closes.

Sur la scène, la femme agrippe le microphone, sa voix résonne comme le marteau sur l'enclume, lorsqu'elle lance une dernière fois : « Liberté mondiale », avant de se taire et de s'incliner machinalement. Elle a disparu avant que les applaudissements ne fusent, car elle ne veut pas voler ses lauriers au poète dont elle n'a fait que transmettre la pensée.

Le rideau se lève sur une mise en scène parfaite. Près du trou du souffleur, il y a l'estrade du chef d'orchestre avec son pupitre. Autour de lui, en demi-cercle, les musiciens sobrement vêtus de noir. Une femme pâle aux cheveux roux s'appuie gracieusement sur sa harpe. Le chœur se range en gradins derrière l'orchestre, les enfants dans le bas, puis les femmes, enfin les hommes. Au fond de la scène trois gigantesques effigies : Lénine, Karl Marx, Staline. Un violoniste prépare son archet mais, sur l'avertissement de son voisin, il dépose hâtivement sa colophane.

Janos pénètre à grandes enjambées sur le plateau, il semble nerveux. Quelques paumes esquissent des applaudissements incertains. Avant que la mère n'ait eu le temps de s'y joindre, Janos frappe à petits coups sur son pupitre. Le chœur l'observe, figé dans l'attention. Cette attention soutenue mime l'effort grimaçant que l'on fait pour se retenir de bâiller. Le pianiste frotte ses mains l'une contre l'autre et les essuie avec son mouchoir. Janos lève sa baguette de conducteur et donne le signal.

C'est le premier mouvement musical, l'exposition. Le texte du programme indique que cette introduction décrit les souffrances du peuple avant la libération.

Sous l'impulsion du chef d'orchestre, la musique jaillit comme une source bouillonnante. Une profonde tristesse mugit sourdement dans le chœur des basses. Souligné par les voix mâles, le thème, lourd, amer, est porté par les violoncelles.

La voix du ténor monte, isolée :

J'ai à vous parler, mes huit millions de frères,
        [Camarades, écoutez ma voix...

Ma nef, tourne ta proue face au courant –
Sur les grandes eaux du temps,
Souvenir, élance-toi…
O terre de mes ancêtres où les ruisseaux ont dé-
*   bordé de sang pendant dix siècles, du sang de*
*   notre peuple.*
Ne l'oublions jamais, jamais :
Les capitalistes nous ont saigné à blanc.

Maintenant le chœur des femmes reprend le récit :

Nous maudissions l'enfant dans notre sein
Car il naissait esclave,
Serf des capitalistes…

Les hautbois se lamentent, hystériques. Le ton gagne une acuité bleue – bleue comme la lame d'une épée – il exacerbe et déchire les nerfs du public. Electrisés, les auditeurs n'ont plus sommeil. Ils écoutent, penchés en avant, comme si quelque événement se déroulait devant leurs yeux. Le piano reprend le thème à son compte et semble disputer avec les violons la révélation du secret de l'œuvre. La harpe frissonne : ses glissandos évoquent des fantômes. Le thème principal est là, tapi derrière chaque musicien comme une ombre blanche. Un xylophone volontaire réclame la parole, se querelle impatiemment avec les violoncelles. Puis la baguette du chef d'orchestre coupe le courant de la musique : court-circuit passager, minute de silence entre les deux premiers mouvements.

La seconde partie a comme sujet la libération. Sur un signe de Janos, les trompettes entonnent leur chant de triomphe, accompagné du chœur des hommes :

Chers camarades, partisans, armées combattantes,
Vous êtes venus, vous nous avez délivrés
Du joug capitaliste…

Puis les femmes :

Nous pouvons enfin travailler dans une usine,
Nous ne sommes plus des parasites.
Le front des filles-mères resplendit de gloire,
Elles accouchent de guerriers pour la grande lutte,
Pour le grand combat défensif…

La voix cristalline des enfants s'élève à son tour :

Quelle joie, quelle joie de naître
Dans un pays de la démocratie populaire.
Nous chantons la joie de ceux qui vont naître
Nous sommes des pionniers et s'il le faut
Nous serons de vaillants partisans…

Stridents, les violons reprennent la phrase mélodique.

Le thème se fait aigu et blanc sur la corde des violons. Le chœur attend, immobile. Et voilà que, lentement, dans un largo qui s'étend comme une crue envahissante, la musique gagne de volume et remplit la salle tandis que le pianissimo des haut-bois rappelle le thème douloureux de l'exposition. La grosse caisse souligne de son lourd grondement le désespoir intense qu'expriment les violoncelles.

Baby est assise, les yeux fermés. Son corps vibre sous l'impulsion de mille pensées diverses. Le dynamisme puissant de la symphonie émeut tout son être. A travers ses paupières humides, elle observe le chef d'orchestre dont la tête brille sous le feu des projecteurs, et qui, de ses gestes puissants, soulève et brasse ces forces toujours plus vives qu'il semble arracher à chaque instrument.

« Quel grand talent », se dit-elle, et, elle se laisse porter par la musique comme si une barque divine façonnée par le chant des harpes la berçait sur un fleuve au clair de lune. Et il lui semble qu'ayant trempé la main dans ce flot sonore, la musique ruisselle le long de ses doigts, tandis que le solo des violons perle pendant quelques instants au creux de sa paume comme dans une coupe d'offrande.

« J'aimais Janos, se dit-elle, une peine au fond du cœur, je l'ai pourtant aimé... Voilà ce que j'admirais en lui : l'artiste créateur. »

Le second mouvement de la symphonie évoque le deuil profond des *Requiem* par les flots sombres qu'il épanche et que ponctue la plainte tumultueuse des chœurs. Les auditeurs sont médusés, la musique les rend visionnaires. L'angoisse prend corps en eux. Insensibles aux contradictions entre la partition et les paroles, ils voient la scène se transformer en gigantesque théâtre funèbre où ils sont à la fois le mort et les témoins. La vibration des harpes rappelle un souffle lointain qui fait clignoter des cierges invisibles.

Baby retient ses larmes avec peine, larmes qui baignent et purifient son cœur. Elle ne ressent pas la pression de ses doigts croisés comme dans un spasme. C'est la première fois de sa vie qu'elle n'a plus conscience de son corps, qu'il perd tout son poids à côté de l'âme qui éclôt.

Elle prend à nouveau conscience lorsque l'orchestre se tait. C'est la pause entre le deuxième et le troisième mouvement de la symphonie. Elle ne remarque pas qu'il n'y a plus que trois hommes dans la loge d'avant-scène ; le quatrième a disparu.

Le troisième mouvement est rapide. Il entraîne l'auditoire dans sa fougue ainsi qu'un tourbillon aspire les feuilles mortes. Une douleur ardente, mystérieuse palpite dans le rythme de l'œuvre. Le musicien de la grosse caisse se transforme en un petit démon noir qui remonte des nouvelles du monde des ténèbres. Les trompettes éventrent le sol qui masque les fosses communes. La vision est si intense qu'elle voile aux yeux des auditeurs les portraits de Marx, de Lénine et de Staline. Après un dernier puissant crescendo, les bras des musiciens s'arrêtent comme pétrifiés, et Janos, tourné vers le public, s'incline comme pour attendre son verdict.

Un instant, la salle, elle aussi, reste paralysée, puis les applaudissements éclatent, spontanés, véhéments. Janos désigne l'orchestre. Les musiciens se lèvent, les acclamations ne cessent pas, les mains s'agitent inlassables, on trépigne, on rappelle, toute la salle frémit sous le triomphe délirant comme sous la secousse d'un lointain séisme.

Baby applaudit en souriant à travers ses larmes. Elle voudrait monter sur la scène et baiser la main de Janos. Dans son esprit, Törzs a reculé aussi loin que s'il n'était jamais né.

Les musiciens quittent la scène mais le public continue à manifester son enthousiasme. Janos fait front à la salle, mortellement las mais profondément heureux. Il ne salue plus, il est là, debout, souriant, savourant sa victoire.

Il y avait bien longtemps que Janos et les siens n'avaient plus dormi ainsi pendant toute une nuit. Exceptionnellement, ce fut Baby, réveillée la première, qui se leva pour préparer le café, le cœur encore tout gonflé d'enthousiasme. Elle fredonnait en mettant la table pour le petit déjeuner, puis elle enleva soigneusement la crème de nuit qui recouvrait son visage, afin que Janos la trouve fraîche et jeune.

« Peut-être que je l'aime de nouveau, se dit-elle toute joyeuse et un peu étonnée. Je ne savais pas qu'il était un si grand homme. » Et elle chantonne : « J'adore le génie, j'adore le génie », en déposant la corbeille à pain sur la table. Ayant remarqué une tache sur le revers de son déshabillé, elle retourna vivement dans sa chambre et s'habilla, à dix heures du matin, avec le soin qu'elle eût mis à sa toilette à cinq heures du soir. Elle enfila une robe en lainage bleu foncé, lissa ses cheveux blonds en larges boucles plates. Quelque part, parmi des pensées qu'elle n'osait pas même s'avouer, il y avait aussi la notion que la carrière de Janos était désormais assurée, qu'il gagnerait beaucoup d'argent et voyagerait à l'étranger – et qu'étant donné tout cela, il était important qu'il l'aimât autant qu'il y a douze ans.

Janos, levé à son tour, entra dans la salle à manger.

— Quoi, s'écria-t-il, un léger reproche dans la voix, tu es déjà habillée ? Pourquoi t'es-tu habillée ?

Cette phrase suffit pour enlever à Baby sa belle humeur. Mais elle se cramponna mentalement à ce début de matinée si harmonieux et répondit sur un ton enjoué :

— C'est en ton honneur que je me suis parée... Un si grand génie peut prendre son petit déjeuner en robe de chambre, mais ses esclaves doivent le recevoir dûment vêtues...

L'ouïe de la mère qui entrait juste à ce moment-là happa les derniers mots. Elle se rebiffa.

— Que se passe-t-il, mon fils ? Est-ce que Baby me critique parce que je ne suis pas habillée ?

Janos était encore sous l'impression des paroles flatteuses de sa femme :

— Mais non, Maman, la rassura-t-il, tu as mal compris. D'ailleurs, ne nous mettons pas à nous disputer. Qu'en pensez-vous, toutes les deux, la soirée d'hier était-elle un vrai succès ?

La vieille femme devint tout à coup aussi sérieuse que si elle avait eu à rendre une sentence d'arbitrage.

— C'est un succès formidable. Tu es un grand homme. Un très grand compositeur. Si ton père avait pu t'entendre hier...

Baby écoutait, un peu triste. Elle avait omis de mettre ses lunettes, afin de paraître plus jolie, et ses yeux, déjà fatigués, commençaient à lui donner la migraine. Elle regardait son mari et tâchait de retrouver en lui le magicien d'hier soir qui avait plongé son âme dans l'émerveillement. « Pourtant, ils ne forment tous deux qu'un même homme, se disait-elle. Le même homme... »

La mère suivait Janos comme une ombre, lorsqu'il

se déplaçait dans l'appartement. Elle s'arrêtait par moments à ses côtés et prenait avec tendresse son bras sous le sien. Quand il s'asseyait, elle s'appuyait au fauteuil et le couvait du regard. Comme si elle avait voulu proclamer vis-à-vis de Baby que ce génie était bien son fils, son fils à elle et que tout ce qui avait trait à Baby n'était rien comparé à cela.

Beaucoup de membres du théâtre vinrent féliciter les Dorogi au cours de l'après-midi.

Klein était hors de lui d'enthousiasme :

— Maître, c'était formidable, merveilleux, on n'a jamais rien entendu de pareil...

Vers six heures lorsque tout le monde fut parti, Janos remarqua en souriant :

— En ce moment, on termine la rédaction des comptes rendus de la soirée d'hier. Demain les journaux seront remplis de l'événement musical...

Le triomphe de son œuvre l'avait touché si intimement qu'une sorte de pudeur l'empêchait de prononcer le nom de la *Symphonie de la Joie*.

— N'est-ce pas, tu m'emmèneras aussi à Moscou, demanda Baby au cours du dîner. On peut acheter des fourrures splendides en Russie. C'est la patrie des fourrures...

Ceci était trop pour la mère :

— Tu exagères, ma fille. Ton manteau est encore très convenable... Puis elle se rappela que les circonstances changées exigeaient d'elle un autre rôle. Du coup, elle se transforma en grande dame du monde et s'adressa à son tour à son fils : Dans le temps, ton père me ramenait toujours des cadeaux de ses déplacements. Un jour, il me ramena un éventail en dentelles de Vienne.

— A Moscou, il n'y a pas d'éventails en dentelles, remarqua Janos doucement.

La vieille était assise toute droite au bord de sa chaise, sûre d'avoir le dernier mot :

— Moi, je dois avoir une icône, déclara-t-elle en jetant un regard victorieux vers Baby. Une icône et pas de fourrures...

Janos tressaillit tout à coup :

— C'est tout de même curieux qu'Imre ne soit pas encore venu me féliciter...

Un sourire dédaigneux plissa les lèvres de la mère.

— Il doit en être bleu, ce Törzs, fit-elle. Il n'a certainement rien entendu de pareil dans sa vie.

Baby souriait aussi, mais son sourire était doux.

— Törzs, murmura-t-elle, c'est vrai, je l'avais tout à fait oublié...

Elle alluma une cigarette. Son regard rencontra celui de son mari. Les yeux dans les yeux, ils se regardèrent un long moment.

Le lendemain ils se penchèrent tous les trois sur la rubrique musicale du journal officiel du Parti. On aurait entendu voler une mouche dans la pièce.

L'auteur de l'article commençait son compte rendu par une interrogation.

« Est-il désirable qu'un artiste étale ses problèmes intimes devant le grand public, et n'ayant pas trouvé d'autre issue, fasse parade de son désarroi ? Je pourrais aussi demander : est-ce bien qu'on présente à un large auditoire une œuvre de portée politique sans l'avoir au préalable fait auditionner par le Conseil Artistique ? Nous devons constater que les trois mouvements de la *Symphonie de la Joie* de Dorogi se terminent également par l'expression d'une profonde dépression, d'une sorte

296

de désespoir. Nous remarquons avec regret que, dans son œuvre, Dorogi dépeint les problèmes non encore résolus comme définitivement insolubles et qu'au lieu de trouver dans le tragique des choses une force purificatrice et incitant à l'action il n'en tire qu'un noir pessimisme.

« Dans le passé, il y eut nombre de compositeurs qui voyaient clairement toute la force du peuple et la justice de sa cause, mais ils n'osaient croire qu'un jour le peuple prendrait en main son propre sort. Ces auteurs, ces compositeurs voyaient le capitalisme et l'impérialisme étreindre la gorge des travailleurs, mais, dans leurs œuvres, ils revêtaient ces puissances funestes de forces occultes au lieu de les stigmatiser et d'encourager la révolution populaire en annonçant leur inévitable anéantissement. Ce sont ces auteurs dépourvus de courage, travaillant avec de faibles moyens et se débattant dans le formalisme que nous rappelle l'œuvre de Dorogi qui réussit tout au plus à faire miroiter ses connaissances techniques. »

On n'entendait plus qu'un halètement fiévreux, lorsque Janos et les deux femmes ouvrirent le second journal.

« A mon avis, écrivait l'autre critique, aucun des trois mouvements de l'œuvre de Dorogi, baptisée avec légèreté *Symphonie de la Joie*, ne correspond effectivement au but assigné, à l'idéal et à la dialectique que le musicien devait avoir en vue. Il faut constater que le titre ne correspond en rien au contenu de l'œuvre. Ce fait est intolérable au point de vue de l'esthétique marxiste. La musique de Dorogi est paradoxalement opposée à ce qu'il avait mission de traduire. Nous devons, hélas ! en déduire beaucoup de choses sur l'incompréhension de l'auteur en matière politique. »

— Est-ce bon ou mauvais ? demanda la mère incertaine. Je n'y comprends plus rien…

Janos était pâle comme un mort :

— C'est la chute politique complète, murmura-t-il sombrement.

La mère voulut dire quelque chose, mais Baby lui fit signe de se taire :

— Taisez-vous, pour une fois, taisez-vous…

La troisième critique était plus concise :

« Dorogi ne s'est pas défait de son ancienne mentalité en changeant de nom. En écoutant hier soir la *Symphonie de la Joie* nous avons senti l'influence néfaste de la tournure d'esprit nazie de Jenö Tasnady, le traître, qui, il n'y a pas longtemps, a encouru son juste châtiment. Nous avons bien assez de jeunes talents progressistes pour n'avoir pas à nous soucier des élucubrations de fantômes fascistes à la Dorogi, qui, par leur musique, instillent leur venin dans l'oreille du peuple. »

— Je me sens mal, dit Janos faiblement.

Il regagna sa chambre et ferma la porte derrière lui.

LETTRE DE THÉRÈSE A SES PARENTS

Cher Papa et chère Maman,

C'est inutile que je rentre à la maison. Nous ne ferions que nous quereller, cela n'en vaut pas la peine. Je vous aime beaucoup mais je vois clairement que vous avez de grands défauts. Notre maison est dans un cul-de-sac, donc sans une échappée. Vous blâmez le présent et encensez le passé. Moi je ne connais pas le passé, j'essaye d'en oublier le peu dont je me souviens. J'ai trouvé ma place au sein du socialisme constructif. Je serai une éducatrice du peuple et travaillerai pour le bonheur des générations futures. J'ai trouvé tout ceci de moi-même, ce n'est pas de la propagande mais la vérité que je vous dis. Je suis reconnaissante aux professeurs du séminaire qui m'ont aidée à reconnaître le danger que vous représentez pour l'esprit du progrès.

On a réussi à nettoyer les villes des pensionnaires incendiaires et des vieux qui colportent les mauvaises nouvelles et prient pour avoir la guerre. On met des jeunes à leur place. Je suis de ceux-là. Ne craignez rien pour moi, l'Etat s'occupe de moi. Je suis souvent avec Pista mais nous n'allons pas nous marier. Il n'y a que les intérêts de la communauté qui comptent, pas ceux des individus privés.

*Je vous le répète : n'ayez aucune crainte à mon sujet, je
n'attraperai pas de rhume, je prendrai garde à moi. Je vous
écrirai de temps en temps. J'espère que Papa n'a plus tellement mal à la tête. J'embrasse Ida. Comment va-t-elle ?
Je lui donne ma robe de lainage et aussi mon foulard mou-
cheté de jaune. Elle les a toujours aimés.*

*Chers parents, me voilà sortie de l'adolescence. Je com-
battrai de toutes mes forces pour la paix, et s'il le faut,
avec des armes.*

Je vous baise affectueusement les mains.

THÉRÈSE.

Cette journée de février était glaciale, et pourtant
Sandor se promenait déjà depuis de longues heures.
Il avait quitté la maison aussitôt après le déjeuner ; il
voulait rester seul avec la lettre de Thérèse afin de sou-
peser chaque mot et de pressentir le destin déjà inscrit
dans ces phrases. La neige crissait sous ses pas. Il s'arrêtait, tirait la lettre de sa poche, en relisait une phrase.
La fillette aux cheveux flottants qui aimait tant fleurir
les autels était devenue aussi lointaine que si elle avait
écrit d'une autre planète ou d'un bateau voguant sur
des mers inconnues.

Sans même s'en apercevoir, Sandor s'était dirigé vers
l'ancien casino pillé et brûlé. Il se trouva soudain devant
les ruines noirâtres en partie recouvertes par la neige qui
tombait toujours. En se retournant Sandor remarqua
que les gros flocons blancs effaçaient presque aussitôt
la trace de ses pas. Troublé, il lui sembla qu'une main
gigantesque l'avait, pour une raison encore inconnue,
poussé vers l'édifice en ruine. Il relut une fois de plus
la lettre. « Notre maison est dans un cul-de-sac, donc

sans une échappée. » Mais voyant que la neige brouillait l'encre, il remit le feuillet dans la poche de son pardessus. Il se souvint de la promenade nocturne avant le bal de la Sainte-Anna, il entendit encore la voix de Thérèse et son rire argenté lorsqu'elle criait :

— Regarde, Père, nous avons une ombre au clair de lune !.... Ces paroles étaient si distinctes qu'il se retourna brusquement. Il n'y avait personne, rien qu'un corbeau noir qui s'envola en croassant. C'est presque en courant que le notaire retourna au village. La marche rapide l'échauffa, les flocons blancs collés à sa figure se mirent à fondre. Il s'arrêta devant la maison : les murs qu'il connaissait depuis toujours lui parurent chargés d'hostilité. Anna aimait tellement cette maison et l'avait si bien adaptée à ses goûts que Sandor n'avait pas l'impression de rentrer chez lui mais de chercher refuge dans une maison étrangère. Désorienté, il resta quelque temps devant le porche puis il sursauta : il lui avait semblé que le parfum des pétunias saturait encore l'air en dépit de toute cette neige... Il rebroussa chemin et se dirigea vers la gare du pas rapide d'un homme qui a un but précis. Le crépuscule autour de lui tombait lentement. Il pénétra dans la petite gare. Elle était vide. Personne même dans la salle d'attente : il n'y aurait plus de train ce jour-là.

Il marcha vers le lac. Quelqu'un qu'il ne reconnut pas le croisa sur la grand-route, lui dit bonsoir. Il glissait parfois la main dans sa poche pour voir si la lettre s'y trouvait encore. Le dernier message...

Il s'arrêta sur le rivage. Grisâtre, l'eau gelée s'étendait à perte de vue. Derrière le rideau de neige il imagina la rive bleue et toute ensoleillée de Badacsony... Des vendangeurs qui chantent... De quand dataient ces vendangers ? Il eut soudain la nostalgie de cette maisonnette cachée dans les vignes, qui, elle, était bien à lui. Anna ne s'y était jamais plu. Sandor se prit à rêver. Deux jours passés dans la maisonnette suffiront à le guérir, à lui rendre la paix. Il allumera le poêle minuscule, alors il fera bon chaud… Il y a une lampe à pétrole sur la table et plusieurs couvertures sur l'étroit lit de camp. Là, dans la solitude, il réussira à résoudre le problème d'Ida. Il réfléchira aux dispositions à prendre pour survivre aux difficultés du moment. Là, il comprendra peut-être Thérèse. Il se mit en route sur la glace. « Mon Dieu, se dit-il humblement, je vous remercie d'être. De m'accompagner dans la vie. De me permettre de m'adresser à vous. Votre puissance est infinie et je sais que vous me voyez avec toutes mes misères. »

Il chemine sur la glace. Il ne voit plus la rive qu'il a quittée ni celle vers laquelle il se dirige. Des larmes de repentir se mêlent sur ses joues à la neige fondue.

Soudain la glace devient aussi élastique qu'un tapis mousse. Il s'arrête, stupéfait. A ses pieds la surface du lac a pris une teinte noire menaçante. Sandor fait demi-tour mais il ne sait plus d'où il est venu. La neige et la nuit toujours plus épaisses l'emprisonnent sous leur voile opalin. Il a peur.

« Non, je ne veux pas, je ne veux pas mourir, s'écrie-t-il désespérément. Au secours, au secours… » La glace cède sous son poids. A mi-corps dans l'eau glacée, une prière ardente s'exhale de ses lèvres dans un soupir : « Veille sur Ida, veille sur Ida… »

On sonna chez les Dorogi vers trois heures du matin. On leur apportait l'avis de déportation. Le billet bleu en main, Janos, tout tremblant de peur, expliqua à l'agent de police qu'il devait s'agir d'une erreur. Mais l'agent, sans rien entendre, s'éclipsa.

Réveillées par le bruit, Baby et la mère arrivaient à leur tour dans l'antichambre, bouleversées mais les yeux encore bouffis de sommeil.

Le billet bleu leur notifiait qu'ils devaient avoir quitté l'appartement dans les huit heures. Donc avant onze heures. Ils pourraient emmener cinquante kilos de bagages chacun.

— Jésus-Marie, se lamenta la vieille, Jésus-Marie…

Baby tremblait de tous ses membres, elle avait froid. Le visage de Janos était pâle comme un masque.

— Je vois déjà ce dont il s'agit, fit-il. Ce billet est certainement destiné aux anciens propriétaires de l'immeuble qui ont filé en Autriche…

— En es-tu certain ? demanda la mère.

Janos eut un mouvement d'impatience :

— On n'est certain que de sa mort – mais c'est probable, il doit en être ainsi. Baby se recroquevillait dans l'un des fauteuils de Jenö.

— Ce régime n'a pas l'habitude de se tromper, murmura-t-elle.

Les deux autres se tournèrent vers elle, irrités :

— Toi tu n'as qu'à te taire, rugit Janos.

— Tu veux me faire peur par méchanceté, renchérit la mère. Elle se dirigea vers l'armoire, et, après avoir fouillé longuement sous les piles de linge, elle en tira son petit sac à bijoux.

— Que dois-je faire de l'or, mon fils ? demanda-t-elle un peu moins inquiète.

— Noue-le à ton cou.

Baby ne put s'empêcher de songer au morceau de chaînette volé et à la robe. La mère y pensait aussi. Jamais les deux femmes ne s'étaient autant détestées.

— Et maintenant, que va-t-il arriver, mon fils ? demanda la vieille en fondant en larmes. Que va-t-il arriver ?....

— Baby ira le plus tôt possible chez Törzs à la Sécurité nationale et elle arrangera l'affaire.

La jeune femme tressaillit :

— Tu m'accompagneras, n'est-ce pas ?

— Non. Tu iras seule.

Un peu plus tard, Baby se recoucha dans son lit, toujours vêtue de sa robe de chambre. Les deux autres se recouchèrent aussi.

La vieille cria à Janos de sa chambre :

— Ne crois-tu pas qu'il faudrait emballer ?

— Ne fais pas la bête, Maman, ne te rends-tu pas compte que ce n'est qu'une confusion ?

— Mais tu disais toi-même que ta symphonie t'a brisé au point de vue politique. Est-ce qu'ils ne t'en veulent pas pour cela ?

Janos ne répondit pas. Ils attendirent le matin sans éteindre la lumière.

Dans sa chambre, Baby appuyait son visage contre son oreiller comme si c'était le corps de Törzs. Pour la première fois, elle l'appelait Imre dans ses pensées. « Quel bonheur qu'il y ait au moins mon Imre pour nous sauver... »

Vers huit heures et demie, elle se rendit au ministère de la Sécurité. Elle était très élégante, ses boucles blondes encadraient son visage sous le petit chapeau noir, aussi parfaitement que si elle sortait de chez le coiffeur. La mère et Janos la suivirent du regard à travers la fenêtre.

Dix minutes plus tard, elle pénétrait dans l'édifice imposant. Après un long interrogatoire, on lui enleva sa carte d'identité puis on donna un coup de téléphone à Imre Törzs. Baby fumait impatiemment tout en consultant sa montre. Dix heures moins le quart. On l'introduisit finalement chez Törzs. Lorsqu'on referma la porte derrière elle, Baby se jeta littéralement dans les bras du policier.

— Imre, mon chéri, regarde ce qu'on nous a apporté cette nuit. Cela doit être une stupide erreur.

L'homme la repoussa doucement, lui offrit un siège et se rassit lui-même à son bureau. Baby lui passa le billet bleu.

— Pourquoi ne puis-je pas m'asseoir à tes côtés ? demanda-t-elle, c'est insupportablement officiel de te voir ainsi de l'autre côté du bureau...

Il garda ses yeux baissés sur le billet bleu.

Baby se pencha.

— Je ne comprends pas, mon chéri, qu'une erreur aussi bête ait pu se produire.

Le parfum de la jeune femme atteignit le policier. Il se rejeta en arrière comme pour y échapper.

— Ce n'est pas une erreur, murmura-t-il, et il leva les yeux pour la première fois sur Baby. Sous la poudre rose, ses traits avaient pâli.

Törzs poursuivait :

— Je suis intervenu pour que vous ayez le billet plus tôt afin de vous laisser plus de temps pour vous préparer. On vous a donné huit heures au lieu d'une et vous pouvez emmener cinquante kilos au lieu de cinq… C'est une grande faveur.

Le sac de Baby échappa de ses mains et tomba à terre.

— Tu veux dire que vraiment, que réellement…

Elle bondit sur ses pieds, courut vers le jeune homme et lui prit les épaules.

— Imre, regarde-moi, c'est moi, Baby que tu aimes, moi qui t'appartiens… Ressaisis-toi…

Törzs prit les poignets qui s'agrippaient à lui et se leva :

— Ne fais pas de scène, cela n'en vaut pas la peine…

Les larmes qui coulaient le long des joues de Baby traçaient deux sillons sur la poudre.

— Imre, tu tolérerais qu'on me tue ?

Le policier se détourna d'elle. Il alla vers la fenêtre et contempla la rue.

— La déportation à la campagne est inconfortable mais n'est pas mortelle.

Après une légère pause, il ajouta :

— J'ai cru pendant bien longtemps que cela valait la peine de vous épargner. Ton mari a du talent et le Parti est généreux. J'ai ici, dans cette pièce, tout son dossier politique qui contient notamment un agenda où Jenö Tasnady notait heure par heure le nom de ses visiteurs et les événements de la journée. Le 16 juillet 1944, ton mari est allé le trouver à onze heures du matin pour lui demander sa nomination comme directeur de l'Opéra national... En dépit de ce fait, le Parti a usé de tolérance à l'égard de ton mari car on espérait qu'il s'était rééduqué. On l'a espéré jusqu'à la veille du Sapin, c'est-à-dire jusqu'au moment où sa *Symphonie* a révélé qu'il gardait toute son idéologie décadente et maladive, tout le pessimisme nostalgique d'une ère à jamais révolue. A partir de ce moment-là le billet bleu ne pouvait plus se faire attendre bien longtemps. Le Parti avait décidé sa déportation dès le soir du concert.

Baby se tenait aux côtés de Törzs.

— Mais moi, dit-elle tout bas, je n'ai rien à voir avec la politique, je suis une femme, je me suis donnée à toi...

— Ce n'est pas par héroïsme que tu es devenue ma maîtresse, fit-il, tu te sentais bien dans mon lit...

Baby rougit jusqu'à la racine de ses cheveux.

Impénétrable, Törzs gardait son regard rivé sur la vitre.

— Même si je t'aimais, dit-il encore, je ne te sacrifierais ni le travail de toute ma vie ni le Parti. Cela ne vaut pas la peine de faire des sacrifices pour toi. Tu es un être superflu. Absolument superflu.

Il jeta un coup d'œil sur sa montre :

— Il est dix heures moins cinq. Va et rassemble les choses les plus nécessaires. Emporte de préférence tes vêtements les plus chauds, pas les plus élégants.

Baby n'entendit pas ces derniers mots, elle avait quitté la pièce avant.

Törzs contempla la rue. L'instant le plus dur de sa vie venait de passer. Il avait failli fléchir. Il aperçut Baby dans la rue. Son regard suivit la silhouette de la jeune femme qui courait, affolée, son manteau déboutonné flottant derrière elle.

Détournant la tête, il s'assit à son bureau. Il resta longtemps immobile, perdu dans ses pensées.

Toute haletante, Baby pénétra en coup de vent dans la salle à manger.

— Vite, vite, dépêchez-vous... On nous emmène... il est dix heures et quart.

— Quoi, s'écria Janos, que dis-tu ?

Baby devint, tout à coup, infiniment humble et fragile.

— Törzs ne veut pas arranger les choses, gémit-elle. Il refuse. On a le carnet de notes de Jenö. Et la déportation a été décidée aussitôt après la soirée.

Janos s'approcha d'elle, menaçant.

— Petite ordure, toi, tu n'as donc pas su t'arranger avec ton amant ? Il t'a flanquée dehors. Tu crois donc que je ne savais pas tout dès le premier instant ? Tu me prenais pour un imbécile, tu te moquais de moi et je prenais sur moi de tout supporter...

La mère vociférait :

— Tu vas voir, on ne déportera pas Baby mais seulement nous deux. Elle veut nous faire tuer. Que dois-je mettre ? Que dois-je emballer ?... Aïe, mon cœur... je n'ai plus d'air...

Baby se tenait toute tremblante dans un coin, les bras croisés sur sa poitrine, comme si elle pouvait se cacher derrière ce fragile rempart.

Janos la saisit brutalement par l'épaule.

— Emballe, roulure, emballe et un peu vite...

Le contenu des armoires joncha bientôt le sol. La mère empila des vivres au creux d'un drap dont elle noua les quatre coins.

Ils choisissaient des vêtements chauds.

— Je ne pourrai jamais soulever cinquante kilos, gémit la mère.

— C'est Baby qui portera ta valise, répondit Janos.

Tout l'appartement était transformé en champ de bataille. Ils maniaient des choses complètement inutiles et les laissaient retomber n'importe où.

Baby reprit les mêmes effets qu'elle avait sur elle dans la cave au cours du siège de la ville. Mais elle ne trouva plus de souliers à talons plats.

— J'ai dû les jeter, se dit-elle, désespérée.

Le coup de sonnette aigu les fit sursauter comme une décharge électrique. Le regard de Janos balaya une dernière fois l'appartement. Puis il s'arrêta sur sa femme. En plus de sa valise, elle serrait sous son aisselle un petit coffret qui contenait tous ses produits de beauté.

Il lui arracha le coffret et le jeta dans un coin. Les bâtons de rouge roulèrent de toutes parts, la poudre rosée se répandit sur le tapis, le fard bleu pour les paupières s'arrêta sur une lame de parquet.

— Là-bas, tu n'auras plus besoin de tout ça, articula-t-il, vert de rage.

Il jeta si brutalement un paquet de couvertures sur l'épaule de la jeune femme qu'elle faillit tomber. Elle chancela, de grosses larmes s'échappèrent de ses yeux. Elle s'agenouilla pour ramasser un bâton de rouge, mais Janos, d'un coup de pied, envoya promener le petit tube d'argent.

— Va ouvrir, toi. Reçois tes amis, chienne du Parti.

La sonnette retentissait, inlassable. Baby ouvrit la porte, elle avait le vertige. Des hommes pénétrèrent dans le vestibule. Y en avait-il deux, y en avait-il cent ? Elle les voyait à peine. Quelqu'un la prit par le bras.

— Surtout ne faites pas d'histoires, dit une voix ; dans votre propre intérêt, suivez-nous sans faire d'histoires…

Les passants détournèrent la tête dans la rue à la vue du camion honni. Il fallut soulever la vieille pour la faire entrer par l'arrière. Puis on rattacha la bâche et, assis sur le plancher du véhicule, ils partirent vers l'inconnu. Ils étaient vêtus comme au lendemain de la Libération.

— Mon rouge, dit Baby, et elle se mit à vomir d'énervement.

Elles se tenaient au bord du lac, vêtues de noir : Anna, Ida et Thérèse qui était rentrée, dès qu'elle avait appris la mort de son père. Elle venait pour deux jours à la maison afin d'assister à l'enterrement. C'est là qu'elle apprit qu'il n'y aurait pas de cérémonie sur la tombe de son père, qui était ce grand lac gelé. Elles étaient là, immobiles sur la rive, contemplant la glace qui ne montrait aucune trace de fissure. La surface grise s'étendait uniformément à perte de vue et se confondait à l'horizon avec le ciel d'hiver.

— Mère, dit Ida sourdement, maintenant je peux te le dire car vous n'êtes plus rivaux, vous deux. J'ai toujours aimé Papa bien plus que je ne t'aimais, toi.

Anna regardait le lac sans répondre. Elle était brisée. Vingt-quatres heures après la disparition de Sandor, le notaire adjoint l'avait avertie qu'elle aurait à céder les lieux au nouveau notaire et à sa famille. La maison... sa vie...

Anna tourna les yeux vers sa fille aînée :

— Ton père était un brave homme, dit-elle avec douceur. Il méritait votre affection.

Dès cet instant, Anna savait qu'elle ne révélerait jamais à Ida le secret de cette naissance qui avait tellement tourmenté Sandor.

311

Thérèse ne soufflait mot. Le vent du large ébouriffait ses cheveux coupés court.

Ida passa son bras sous celui de sa mère :

— J'aurais dû lui parler de l'enfant au moment où je t'en ai parlé…

Thérèse tressaillit :

— Tu crois qu'alors il ne se serait pas suicidé ?

Ida se tourna vivement vers sa sœur :

— Papa ne s'est pas suicidé. Il est mort.

Thérèse enfonça ses mains dans ses poches et s'éloigna de quelques pas.

Elles auraient voulu partir mais quelque chose les retenait implacablement près de cet immense cercueil.

— Et maintenant, qu'arrivera-t-il ? demanda Anna.

Ida la regarda :

— J'attendrai.

— Attendre quoi ?

— Peut-être y aura-t-il une solution. L'enfant naîtra… Après tout c'est bien possible que Marton soit en vie et qu'il revienne. Dieu est en retard. Il nous a laissés seuls pour un temps. Mais il nous retrouvera peut-être ?

— Tu crois…, murmura Anna.

Ida acquiesça de la tête sans rien ajouter. Et elles continuèrent à regarder la glace.

Debout devant la fenêtre, Baby regardait dans la cour. Le soleil des premiers jours de mars avait fait fondre la neige du tas de fumier, le purin dégoulinait en longues stries sur les mottes de boue.

C'était le second mois qu'ils vivaient dans la petite chambre au sol de terre battue située à l'arrière de la ferme. Le camion les avait déposés avec des compagnons d'infortune devant la maison communale du petit hameau embourbé dans la fange de la grande *puszta*. Là on les avait répartis entre leurs diverses destinations. L'Etat avait réquisitionné des chambres chez les paysans qui ne s'étaient pas encore joints au kolkhoze.

Lorsque Baby aperçut pour la première fois la grande paysanne osseuse, elle faillit fondre en larmes. Perchée sur ses hauts talons, vêtue d'un long pantalon, elle se tenait silencieuse devant la femme au regard glacial et attendait. La paysanne les avait toisés du regard avant de leur indiquer d'un bref mouvement de la tête la chambre intérieure. Ils y entrèrent en refermant la porte derrière eux.

Il y avait deux lits étroits le long des murs. La mère s'en approcha en boitillant pour les tâter.

— Des paillasses, murmura-t-elle, et elle s'adjugea immédiatement le lit qui lui semblait le meilleur. Baby et son mari devraient se partager l'autre. Ils déposèrent leurs bagages sur le sol en terre battue. Leur haleine était condensée par le froid comme si les mots haineux qu'ils se jetaient à la figure devenaient autour d'eux une vapeur glacée. Dans le coin il y avait un petit poêle branlant.

— Faire du feu, gémit la mère exténuée en s'étendant sur son lit, s'enveloppant dans les couvertures.

— Fais du feu, ordonna Janos à Baby qui restait clouée sur place, transie de froid.

— Tu m'entends ? Va, trouve du bois et allume le feu. Maman a froid…

Baby sortit et demanda à la paysanne où elle pourrait trouver du combustible.

— Au bois, répondit celle-ci avec indifférence. Là on peut ramasser des branches mortes.

C'est ainsi que cela commença.

Jour après jour, Baby rentrait des fagots, allait puiser de l'eau, se cramponnant de ses doigts gelés à la roue du puits, se débattant contre le poids du seau rempli. La famille faisait sa popote dans sa chambre. Vers onze heures du matin, ils allaient faire quelques emplettes, ayant encore de quoi les payer. Baby vivait sans penser, son regard se posait si dénué de toute expression sur la mère et sur Janos, quand ils lui parlaient, qu'ils cessèrent de lui adresser la parole. Baby luttait contre la saleté, elle faisait sa toilette devant sa belle-mère dans un seau minuscule, et elle devait vider sur le tas de fumier la grande boîte à conserves que la vieille utilisait la nuit. La peau de son visage était desséchée par l'eau calcaire tirée du puits, elle se craquelait de plus en plus. Depuis son départ de Budapest, ses lèvres gercées n'avaient plus la moindre trace de rouge. Pour se coiffer le matin,

Baby n'avait pas de glace. Elle aurait pu s'acheter un petit miroir de poche à l'épicerie du village, mais Janos ne lui donnait pas d'argent pour cela et elle n'avait pas le sou. La mère ne faisait que manger, ramassant jusqu'aux moindres miettes.

Pendant le premier mois, la mère et le fils parlaient sans cesse. Leurs paroles lourdes de sens s'entrechoquaient avec la même intonation, à n'importe quelle heure de la journée. Törzs, *Symphonie de la Joie*, mort, Sibérie, torture, angoisse, c'est tout ce qui restait à Baby.

Dans le second mois, ils commencèrent à prendre des habitudes communes. Ils se réveillaient en même temps, ils avaient faim et accomplissaient leurs besoins à la même heure. Janos allait jusqu'au magasin acheter un peu de charbon qu'il rapportait dans un panier. Les paroles devenaient aussi superflues que le regard qu'ils jetaient sur la montre. Ils finirent d'ailleurs par ne plus la consulter. A quoi bon ?…

Une nuit, Baby vola à Janos une pièce de monnaie. Elle put ainsi acheter une carte postale et l'envoyer à Klein. Elle lui donnait leur adresse.

Elle n'espérait pas obtenir de réponse car elle savait qu'il était fort dangereux pour Klein de correspondre avec des personnes déportées.

Mais Klein écrivit et les avertit qu'il leur enverrait un colis de ravitaillement.

— Le seul sur qui nous puissions compter, remarqua Baby tout bas.

— Je lui ai toujours offert quelque chose, quand il venait chez nous, observa la mère vivement. Il m'aime beaucoup, le cher brave Arpad.

Baby détourna la tête et contempla à nouveau le tas de fumier. Il n'y avait rien d'autre à voir.

La mère, elle, suivait partout Baby du regard, même lorsqu'elle franchissait la porte.

Un jour Baby n'y tint plus :

— Que regardez-vous continuellement ? demanda-t-elle d'une voix si frêle qu'on devinait les mots plus qu'on ne les entendait :

La vieille eut un sourire mauvais :

— Tes cheveux, ricana-t-elle. Tes cheveux poussent… et ils sont noirs à la racine !…

Baby porta la main à sa tête aussi brusquement que si ses cheveux avaient pris feu. Elle se précipita vers l'armoire pour prendre un petit foulard qu'elle avait gardé et qu'elle noua autour de sa tête.

C'est alors seulement, au bout de deux longs mois, qu'ils s'aperçurent qu'ils espéraient encore. Qui sait, un jour, plus tard, ils pourraient peut-être retourner à Budapest. Peut-être qu'Arpad parviendrait à faire quelque chose en leur faveur. Peut-être allait-on leur pardonner… peut-être le destin aurait-il pitié d'eux…

La chambrette au sol en terre battue devenait ainsi une immense salle d'attente. Salle d'attente à l'aube où les êtres s'assoupissent sur des bancs de bois, en espérant un convoi depuis une éternité. Ils l'attendent avec tant de ferveur qu'ils ne remarquent pas qu'au-dehors l'herbe a envahi les rails rongés par la rouille.

FIN

Du même auteur :

AUTOBIOGRAPHIES

J'ai quinze ans et je ne veux pas mourir (Grand Prix
    Vérité 1954), Fayard.
Il n'est pas si facile de vivre, Fayard.
Jeux de mémoire, Fayard.
Embrasser la vie, Fayard.

ROMANS

Dieu est en retard, Gallimard.
Les Cardinal prisonnier, Julliard.
La Saison des Américains, Julliard.
Le Jardin noir (Prix des Quatre-Jurys), Julliard.
Jouer à l'été, Julliard.
Aviva, Flammarion.
Chiche !, Flammarion.
Un type merveilleux, Flammarion.
J'aime la vie, Grasset.
Le Bonheur d'une manière ou d'une autre, Grasset.
Toutes les chances plus une (Prix Interallié), Grasset.
Un paradis sur mesure, Grasset.

L'Ami de la famille, Grasset.

Les Trouble-fête, Grasset.

Vent africain (Prix des Maisons de la Presse), Grasset.

Une affaire d'héritage, Grasset.

Désert brûlant, Grasset.

Voyage de noces, Plon.

Une question de chance, Plon.

La Piste africaine, Plon.

La Dernière Nuit avant l'an 2000, Plon.

Malins plaisirs, Plon.

Complot de femmes, Fayard.

On ne fait jamais vraiment ce que l'on veut, Fayard.

Aller-retour, tous frais payés, Fayard.

Une rentrée littéraire, Fayard.

Relations inquiétantes, Fayard.

L'Homme aux yeux de diamant, Fayard.

Donnant, donnant, Fayard.

De l'autre côté de la nuit : Mrs Clark à Las Vegas, Fayard.

Des diamants pour Mrs Clark, Fayard.

Mrs Clark et les enfants du diable, Fayard.

RECUEIL DE NOUVELLES

Le Cavalier mongol (Grand Prix de la nouvelle de l'Académie française), Flammarion.

LETTRE OUVERTE

Lettre ouverte aux rois nus, Albin Michel.

Composition réalisée par Chesteroc Ltd.

Achevé d'imprimer en mai 2008 en Espagne par
LITOGRAFIA ROSÉS
Gava (08850)
Dépôt légal 1re publication : octobre 2007
Edition 2 : mai 2008
LIBRAIRIE GÉNÉRALE FRANÇAISE – 31, RUE DE FLEURUS – 75278 PARIS CEDEX 06

31/1798/3